红楼梦诗词精华鉴赏

蔡义江 著

长江出版传媒

长江文艺出版社

图书在版编目（ＣＩＰ）数据

红楼梦诗词精华鉴赏 / 蔡义江著. -- 武汉：长江
文艺出版社，2021.6
　　ISBN 978-7-5702-2007-6

　Ⅰ．①红… Ⅱ．①蔡… Ⅲ．①《红楼梦》－古典诗歌
－诗歌欣赏 Ⅳ．①I207.411

中国版本图书馆 CIP 数据核字(2021)第 035661 号

红楼梦诗词精华鉴赏
HONGLOUMENG SHICI JINGHUA JIANSHANG

责任编辑：梅若冰　　　　　　　　责任校对：毛　娟
封面设计：璞茜设计　　　　　　　责任印制：邱　莉　杨　帆

出版： 长江出版传媒　 长江文艺出版社
地址：武汉市雄楚大街 268 号　　　邮编：430070
发行：长江文艺出版社
http://www.cjlap.com
印刷：武汉珞珈山学苑印刷有限公司

开本：880 毫米×1250 毫米　　1/32　印张：7.25　　插页：1 页
版次：2021 年 6 月第 1 版　　　2021 年 6 月第 1 次印刷
字数：165 千字

定价：28.00 元

目　录

论《红楼梦》中的诗词曲赋（代序）

真正的"文备众体"

我国人民引以为荣的伟大文学家曹雪芹，除了有一部不幸成为残稿、由后人续补而成的长篇小说《红楼梦》传世以外，几乎什么别的文字都没有保存下来。然而，谁也不会怀疑他的多才多艺。小说家要把复杂的生活现象成功地描绘下来，组成广阔的时代画卷，这需要有多方面的知识和修养。在这一点上，曹雪芹的才能是非凡的。他能文会诗，工曲善画，博识多见，杂学旁收，三教九流，无所不晓。

自唐传奇始，"文备众体"虽已成为我国小说体裁的一个特点，但毕竟多数情况都是在故事情节需要渲染铺张，或表示感慨咏叹之处，加几首诗词或一段赞赋骈文以增效果。所谓"众体"，实在也有限得很。《红楼梦》则不然，除小说的主体文字本身也兼收了"众体"之所长外，其他如诗、词、曲、辞赋、歌谣、谚、赞、诔、偈语、联额、书启、灯谜、酒令、骈文、拟古文等，也应有尽有。以诗而论，有五绝、七绝、五律、七律、排律、歌行、骚体，有咏怀诗、咏物诗、怀古诗、即事诗、即景诗、谜语诗、打油诗，有限题的、限韵的、限诗体的、同题分咏的、分题合咏的，有应制体、联句体、拟古体，有拟初唐《春江花月夜》之格的，有仿中晚唐《长恨歌》《击瓯歌》之体的，有师楚人《离骚》《招魂》等作而大胆创新的……五花八门，丰富多彩。这是真正的"文备众体"，是其他小说中所未曾见的。

借题发挥，伤时骂世

《红楼梦》当然不像它开头就宣称的那样是一部"毫不干涉时世""大旨谈情"的书，它只不过把"伤时骂世之旨"作了一番遮盖掩饰罢了。诗词曲赋中有时可以说些小说主体描述文字中不便直接说的话，在借题发挥、微词讥贬上，有时也容易些。比如薛宝钗所讽和的《螃蟹咏》，其中有一联说：

> 眼前道路无经纬，皮里春秋空黑黄！

写的虽然是横行一时、到头来不免被煮食的螃蟹，但是拿来给那些心机险诈、善于搞阴谋诡计、不走正路、得意时不可一世的政客、野心家画像，也十分惟肖。他们最后不都是机关算尽，却逃脱不了灭亡的下场吗？小说中特意借众人之口说："这些小题目，原要寓大意才算大才，只是讽刺世人太毒了些。"可见，作者确是在借题发挥"骂世"。

《姽婳词》看起来对立面是所谓"'黄巾''赤眉'一干流贼馀党"，颂扬的是当今皇帝有褒奖前代所遗落的可嘉人事的圣德，实质上则是指桑骂槐，揭露当朝统治者的昏庸腐朽：

> 天子惊慌恨失守，此时文武皆垂首。
> 何事文武立朝纲，不及闺中林四娘！

如果不是借做诗为名，敢于这样直接干涉时世，讥讽朝廷吗？

再如"杜撰"诔文，以哀痛悲切为主，感情当然不妨强烈些、夸张些，文章不妨铺陈些，把可以拉来的都拉来。"况且古人多有微词，非自我作俑"。既然古时楚人如屈、宋等可以用香草美人笔法来讥讽政治黑暗，我曹雪芹当然也不妨借悼念芙蓉女儿之名，写上几句"伤时骂世"的"微词"，责任可以推给"作俑"的"古人"。所以，在祭奠一个丫头的诔文中，他把贾谊、鲧、石崇、嵇康、吕安等在政治斗争中遭祸的人物全拉来了。"孰料鸠鸩恶其高，鹰鸷翻遭罦罬；薋葹妒其臭，茝兰竟被芟鉏！""固鬼蜮之为灾，岂神灵而亦妒！箝诐奴之口，讨岂从宽；剖悍妇之心，忿犹未释。""任意纂著"的文中表达了屈原式的不平；"大肆妄诞"的笔下爆发出志士般的愤怒。从全书来看，似此类者，虽则不算多，但却也不能不予以注意。

小说的有机组成部分

《红楼梦》中的诗词曲赋是小说故事情节和人物描写的有机组成部分。这也是它有别于其他小说的一个特点。当然，其他小说也有把诗词组织在故事情节中的，比如小说中某人物所写的与某事件有关的诗等，但在多数情况下，则是可有可无的闲文。如果我们翻开被署作"李卓吾评"的一百回本《明容与堂刻本水浒传》，就会发现它的诗和骈体赞文，要比后来通行的七十回本来得多，但其中有一些被评者认为是多余的，标了"可删"等字样。的确，这些无关紧要的附加文字，删去后并不影响内容的表达，有时倒反而使小说文字更加紧凑、干净。有些夹入小说的诗词赞赋，虽则在形容人物、景象、事件和渲染环境气氛上也有一定作用，但总不如正文之重要。有些读者不耐烦看，碰到就跳过去，似乎也没有多大影响。《红楼梦》则又不然。它的极大多数诗词曲赋都是融合在小说的故事情节中的。如果略去不看，常常不能把前后文意弄明白，或者等于没有看那一部分的情节。比如宝玉梦游太虚幻境所看到的十二钗册子判词和曲子，倘若我们跳过不看，或者也像宝玉那样"看了不解"，觉得"无甚趣味"，那么，我们能知道的至多是宝玉做了一个荒唐的梦，甚至简直自己也有点像在梦中。读第二十二回中的许多灯谜诗，如果只把它当成猜谜游戏而不理解它的寓意，那么，我们连这一回的回目"制灯谜贾政悲谶语"的意思也将不懂。

有些词、赋，表面看游离于情节之外，但细加寻味，实际上仍与内容有关。《警幻仙姑赋》是被脂评认为近乎一般小说惯用的套头的闲文，他说：

> 按此书凡例（体例也，非"甲戌本"卷首之《凡例》。——笔者）本无赞赋闲文，前有宝玉二词，今复见此一赋，何也？盖此二文乃通部大纲，不得不用此套。前词却是作者别有深意，故见其妙。此赋则不见长，然亦不可无者也。（甲戌本第五回眉批）

这里指出，《红楼梦》在一般情况下不用其他小说所常用的"赞赋闲文"是很对的。至于说此赋不像评宝玉的《西江月》二词那样"别有深意"，所以"不见长"，似乎还值得研究。就赋本身内容而论，确实像是闲文，看不出多大意义，可以说写得"不见长"。因为它仅仅把警幻仙姑的美貌夸张形容了一番，而且遣词造句也多取意于曹子建的《洛神赋》。但正是后一点所造成的似曾相识的印象引起了我们的注意。曹植的文句，在这里常常只是稍加变换，比如：一个说"云髻峨峨"，一个就说"云鬓堆翠"；一个说"飘飘兮若流风之回雪"，一个就说"纤腰之楚楚兮，回风舞雪"；一个说"若将飞而未翔"，一个就说"若飞若扬"；一个说"含辞未吐"，一个就说"将言而未语"；一个说"动无常则，若危若安；进止难期，若往若还"，一个就说"待止而欲行"，如此等等。难道以曹雪芹的本领，真的只能摹拟一千五百多年前他的老本家之所作（而且又是大家熟悉的名篇）而亦步亦趋吗？我想，他还不至于如此低能。让读者从贾宝玉所梦见的警幻仙姑形象，联想到曹子建所梦见的洛神形象，也许正是作者拟此赋的意图。曹植欲求娶原为袁绍儿媳的甄氏而不得，曹操将她许给了曹丕，立为后，后来被赐死。曹植过洛水而思甄后，梦见她来会，留赠枕头，感而作赋。但他假托是赋洛神宓妃的，说："余朝京师，还济洛川，古人有言，斯水之神名曰宓妃，感宋玉对楚王说神女事，遂作斯赋。"（《洛神赋序》）所以，李商隐有"贾氏窥帘韩掾小（晋贾充之女与韩寿私通事），宓妃留枕魏王才"（《无题》）的诗句。小说写警幻仙姑不也是写宝玉与秦氏暧昧关系的托言吗？在《不了情暂撮土为香》一回中，宝玉曾说："古来并没有个洛神，那原是曹子建的谎话……今儿却合我的心事，故借他一用。"这些话正可帮助我们窥见作者拟古的用心。总之，此赋原有暗示的性质，非只是效颦古人而滥用俗套的。可惜深悉作者用意的脂砚斋没有能体会出来。

时代文化精神生活的反映

《红楼梦》中通过赋诗、填词、题额、拟对、制谜、行令等情节的描绘，多方面地反映了那个时代统治阶级的文化精神生活。诗词吟咏本是这一掌握着文化而又有闲的阶级的普遍风气，而且更多的还是男子们的事。因为曹雪芹立意要让这部以其亲身经历、广见博闻所获得的丰富生活素材为基础而重新构思创造出来的小说，以"闺阁昭传"的面目出现，所以把他所熟悉的素材重新锻铸变形，本来男的可以改为女的，家庭之外、甚至朝廷之上的也不妨移到家庭之内等，使我们读去觉得所写的一切好像只是大观园儿女们日常生活的趣闻琐事。其实，通过小说中人物形象、故事情节所曲折反映的现实生活，要比它表面描写的范围更为广阔。

我们从小说本文的暗示、特别是脂评所说"借省亲事写南巡"等话，可以断定在有关元春归省盛况的种种描写中，有着康熙、乾隆南巡，曹家多次接驾的影子。这样，写宝玉和众姊妹奉元春之命为大观园诸景赋诗，也就可以看作是写封建时代臣僚们奉皇帝之命而作应制诗的情景的一种假托。人们于游赏之处，喜欢拟句留题、勒石刻字的，至今还被称为"乾隆遗风"。可见，这种风气在当时上行下效，是何等盛行！这方面，小说中反映得也相当充分。此外，如制灯谜、玩骨牌、行酒令，斗智竞巧，花样翻新，也都是清代极流行的社会风俗。

大观园儿女们结社作诗的种种情况，与当时宗室文人、旗人子弟互相吟咏唱酬的活动十分相似。如作者友人敦诚的《四松堂集》中就有好些联句，参加作诗者都是他们圈子里的一些诗伴酒友。可见文人相聚联句之风，在清代比以前任何朝代更为流行（小说中两次写到大观园联句）。如果要把这些生活素材移到小说中去，是不妨改芹圃、松堂、荇庄等真实名号为黛玉、湘云、宝钗之类芳讳的。《菊花诗》用一个虚字、一个实字拟成十二题，小说里虽然说是宝钗、湘云想出来的新鲜作诗法，其实也是当时已存在着的诗风的艺术反映。比如与作者同时代的宗室文人永恩《诚正堂稿》和永憲（嵩山）的《神清室诗稿》中，就有彼此唱和的《菊花八咏》诗，诗题有《访菊》《对菊》《种菊》《簪菊》《问菊》《梦菊》《供菊》《残菊》等，小说中所讲几乎和这一样，可见并非是向壁虚构。至于小说中写到品评诗的高下，论作诗"三昧"，以及谈读古诗的心得体会等，更可以在一些清诗话中读到类似的说法。所以，与其说小说是为"闺阁昭传"，毋宁说是为文人写照。

史湘云《对菊》诗有写傲世情态一联说："萧疏篱畔科头坐，清冷香中抱膝吟。"试想：这是一位公侯小姐的形象吗？男子读书的有儒冠，做官的戴纱帽，只有那些隐逸狂放之士才"科头"（光着头）。闺阁女子本来就不戴帽子，何必说"科头"呢？再说，也很少见小姐"抱膝"坐在地下的。原来这里就是一般文人所写的傲世的形象，它取意于王维《与卢员外象过崔处士兴宗林亭》诗："科头箕踞（即抱膝而坐）长松下，白眼看他世上人。"探春所作的《簪菊》诗也是如此。它的后半首说："短鬓冷沾三径露，葛巾香染九秋霜。高情不入时人眼，拍手凭他笑路旁。"也许有人以为诗既是女子所写，"短鬓"（一作"短发"）未免不成体统，似乎说"云鬓"更好，殊不知诗写"簪菊"，句句切题，这一句是以杜诗"白头搔更短，浑欲不胜簪"（《春望》）为出典的，正是"短鬓"（或"短发"）。如果必以女郎诗来衡量，探春也像"葛巾漉酒"的陶渊明装束，成何模样！特别是末联情景，李白作《襄阳歌》说"襄阳小儿齐拍手……笑杀山公醉似泥"，是很自然的；倘若闺房千金喝得酩酊大醉，让路旁行人拍手取笑，还自以为"高情"，这未免狂得太过分了吧！固然，闲吟风月，总要有点"为文造情"，也未必都要说自己的。但如果看作是作者有意借此类儿女吟哦的情节（当然，这里并不排斥当时贵族家庭妇女也多有能作诗填词的），同时曲折地摹写当时儒林风貌的某些方面（也许正因为如此，小说才特地通过探春之口说这次作诗的规定是"总不许带出闺阁字样来"），不是更为合适吗？

按头制帽，诗即其人

曹雪芹深恶那些"不过作者要写出自己的那两首情诗艳赋来，故假拟出男女二人名姓，又必旁出一小人其间拨乱，亦如剧中之小丑然"的"佳人才子等书"。可知他自己必不如此。但有一条脂评说：

> 余谓雪芹撰此书，中亦为（"有"字的草写形讹）传诗之意。（甲戌本第一回夹批）

这又如何理解呢，是否脂评所说不确？我以为倘若理解为曹雪芹想把自己平时所创作的诗，用假拟的情节串连起来，以便传世，那是不确的。但如果说，曹雪芹立意在撰写《红楼梦》小说的同时，把在小说情节中确有必要写到的诗词，根据要塑造的人物形象的思想性格、文化修养，摹拟得十分逼真、成功，从而让这些诗词也随小说的主体描述文字一道传世，我以为，这样理解作者"有传诗之意"的话是可以的。这里的关键在于小说中的诗词曲赋是从属于人物形象的塑造和故事情节的描述的需要的，而不是相反。这是《红楼梦》中的诗词曲赋不同于一些流俗小说的最显著、最重要的特点之一，这些诗词曲赋之所以富有艺术生命力，主要原因也在于此。

用茅盾同志所作的比喻来说，这叫作"按头制帽"（见《夜读偶记》）。

　　要描写一群很聪明而富有才情的儿女们赋诗填词，已非易事，再要把各人之所作拟写得诗如其人，都适合他们各自的个性、修养、特点，那必然加倍的困难。海棠诗社诸芳所咏，黛玉的风流别致、宝钗的含蓄浑厚、湘云的清新洒脱，都自有个性，互不相犯。黛玉作《桃花行》，宝玉一看便知出于谁手。宝琴诳他说是自己写的，宝玉就不信，说"这声调口气迥乎不像蘅芜之体"，还说"姐姐断不许妹妹有此伤悼语句，妹妹虽有此才，比不得林妹妹曾经离丧，作此哀音"。这些话表明作者在摹拟小说中各人所写的诗词时，心目之中先已存有每人的"声调口气"，"潇湘子稿"绝不同于"蘅芜之体"，而且在赋予人物某些特点时，还考虑到他的为人行事以及与身世经历之间的联系。宝钗的"淡极始知花更艳"，不但是咏白海棠的佳句，而且完全符合她为人寡语罕言、安分从时，喜欢素朴淡雅、洁净无华，遇到旁人会见怪的事情她能浑然不觉，因而博得贾府上下夸赞的个性特点。湘云的"也宜墙角也宜盆"，当然是赞好花处处相宜，但好像也借此道出了她面对自幼在绮罗丛中受到娇养，如今却来投靠贾门、寄人篱下的环境改变，而满不在乎的那种"阔大宽宏"的气量风度。被评为压卷之作的《咏菊》诗说："满纸自怜题素怨，片言谁解诉秋心！"大有"满纸荒唐言，一把辛酸泪；都云作者痴，谁解其中味"的味道，只是已女性化了而已。这样幽怨寂寞的心声，自非出自黛玉笔下不可。作者让史湘云的《咏白海棠》诗"压倒群芳"（脂评语），让林黛玉在《菊花诗》诸咏中夺魁，让薛宝钗所讽和的《螃蟹咏》被众人推为"绝唱"。以吟咏者的某种气质、生活态度与所咏之物的特性或咏某物最相宜的诗风相暗合，这也是作者的精心安排。

　　曹雪芹把"追踪蹑迹"地忠实摹写生活作为自己写小说的美学理想，因而，我们在小说中常常可以读到一些就诗本身看写得很不像样、但从摹拟对象来说却是非常成功的诗。比如，绰号"二木头"的迎春，作者写她缺乏才情，不大会作诗，所以，猜诗谜也猜不对，行酒令一开口就错了韵。她奉元春之命所题的匾额叫"旷性怡情"，倒像这位懦小姐对诸事得失都不计较、听之任之的生活态度的自然流露。她勉强凑成一绝，内容最为空洞，如说"奉命羞题额旷怡"、"游来宁不畅神思"，句既拙稚，意思也不过是匾额的一再重复，像这样能使读者从所作诗中见其为人的诗，实在是摹拟得绝妙的。在香菱学诗的情节中，作者还把自己谈诗、写诗的体会故事化了。他揣摩初学者习作中易犯的通病，仿效他们的笔调，把他们在实践中不同阶段的成绩都一一真实地再现出来，这实在比自己出面作几首好诗更难得多。再如，贾芸所写的书信、贾环所制的谜语、薛蟠所说的酒令，都无不令人绝倒。他们写的、讲的之所以可笑，原因各不相同，也各体现不同个性，绝无雷同；然而又都可以看出作者出色的摹拟本领和充满幽默感的诙谐风趣的文笔。在这方面，曹雪芹的才能真是了不起啊！

《红楼梦》诗词曲赋的明显的个性化，使得后来补续这部小说的人所增添的诗词难以鱼目混珠。我们知道，在制灯谜一回中，宝玉的"镜子谜"和宝钗的"竹夫人谜"，并非曹雪芹的原作，因为原稿文字止于惜春谜，"此后破失"，"此回未补成而芹逝矣"（脂评语）。这两个谜语和回末的文字都是后人补的。谜语补得怎么样呢？因为回目是"制灯谜贾政悲谶语"，所以谜语要有符合人物将来命运的寓意，这一点续补者是注意到了。宝玉的谜"南面而坐，北面而朝；象忧亦忧，象喜亦喜"，似乎可以暗射后来有金玉之"喜"和木石之"忧"，一"南"一"北"，也仿佛可以表示求仕与出家之类相反的意愿或行为。谜底镜子，则可象征"镜花水月"。所以，续补者颇有点踌躇满志，特地通过贾政之口赞道："好，好！如猜镜子，妙极！"但续补者显然忘记了宝玉是"极恶读书"（按脂评所说"是极恶每日'诗云子曰'的读书。见甲戌本第三回）的，而现在的谜语却是集四句儒家经语而成的，而且还都出自最不应该出的下半本《孟子》的《万章》篇上。小说于制谜一回之后，再过五十一回，写宝玉对父亲督责他习读的《孟子》、尤其是下半本《孟子》，大半夹生，不能背诵，而早在这之前，倒居然能巧引其中的话，制成谜语，这就留下了不小的破绽，破坏了原作者对宝玉叛逆性格的塑造。宝钗的谜虽合夫妻别离的结局，但一览无余，与"含蓄浑厚"的"蘅芜之体"绝不相类。一开口"有眼无珠腹内空"，简直近乎赵姨娘骂人的口吻；第三句"梧桐叶落分离别"，为了凑成七个字，竟把用"分离"或者"离别"两个字已足的话，硬拉成三个字，实在也不比贾芸更通文墨；至于"恩爱夫妻不到冬"之类腔调，倘用在冯紫英家酒席上，出自蒋玉菡或者锦香院妓女云儿之口，倒是比较合适的。薛宝钗如何能说出这样的话来呢？

再看后四十回续书中的诗词，不像话的就更多了。试把八十九回续补者所写的宝玉祝祭晴雯的两首《望江南》词与曹雪芹所写的宝玉"大肆妄诞""杜撰"出来的《芙蓉女儿诔》比较一下，就会发现，一则陋俗不堪，一则健笔凌云，其间之差别，犹如霄壤。续书九十四回中还有一首宝玉的《赏海棠花妖诗》，也可以欣赏一下，不妨引出：

> 海棠何事忽摧颓？今日繁花为底开？
> 应是北堂增寿考，一阳旋复占先梅。

这只能是乡村里混饭吃的、胡子一大把的老学究写的，读了不免心头作呕。如此拙劣庸俗的文字，怎么可能是"天分高明，性情颖慧"（警幻仙子的评价）、写过"绕堤柳借三篙翠，隔岸花分一脉香"、"人世冷挑红雪去，离尘香割紫云来"一类漂亮诗句的宝玉写的呢？再说，宝玉本是"古今不肖无双"的封建家庭的"孽根祸胎"，现在又怎么忽然变成专会讲些好话来"讨老太太的喜欢"的孝子贤孙了呢？看过后人"大不近情理"的续貂文字，才更觉得曹雪芹之不可企及。

谶语式的表现方法

《红楼梦》中的诗词曲赋在艺术表现上另有一种特殊现象，是其他小说中诗词所少有的，那就是作者喜欢预先隐写小说人物的未来命运，而且这种暗中的预示所采用的方法是各式各样的。

太虚幻境中的《十二钗图册判词》和《红楼梦十二支曲》是人物命运的预示，这已毋庸赘述；《灯谜诗》因回目点明是"谶语"，也可不必去说它。甄士隐的《好了歌注》，甲戌本脂评几乎逐句批出系指某某，虽然在传抄过录时，个别评语的位置抄得不对（如"如何两鬓又成霜"句旁批"黛玉、晴雯一干人"，其实这条批应移在下一句"昨日黄土陇头送白骨"旁的，即《芙蓉诔》中所谓"黄土陇中，女儿命薄"是也），个别评语可能抄漏（如"择膏粱，谁承望流落在烟花巷"句旁无批，可能是抄漏了贾巧姐的名字），但甄士隐所说的种种荣枯悲欢，都有后来具体情节为依据，这也是明显的事实。因为小说开卷第一回所写的甄士隐的遭遇，本来也就是全书情节、特别是主要人物贾宝玉所走的道路的一种象征性的缩影。

除了这些比较明显的带有预言性质的诗歌外，小说人物平日风庭月榭、咏柳吟花的诗歌又如何呢？我们说，它也常常是"诗谶式"的。我们就以林黛玉之所作为例吧。她写的许多诗词，甚至席上行令时抽到的花名签，都可以找出一些诗句来作为她后来悲剧命运的写照。

首先，她的全部"哀音"的代表作《葬花吟》就是"诗谶"。与曹雪芹同时、读过其《红楼梦》抄本的明义，在他的《题红楼梦》诗中就说：

> 伤心一首葬花词，似谶成真自不知。
> 安得返魂香一缕，起卿沉痼续红丝？

所谓"似谶成真"，就是说《葬花吟》仿佛无意之中预先道出了黛玉自己将来的结局。究竟是否如此，这当然要看过曹雪芹写的后来黛玉之死的情节方知。所以，脂评曾说：自己读此诗后很受感动，正不知如何加批才好，有一位"《石头记》化来之人"劝阻他先别忙着加批，"俟看过玉兄后文再批"，他听从了这话，"故掷笔以待"（庚辰本第二十七回眉批，甲戌本略同）。

我把有关佚稿情节的脂评和其他资料，与这样带谶语性质的许多诗加以印证、研究，发现曹雪芹笔下的黛玉之死，完全是不同于续书所写的另一种性质的悲剧。要把问题都讲清楚，需专门写一篇长文，这里只能说一个大概：八十回后，贾府发生重大变故——先是"获罪"，最终则"事败、抄没"。宝玉遭祸离家，淹留于"狱神庙"不归，很久音讯隔绝，吉凶未卜。黛玉经不起这样的打击，急痛忧忿，日夜悲啼，终于把她衰弱生命中的全部炽热的爱，化为泪水，报答了她平生唯一的知己宝玉。那一年事变发生于秋天，次年春尽花落，黛玉就"泪尽夭亡"。宝玉回来已是离家一年后的秋天。往日"凤尾森森，龙吟细细"的景色，已被"落叶萧萧，寒烟漠漠"的惨象所代替；绛芸轩、潇湘馆也都已"蛛丝儿结满雕梁"。人去楼空，红颜已归黄土陇中；天边香丘，唯有冷月埋葬花魂。据脂评透露，黛玉逝后，宝玉"对景悼颦儿"亦有如"诔晴雯"之沉痛文字，可惜我们再也读不到这样精彩的篇章了！

这样看来，《葬花吟》中诸如"三月香巢已垒成，梁间燕子太无情（秋天燕子飞去）、明年花发虽可啄，却不道人去梁空巢也倾"数句，也许就是变故前后的谶语。"质本洁来还洁去，强于污淖陷渠沟"，也有可能正好写出后来黛玉宁死不愿蒙受垢辱的心情。至于此诗的最后几句："侬今葬花人笑痴，他年葬侬知是谁？试看春残花渐落，便是红颜老死时。一朝春尽红颜老，花落人亡两不知！"在小说中通过写宝玉所闻的感受、后来黛玉养的鹦鹉学舌，重复三次提到，当然更不会是偶然的了。上引明义诗的后两句："安得返魂香一缕，起卿沉痼续红丝？"也是佚稿中的黛玉并非如续书所写死于宝玉另娶的明证（在佚稿中，成"金玉姻缘"是黛玉死后的事）。须知明义读到的小说抄本，如果后来情节亦如续书一样，他就不可能产生最好有回生之术能起黛玉之"沉痼"而为她"续红丝"的幻想了！因为黛玉即使能返魂复活，她又和谁去续红丝呢？

《代别离·秋窗风雨夕》也是后来宝玉诀别黛玉后，留下"秋闺怨女拭啼痕"（黛玉这一《咏白海棠》的诗句，脂评已点出"不脱落自己"）情景的预示。这一点从小说描写中也是可以看出作者用笔的深意来的：

> ……随便拿了一本书，却是《乐府杂稿》；有《秋闺怨》《别离怨》等词。黛玉不觉心有所感，亦不禁发于章句，遂成《代别离》一首，拟《春江花月夜》之格，乃名其词曰《秋窗风雨夕》。

这里，"心有所感"四字就有文章。如果说黛玉有离家进京、寄人篱下的孤女之感，倒是合情理的。但《秋闺怨》《别离怨》或者所拟之唐诗《春江花月夜》，写的一律都是男女相思离别的愁恨（李白的乐府杂曲《远别离》则写湘妃娥皇、女英哭舜，男女生离死别的故事）。在八十回之前，黛玉还没有这种经历，不能如诗中自称"离人"，对秋屏泪烛，说"牵愁照恨动离情"等，除非是无病呻吟。所以这种"心有所感"是只能当作一种预感来写的。

再如她的《桃花行》，写的是"泪干春尽花憔悴"情景。既然《葬花吟》"似谶"，薄命桃花当然也是她不幸夭亡命运的象征。这一点，我们又从脂评中得到了证实。戚本此回回前有评诗说：

> 空将佛事图相报，已触飘风散艳花。
> 一片精神传好句，题成谶语任吁嗟。

意思是虽然宝玉后来不顾"宝钗之妻、麝月之婢"，"弃而为僧"，皈依佛门，以图报答自己遭厄时知己黛玉对他生死不渝的爱情，但这也徒然，因为黛玉早如桃花之触飘风而飞散了！批书人读过已佚的后半部原稿，他说诗是"谶语"，当然可信。

上面谈的只是她的三首长歌。其他如吟咏白海棠、菊花、柳絮、五美诸作，以及中秋夜与湘云的即景联句等，也都在隐约之间

通过某一二句诗，巧妙地寄寓她的未来。如联句中"寒塘渡鹤影
（湘云），冷月葬花魂（黛玉）"一联，就可以看作是吟咏者后来
各自遭遇的诗意画。甚至席上行令掣签时，作者也把花名签上刻着
的为时人所熟知的古人诗句含义，与掣到签的人物命运联系了起
来。黛玉所掣到的芙蓉花签，上刻"莫怨东风当自嗟"，是宋人欧
阳修著名的《明妃曲》中的诗句。该诗的结尾说：

> 明妃去时泪，洒向枝上花；
>
> 狂风日暮起，飘泊落谁家？
>
> 红颜胜人多薄命，莫怨东风当自嗟。

这与《葬花吟》等诗简直就像同出一人之手。这里还有一点值得我
们深思：为何花名签上不出"红颜胜人多薄命"句呢？现在所刻之
句，既有"莫怨东风"，又说"当自嗟"，岂非有咎由自取之意？
这能符合黛玉悲剧结局的实际情况吗？我们说，不出前一句主要是
因为它说得太直露了，花名签上不会刻如此不吉祥的话；隐去它而
又能使人联想到它（此诗早为大家所传诵），这是艺术上的成功。
至于"莫怨东风当自嗟"，正是暗示黛玉泪尽而逝的性质和她在这
个悲剧中所达到的精神境界的借用语。如前所述，黛玉最后只是痛
惜知己宝玉的不幸，而全然不顾自己，虽明知自己的生命因此而行
将毁灭，也在所不惜。戚序本第三回末有一条脂评，可以作这句诗
的注脚：

> 补不完的是离恨天，所馀之石岂非离恨石乎？而绛珠之泪
> 偏不因离恨而落，为惜其石而落。可见惜其石必惜其人。其人
> 不自惜，而知己能不千方百计为之惜乎！所以绛珠之泪至死不
> 干，万苦不怨，所谓"求仁而得仁，又何怨"（借用《论语》
> 的话）。悲夫！

宝玉的"不自惜"，无非是引起他父亲贾政大加笞挞的那类事，亦

即使袭人感到"可惊可畏"的、"将来难免"会有"丑祸"的那种"不才之事"（见三十二回）。看来，黛玉怜惜宝玉后来之遭厄，又比宝玉在家里挨打那次更甚了。我由此想到警幻仙子所歌"春梦随云散，飞花逐水流；寄言众儿女，何必觅闲愁"以及薄命司所悬对联"春恨秋悲皆自惹，花容月貌为谁妍"，也都并非泛泛之语；就连薛宝琴《怀古绝句十首》那样不揭示谜底的诗谜，我认为曹雪芹也都是别出心裁地另外寄寓着出人意料的深意的。

当然，这种诗谶式的表现方法，也可以找出其缺点来，那就是给人一种宿命的、神秘主义的感觉。我以为它多少与作者对现实的深刻的悲观主义思想有关。但从小说艺术结构的完整性和严密性来说，它倒可以证明曹雪芹每写一人一事，都是胸中有全局，目光贯始终的。这一特点，无论其优劣如何，它至少对我们探索原作的本来构思、主题、主线，以及后半部佚稿的情节是非常重要的。

总之，《红楼梦》中的诗词曲赋，从小说的角度看，艺术成就是很高的。它在我国古典小说中是一个十分特殊的现象。我们要了解它的艺术特点，读懂它，欣赏它，才不致辜负曹雪芹这位伟大的文学家的一片苦心。

自题一绝

（第一回）

满纸荒唐言，一把辛酸泪！
都云作者痴①，谁解其中味②？

【说明】

在小说的楔子中，作者假托这部书的底稿是空空道人从石头上抄来的，后经"曹雪芹于悼红轩中，披阅十载，增删五次，纂成目录，分出章回"，题名为《金陵十二钗》，并题了这首绝句。所以，这首诗是小说中作者以自己身份来写的唯一的一首诗。

【注释】

① 都云——都说。
② 解——懂得。

【鉴赏】

"荒唐言"不限于指小说有石头"无材补天，幻形入世"这样荒唐的缘起，也不仅仅指小说中有"太虚幻境""风月宝鉴"之类荒唐的情节。作者将广泛搜罗所得的见闻，结合自身的经历体验，运用大胆的艺术想象，创造了贾宝玉以及一大批非按某一真人为对象摹写的闺阁女子形象，虚构成一个以大观园女儿国为中心的故事，以及小说表面上把悲剧命运说成是情根凤鬈、偿还冤债等，也都带有"假语存焉"（脂砚斋错听成"假语村言"，先写入"凡例"，后移作回前评，又被传抄者混为正文，遂讹传至今）的性质，也就是所谓"荒唐言"。"一把辛酸泪"，是说其中包含着种种血泪辛酸的现实生活和感受。"都云作者痴，谁解其中味？"在这里，作者诉说的是他难以直言而又生怕不能被理解的衷曲。

脂砚斋、畸笏叟等人对此诗有几条重要的批语。一曰："此是第一首标题诗。"有人被"第一首"三字所迷惑，以为在此之前明明还有一首"无材可去补苍天"的诗，此诗应为第二首，之所以称为"第一首"，正好说明小说本由作者新、旧二稿合成，或由不同作者的两部书拼凑起来的；在旧稿中此诗是第一首，加入新稿后成了第二首，而批语本批在旧稿上，故有此矛盾现象。其实这是误解。因为脂批所说的"标题诗"是指标明此回题意（即回目含义）的诗，而前一首楔子中的石上偈，并非为标明回目含义而作，所以不是标题诗。第一回回目中有以"甄士隐"谐"真事隐（去）"，"贾雨村"谐"假语存（焉）"之隐义，故诗有"荒唐言""辛酸泪""解味"等语。也由此可见，小说原来的设计在每回正文开始前都有一首"标题诗"来阐释回目；现在有的有，有的没有，是书稿未最后完成加工的迹象。二曰："能解者方有辛酸之泪哭成此书。——壬午除夕。"壬午的次年癸未，曹雪芹尚在人世，他死于再下一年甲申春，有敦诚的挽诗可证。"壬午除夕"是畸笏叟在自己批语后所署的时间。他在这一年署时间的批语特别多，如"壬午春""壬午季春""壬午孟夏""壬午孟夏雨窗""壬午九月""壬午重阳"等，不计这条"壬午除夕"在内，已多至四十二条。批语针对"辛酸泪""谁解"等语而发。"哭成"只能理解为以悲感的心情撰写而成，而绝不是拼合增删他人作品而成。且语意也说明书稿已基本撰写成了。三曰："书未成，芹为泪尽而逝。余尝哭芹，泪亦待尽。每意觅青埂峰再问石兄，奈不遇癞和尚何？怅怅！今而后惟愿造化主再出一芹一脂，是书何幸，余二人亦大快遂心于九泉矣！——甲申八月泪笔。"此批亦畸笏叟所加。其时，脂砚斋亦已逝去，与雪芹死仅相隔半年。"余二人"，指畸笏叟及其老妻，即雪芹之双亲（参见拙作《畸笏叟考》，载《红楼梦学刊》2004年第1期），他痛悼爱子不幸早逝，故署"泪笔"。前言书已"哭成"，此却又言"书未成"，何故？因十年前雪芹交出的小说成稿，在后来誊清时，被借阅者"迷失五六稿"，且都是八十回以后的，一直找不回来，也未及补写，畸笏痛心全书成残，故有是语。

《红楼梦》问世二百多年了，对于这部小说的成书过程、后半部佚稿的情节，以及作者创作此书的本来意图等，都有各种不同的说法。至于对小说的社会意义，更曾经有过种种歪曲，就是曹雪芹自己，由于没有科学的历史观点，不能从本质上认识那些激动着他，从而使他产生强烈创作愿望的复杂的社会现象（尽管他出色地描绘了它），因而，也就不能真正理解他自己著作的全部价值和意义。用正确的观点深刻地理解、阐明《红楼梦》这一部在思想上和艺术上成就最高的中国古典小说的社会意义和科学地总结其创作的艺术经验的任务，便历史地落在我们这一代人的肩上。

太虚幻境对联

（第一回）

假作真时真亦假，
无为有处有还无^①。

【说明】

　　甄士隐炎夏伏几盹睡，梦见一僧一道携"通灵宝玉"下凡。他上前搭话，请一见此玉，但不及细看，就被夺回，说是已到幻境。见到的是一座大石牌坊，上有"太虚幻境"四个字，两边就是这副对联。太虚幻境，意即虚幻之地，作者假托的仙境。太虚，本谓空寂玄奥境地，故亦指宇宙或天。

【注释】

　　①"假作"二句——把假的当作真的，真的也就成了假的；把没有的当作有的，有的也就成为没有的了。

【鉴赏】

　　甄士隐梦中所见的这副对联，在第五回贾宝玉梦游太虚幻境时也曾同样看到。两次出现是着意强调，同时也借此点出甄的遭遇和归宿是贾的一生道路的缩影。

　　作者用高度概括的哲理诗的语言，提醒大家读此书要辨清什么是真的、有的，什么是假的、无的，才不致惑于假象而迷失真意。但是历来许多谈论《红楼梦》的人多在辨别真假有无上走入了歧途，主观臆断，穿凿附会。正如鲁迅所说："单是命意，就因读者的眼光而有种种：经学家看见《易》，道学家看见淫，才子看见缠绵，革命家看见排满，流言家看见宫闱秘事……"(《集外集拾遗·〈绛洞花主〉小引》)他们以假作真,无中生有,实在免不了受到这副对联的嘲笑。

小说中借"假语""荒唐言"将政治背景的"真事隐去",用意是为了避免文字之祸。如说曾"接驾四次"的江南甄家,也与贾府一样,有一个容貌、性情相同的宝玉,后来甄家也像贾府一样被抄了家,这些都是作者故意以甄乱贾,以假作真。此外,如作者不明写秦可卿诱发了宝玉渐成熟的性意识,而假借宝玉做梦等,也与这副对联所暗示的相契。如果从文艺作品反映现实这一特点说,弄清"真"与"假"、"有"与"无"的辩证关系,也是十分重要的。对此,鲁迅曾有深刻的论述:"只要知道作品大抵是作者借别人以叙自己,或以自己推测别人的东西,便不至于感到幻灭,即使有时不合事实,然而还是真实。其真实,正与用第三人称时或误用第一人称时毫无不同。倘有读者只执滞于体裁,只求没有破绽,那就以看新闻记事为宜,对于文艺,活该幻灭。而其幻灭也不足惜,因为这不是真的幻灭,正如查不出大观园的遗迹,而不满于《红楼梦》者相同。……我宁看《红楼梦》,却不愿看新出的《林黛玉日记》,它一页能够使我不舒服小半天。……幻灭以来,多不在假中见真,而在真中见假。"(《三闲集·怎么写》)

好了歌

(第一回)

跛道人

世人都晓神仙好,惟有功名忘不了!
古今将相在何方?荒冢一堆草没了①。
世人都晓神仙好,只有金银忘不了!
终朝只恨聚无多,及到多时眼闭了。

世人都晓神仙好，只有姣妻忘不了②！
君生日日说恩情，君死又随人去了。
世人都晓神仙好，只有儿孙忘不了！
痴心父母古来多，孝顺儿孙谁见了？

【说明】

甄士隐家破人亡，贫病交迫，光景难熬。一日上街散心，遇一跛足疯道人口念此歌，士隐听了问道："你满口说些什么？只听见些'好''了''好''了'。"那道人笑道："你若果听见'好''了'二字，还算你明白。可知世上万般，好便是了，了便是好。若不了，便不好；若要好，须是了。我这歌儿，便名《好了歌》。"

【注释】

① 冢（zhǒng 肿）——坟墓。没——埋没。
② 姣——容貌美好。

【鉴赏】

褴褛如同乞丐的跛足疯道人所唱的歌，自然一点点文绉绉的语言都不能用，它只能是最通俗、最浅显，任何平民百姓、妇女儿童都能一听就懂的话，而歌又要对人世间普遍存在的种种愿望与现实的矛盾现象作概括，还要包含某种深刻的人生和宗教哲理。这样的歌，实在是最难写的。后四十回续书中也摹拟了几首民谣俚曲，一比较，就发现根本不可与此同日而语。这也见出多才多艺的曹雪芹在摹写多种复杂生活现象上的绝大本领是难以超越的。关于此歌所反映的思想，请参见下一首《好了歌注》的赏析。

好了歌注

（第一回）

甄士隐

　　陌室空堂，当年笏满床①；衰草枯杨，曾为歌舞
场。蛛丝儿结满雕梁②，绿纱今又糊在蓬窗上③。说什
么脂正浓、粉正香，如何两鬓又成霜？昨日黄土陇头
送白骨④，今宵红灯帐底卧鸳鸯⑤。金满箱，银满箱，
展眼乞丐人皆谤⑥。正叹他人命不长，哪知自己归来
丧！训有方，保不定日后作强梁⑦。择膏粱⑧，谁承望
流落在烟花巷⑨！因嫌纱帽小⑩，致使锁枷扛⑪；昨怜
破袄寒⑫，今嫌紫蟒长⑬：乱烘烘你方唱罢我登场，反
认他乡是故乡⑭。甚荒唐，到头来都是为他人作嫁
衣裳⑮。

【说明】

　　甄士隐听了跛道人那番"好便是了，了便是好"的话后，顿时"悟彻"，
便对道人说了这首歌，自称替《好了歌》作注解，接着就随疯道人飘然而去。

【注释】

　　①"陋室"二句——这两句说，如今的空堂陋室，就是当年高官显贵
们摆着满床笏板的华屋大宅。陋室，简陋的小屋。笏（hù 互）满床，形容
家里人做大官的多。笏，封建时代臣子朝见皇帝时拿的用以指画或记事的
板子，用象牙或竹片制成。唐代崔神庆的儿子琳、珪、瑶等都做大官，每
年家宴时，"以一榻置笏重叠于其上"（见《旧唐书·崔义玄传》）。后来
俗传误为郭子仪"七子八婿，富贵寿考"的故事，并编有《满床笏》剧，

小说第二十九回曾写到。

②"蛛丝"句——这句说，豪门已败落，住宅已荒废。雕梁，雕过花的屋梁，代指豪华的房屋。

③"绿纱"句——这句意思是说，贫穷的人又暴发成新贵。绿纱，贵族之家常用绿纱糊窗。蓬窗，贫家的窗户。

④黄土陇头——指坟墓。

⑤鸳鸯——喻夫妻或结私情的男女。

⑥展眼——一瞬间。

⑦日后——将来。强梁——强横凶暴，这里是指强盗或江湖上凭武艺本领称霸的人。

⑧择膏粱——选择富贵人家子弟为婚姻对象。膏粱，本指精美的食品，这里是膏粱子弟的略称。膏，肥肉。粱，美谷。

⑨承望——料想得到。烟花巷——旧时都市中妓女聚集的地方。烟花，娼妓的代称。

⑩纱帽——封建时代官吏所戴的帽子，这里是官职的代称。

⑪锁枷——旧社会囚系罪人的刑具。

⑫怜——自怜，这里与"嫌"同义。

⑬"今嫌"句——这句意思是说如今反嫌官高不得清闲，要担风险。紫蟒，紫色的蟒袍，古代贵官所穿的公服。唐制，三品以上着紫衣。

⑭反认他乡是故乡——比喻把功名富贵、妻妾儿孙等误当作人生的根本。唐代刘皂《旅次朔方》诗："客舍并州数十霜，归心日夜忆咸阳。无端又渡桑乾水，却望并州是故乡。"此用其意。

⑮为他人作嫁衣裳——比喻为别人辛苦忙碌，自己没有得好处。唐代秦韬玉《贫女》诗："苦恨年年压金线，为他人作嫁衣裳。"

【鉴赏】

《好了歌》和《好了歌注》，形象地勾画了封建末世统治阶级内部各政治集团、家族及其成员之间为权势利欲剧烈争夺、兴衰荣辱迅速转递的历史图景。在这里，封建伦理道德的虚伪、败坏，政治风云的动荡、变幻，以及人们对现存秩序的深刻怀疑、失望等，都表现得十分清楚。这种"乱烘烘你方唱罢我登场"的景象，是封建统治阶级内部兴衰荣枯转递变化过程已大为加速的反映，是封建社会经济基础已经日渐腐朽，它的上层建筑也发生动摇，终将趋向崩溃的反映。这些征兆都具有时代的典型性。作为艺术家的曹雪芹是伟大的，他给我们留下了一幅极其生动的封建末世社会的讽刺画。然而，当他企图对这些世态加以解说，并企图向陷入"迷津"的人们指明出路的时候，他自己也茫然了，完全无能为力了。他只能借助于机智的语言去重复那些人生无常、万境归空的虚无主义滥调和断绝俗缘（所谓"了"）、便得解脱（所谓"好"）的老一套宗教宣传，借此表达自己对现实社会的极端愤懑和失望。这样，他自然地就使自己先陷入了唯心主义的迷津。

《好了歌注》中所说的种种荣枯悲欢，是有小说的具体情节为依据的。如歌的开头，就对以贾府为代表的四大家族的败亡结局作了预示；还有一边送丧，一边寻欢之类的丑事，书中也屡见不鲜。但要句句落实某人某事是困难的，因为有些话似乎带有普遍性，如脂浓粉香，一变而为两鬓如霜，便是自然规律。它可能是对大观园中一些女儿的概括描写，倘说白首孀居，则有指宝钗、湘云的可能（参见《十二钗正册判词之一、之四》及《红楼梦曲》中有关的注）。此外，小说八十回以后的原稿已佚，所以也难对其所指下确切的断语。当然，线索还是有的。比如甲戌本的批语（它的价值是不容忽视的）指出，沦为乞丐的是"甄玉、贾玉一干人"。这与原燕京大学藏七十八回《脂砚斋重评石头记》（后简称"庚辰本"）第十九回脂批说贾宝玉后来"寒冬噎酸虀（jī基，腌菜），雪夜围破毡"是一致的。但由此我们又知道甄宝玉的命运也与之相似，可见贾（假）甄（真）密切相关。"蓬窗"换作"绿纱"的，脂批说是"雨村一干新荣暴发之家"，又说戴锁枷的也是"贾赦、雨村一干人"，那么，他们后来因贪财作恶而获重罪的线索就更加清楚了。穿紫袍的，说是"贾兰、贾菌一干人"。贾兰的官运可从后面李纨册子的判词和曲子中得到印证；贾菌的腾达，则是他人后续四十回所根本未曾提到的。有两条脂批，乍看有点莫名其妙，即批"两鬓又成霜"为"黛玉、晴雯一干人"，说"日后作强梁"是"柳湘莲一干人"。这些人都是已知结局的。岂黛玉能够长寿，晴雯死而复生，湘莲又重新还俗？当然不会。其实，前者是批语抄错了位置，应属下一句，指她们都成了"黄土陇头"的"白骨"；后者则是将第六十六回中作者描写在外浪迹萍踪的柳湘莲所用的隐笔加以揭明。有这样一段文字：

薛蟠笑道："天下竟有这样奇事：我同伙计贩了货物，自春天起身往回里走，一路平安。谁知前日到了平安州界，遇一伙强盗，已将东西劫去，不想柳二弟从那边来了，方把贼人赶散，夺回货物，还救了我们的性命。我谢他又不受，所以我们结拜了生死弟兄。……"

这段话颇有含混之处。比如说"柳二弟从那边来了"，我们终究不知柳是从何而来的；而且他一来，居然无须挥拳动武，就能"把贼人赶散"，柳的身份不是也有点可疑吗？就算他这几年"惧祸走他乡"是在江湖行侠吧（书中对他在干什么行当，讳莫如深），侠又何尝不是"强梁"呢（《庄子·山木》："从其强梁。"吕注："多力也。"）？可见，脂批在提示人物情节上都不是随便说的。

有一条脂批很容易使人忽略它提供情节线索的价值，即批"蛛丝儿结满雕梁"为"潇湘馆、紫（绛）芸轩等处"。草草读过，仿佛与"陋室空堂"两句同义，都说贾府败落。细加推究，所指又不尽相同。否则，何不说"宁、荣二府""大观园"，或者"蘅芜院、藕香榭等处"呢？原来，我们根据多方面线索（以后还将陆续提到）得出的结论：贾府获罪，宝玉离家（或为避祸）在外淹留不归，时在秋天。此后，他的居室绛芸轩当然是人去室空。林黛玉因经不起这个突如其来的沉重打击，忧忿不已，病势加重，挨到次年春残花落时节，她就泪尽"证前缘"了。潇湘馆于是也就成了空馆。"一别西风又一年"（参见后《怀古绝句十首》之十），宝玉回到大观园时，黛玉已死了半年光景了。原先"凤尾森森，龙吟细细"的潇湘馆，如今只见"落叶萧萧，寒烟漠漠"（庚辰本第二十六回脂批指出佚稿中文字），怡红院也是满目"红稀绿瘦"（庚辰本第二十六回脂批）的凄惨景象，而两处室内则是"蛛丝儿结满雕梁"。这就难怪宝玉要"对景悼颦儿"（庚辰本第七十九回批）了。

此外，也有歌中虽无脂批，但我们仍能从别处提示中推知的情节，如择佳婿而流落烟花巷的，当是贾巧姐（参见《十二钗正册判词之九》及《红楼梦曲·留馀庆》鉴赏）。至于既无脂批，又难寻线索的话，如"正叹他人命不长，哪知自己归来丧"之类，那就不必勉强去坐实了。因为，即使不作如此推求，也并不妨碍我们对这两首歌的精神实质的理解。

荣禧堂对联
（第三回）

座上珠玑昭日月^①，
堂前黼黻焕烟霞^②。

【说明】

这是荣国府正堂中所挂的乌木联牌上用錾银字镶出来的对联，题明是东安郡王的手书，为林黛玉初来贾府时所见。

【注释】

①"座上"句——座中人所佩饰的珠玉，光彩可与日月争辉。这是说荣府豪华。又"珠玑"常喻诗文精彩，如唐代杜牧《新转南曹出守吴兴》诗："一杯宽幕席，五字弄珠玑。"所以又兼赞贾家文采风流。

②"堂前"句——堂上人所穿着的官服，色泽犹如云霞绚烂。这是说荣府显贵。黼黻（fǔ fú 府弗），古代高官礼服上所绣的花纹。

【鉴赏】

这一联是荣禧堂环境描写的细节部分，和室内外其他装潢摆设一样，都可以看出这个历时百年的"钟鸣鼎食"之家，完全是依仗着皇家官府势力的荫庇扶持，才享有如此显赫荣耀的社会地位的。它特地用从前来投靠贾家的林黛玉眼中看到的形式而道出，可见作者的匠心。

西江月·嘲贾宝玉二首
（第三回）

无故寻愁觅恨，有时似傻如狂。纵然生得好皮囊^①，腹内原来草莽^②。　　潦倒不通世务^③，愚顽怕读文章^④。行为偏僻性乖张^⑤，那管世人诽谤！

富贵不知乐业^⑥，贫穷难耐凄凉。可怜辜负好韶光，于国于家无望。　　天下无能第一，古今不肖无双^⑦。寄言纨袴与膏粱^⑧，莫效此儿形状！

【说明】

林黛玉初见贾宝玉，作者对宝玉的外貌作了一番描绘，接着说："看其外貌，最是极好，却难知其底细。后人有《西江月》二词，批宝玉极恰。"就是这二首。

【注释】

① 皮囊——指躯体、长相。佛家厌恶人的肉体，以为其中藏有涕、痰、粪、尿等污物，故又称躯体为臭皮囊。

② 草莽——丛生的杂草，喻没有学问。

③ 潦倒——失意。世务——谋生之道，包括应酬、礼教等一套人情世故。程乙本作"庶务"，则只是日常生活中的各种事务。《戚蓼生序本石头记》（后简称"戚序本"）作"时务"。今从甲戌、庚辰诸本。

④ 文章——这里特指那些"诗云子曰"的经书和八股文之类的时尚之学。

⑤ 偏僻——不端正，走邪道。乖张——执拗，不驯。

⑥ 乐业——满足。小说中多有此用法。

⑦ 不肖——不像自己的父母、祖先，即不成材。

⑧ 寄言——传话，请告诉。纨袴（kù 裤）——细绢裤。此处指代富贵人家的公子哥儿。膏粱——见第一回《好了歌注》注⑧。此处亦指代富贵人家的公子哥儿。

【鉴赏】

这两首词里说贾宝玉是"草莽""愚顽""偏僻""乖张""无能""不肖"等，看来似嘲，其实是赞。因为这些都是借封建统治阶级的眼光来看的。作者用反面文章把贾宝玉作为一个封建叛逆者的思想、性格，概括地揭示了出来。

曹雪芹的时代，经宋代朱熹集注过的儒家政治教科书《四书》，已被封建统治者奉为经典，具有莫大的权威性。贾宝玉上学时，贾政就吩咐说："只是先把《四书》一气讲明背熟，是最要紧的。"然而宝玉对这些"最要紧的"东西，偏偏"怕读"，以至"大半夹生"，"断不能背"。这当然要被封建统治阶级视为"草莽""愚顽""无能""不肖"了。但他对《西厢记》《牡丹亭》之类理学先生所最反对读的书却爱如珍宝；他给大观园题对额，为芙蓉女儿写诔文，也显得很有才情。在警幻仙姑的眼中，他是"天分高明，性情颖慧"。可见，思想基础不同，评价一个人的标准也不一样。

贾宝玉厌恶封建知识分子的仕宦道路，他尖刻地讽刺那些热衷功名的人是"沽名钓誉之徒"、"国贼禄鬼之流"，他一反"男尊女卑"的封建道德观念，说："女儿是水做的骨肉，男子是泥做的骨肉，我见了女儿便清爽，见了男子便觉浊臭逼人！"他嘲笑道学所鼓吹的"文死谏，武死战"的所谓"大丈夫名节"是"胡闹"，是"沽名钓誉"。贾宝玉这些被封建统治阶级视为"偏僻"、"乖张"、大逆不道的言行，正表现了他对封建统治阶级的精神支柱——孔孟之道的大胆挑战与批判。而"那管世人诽谤"，则更是对他那种傲岸倔强的叛逆性格的颂扬。

贾宝玉的叛逆思想在当时是进步的，但他毕竟是一个生长在封建贵族家庭里的"富贵闲人"。他厌恶封建统治阶级的人情世故，不追求功名利禄，却过惯了锦衣玉食的剥削阶级生活。所以，一旦富贵云散，家道败落，他也就必然"贫穷难耐凄凉"了。细究词意，宝玉后来不幸的遭遇，是与他始终不改其"偏僻"、"乖张"的行为有关的（当然，贾府之败还与王熙凤等人的劣迹有关）。他挨父亲板子那次，贾环告他逼淫母婢，这还不过是"手足耽耽小动唇舌"，然已足使"不肖种种大承笞挞"；一旦真正遭到"世人诽谤"，后果当然要严重得多。袭人曾因宝玉"情迷"黛玉，错向她诉说了"肺腑"之言，而"吓得魄消魂散"，禁不住掉泪暗想："如此看来，将来难免不才之事，令人可惊可畏……如何处置，方免此丑祸！"（第三十二回）看来，在曹雪芹笔下，这个所谓"不才之事"和由此招来的"丑祸"确是没有能够避免，因此宝玉才会落到我们在《好了歌注》中已说过的那种"贫穷难耐凄凉"的境地。宝玉惹出祸来，"累及爹娘"，这才叫作"孽根祸胎"（第三回脂批："四字是血泪盈面、不得已、无可奈何而下，四字是作者痛哭"），才可以在这两首词中用"古今不肖无双"这样重的话。倘若他如后四十回续书所写，能接受老学究讲经义的开导和钗、袭（居然还有黛玉！）的劝谏，终于去读《四书》，学时文，考科举，改"邪"归"正"，这还能说他是"愚顽""偏僻""乖张"吗？他在"却尘缘"之前，自己既能高中乡魁，荣受朝封，光耀祖上，又生了个"贵子"，继承祖业，"将来兰桂齐芳，家道复初"，这怎么还能说他是"天下无能第一"呢？该说他"于国于家'有'望"才是！从封建观点看，如此终于没有"辜负""天恩祖德"、"师友规训"的回头浪子，岂不正可作为"纨袴与膏粱"效法的榜样吗？可见，续书所写违背了曹雪芹写贾宝玉的原意，不但使我们在理解曹雪芹这两首词时产生矛盾，而且也歪曲了《红楼梦》原来的主题思想。

赞林黛玉

（第三回）

两弯似蹙非蹙罥烟眉①，一双似泣非泣含露目②。态生两靥之愁，娇袭一身之病③。泪光点点，娇喘微微。闲静时如姣花照水，行动处似弱柳扶风。心较比干多一窍④，病如西子胜三分⑤。

【说明】

这段赞文见于宝、黛初次会面时。

【注释】

①罥（juàn 绢）烟眉——形容眉色好看，像一缕轻烟。罥，挂。此字诸本或作"笼"，或作"罩"，或作"冒"，或经涂改，或易全句。今从清怡亲王府抄本《脂砚斋重评石头记》（后简称"己卯本"）。

②"一双"句——此句诸本异文特多，皆后人妄改。新版诸本多取"似喜非喜含情目"，实与下文"泪光点点"抵触。唯前苏联列宁格勒藏本作"一双似泣非泣含露目"，以"露"对"烟"，同类取喻，最为工稳，"似泣非泣"亦远胜"似喜非喜"，可能作者原文正是如此。

③"态生"二句——意思是面涡含愁，生出一番妩媚；体弱多病，因而增添娇妍。靥（yè 夜），脸颊上的酒窝。袭，继、从……得来。这种用字和句子结构形式是骈体文赋中常见的修辞方法。

④"心较"句——这句说黛玉的心还不止七窍，是极言其聪明。比干，商代贵族，纣王的诸父，官为少师，因强谏触怒纣王而被处死。《史记·殷本纪》："（比干）乃强谏纣。纣怒曰：'吾闻圣人心有七窍。'剖比干观其心。"旧时赞人颖悟有"玲珑通七窍"的话。

⑤"病如"句——这句说多病的黛玉美如西施，还胜过她。西子，即西施，春秋时越国的美女。越王勾践为复国雪耻，将她训练三年后，献给好色的吴王夫差，使受媚惑，以乱其政。相传西施心痛时"捧心而颦（pín 频，皱眉）"，样子很好看（见《庄子·天运》）。黛玉因"眉尖若蹙"，宝玉因此送她一表号，叫"颦颦"，也是暗取其意。

【鉴赏】

林黛玉多愁善感，体弱多病。这既与她身世孤单，精神上受环境的抑压有关，也反映了她贵族小姐本身的脆弱性。赞文中将她弱不禁风的娇态美，通过文学的传统意象，以虚笔写意手法，作了极其生动的描绘。当然，今天的青年，阅读《红楼梦》，虽然可以理解和同情处在当时具体历史环境下的林黛玉，喜欢她的聪明与率真，却未必欣赏这种封建时代贵族阶级的病态美。

护 官 符
（第四回）

贾不假，白玉为堂金作马①。

> 宁国、荣国二公之后，共二十房分，除宁、荣亲派
> 八房在都外，现原籍住者十二房。

阿房宫，三百里，住不下金陵一个史②。

> 保龄侯尚书令史公之后，房分共十八，都中现住者
> 十房，原籍现居八房。

东海缺少白玉床，龙王来请金陵王③。

> 都太尉统制县伯王公之后，共十二房，都中二房，
> 余在籍。

丰年好大雪，珍珠如土金如铁④。

> 紫薇舍人薛公之后，现领内府帑银行商，共八房分。

【说明】

　　薛蟠强抢民女，打死了人。贾雨村从一张"护官符"中，得知事关四大家族，便徇私枉法，乱判此案。作者借门子之口解说"护官符"的含义道："如今凡作地方官者，皆有一个私单，上面写的是本省最有权有势、极富极贵的大乡绅名姓，各省皆然；倘若不知，一时触犯了这样的人家，不但官爵，只怕连性命还保不成呢！所以绰号叫作'护官符'。"这张"护官符"，"上面皆是本地大族名宦之家的俗谚口碑"，即大字四句；"下面皆注着始祖官爵并房次"，即每句之后的小字。"护官符"当是从"护身符"一词化出的新名词，这有作者同时人脂砚斋评语"三字从来未见，奇之至"可证。它可能是某个愤恨官场黑暗现状的人私下所说的讥语，被曹雪芹闻知，大胆写入作品，或者竟是作者自己的创造。

【注释】

①"白玉"句——这句形容贾家的富贵豪奢。汉乐府《相逢行》："黄金为君门，白玉为君堂。"金作马，犹言以黄金开道。

②"阿房（ē páng 阿旁）"三句——这三句形容史家的显赫。阿房宫是秦时营造的大建筑，规模极为宏大。《汉书·贾山传》载：阿房宫长宽尺度为"东西五里，南北千步"。《史记·秦始皇本纪》载：阿房宫前殿为"东西五百步，南北五十丈"。所谓"三百里"，应是说那一带秦宫的总范围。《三辅黄图》："阿房宫亦曰阿城，秦惠文王造未就，始皇广其宫，规恢三百馀里，阁道通骊山八十馀里。"

③"龙王"句——这里借龙王求金陵王解决白玉床，极言王家的豪富。古代传说中多以为龙王珠宝极多，非常富有。

④"丰年"二句——俗话说"大雪兆丰年"，年成富饶，则豪门贵族愈加奢靡，金银珠宝，任意挥霍，视同泥土废铁。"雪"与"薛"谐音，借指薛家。这句下小字注中的"帑（tǎng 倘）"，意为国库所藏的金帛。

【鉴赏】

《红楼梦》是以记"家庭闺阁琐事"、"大旨言情"、"毫不干涉时世"的面目出现的，它常常以假隐真，为的是以假存真。隐，是出于不得已；存，才是作者的愿望。所以，作者有时又要在自己所设的"迷障"上，开一些小小的让人可以窥察到真情的口子。在全书情节展开之前，特意安排的这个占据了第四回主要篇幅的"护官符"故事，便是这样的口子。

为什么薛蟠打死一个小乡宦之子冯渊，抢走那个被拐卖的丫头，而"他竟视为儿戏，自谓花上几个臭钱，没有不了的"？为什么这一件"并无难断之处"的人命官司，拖了一年之久，"竟无人作主"？为什么刚一听原告申诉，便大骂"岂有这样放屁的事！打死人命就白白的走了，再拿不来的"的贾雨村，后来自己也做起"这样放屁的事"？为什么贾雨村听门子说明被拐卖的丫头原是他的"大恩人"的女儿、将她"生拖死拽"去的薛蟠"最是天下第一个弄性尚气的人"，而且自己也知道薛家"自然姬妾众多，淫佚无度"，丫头此去，不会有好结果，却不念甄家恩情，不顾自己曾许下的"务必"将英莲"寻找回来"的诺言，任凭她落入火坑而置之不理？所有这些问题，都可以从这张极写四大家族权势和豪富的"护官符"中找到答案。正是这张直接揭露封建政治的腐败和黑暗的"护官符"，向我们显示了：锦衣玉食的宁、荣二府，脂浓粉香的大观园，原来只是吞噬无数被压迫、被剥削人民血汗和生命的罪恶渊薮。

《红楼梦》以四大家族（主要通过贾府）的兴衰作为全书的中心线索，"护官符"暗示了这一情节结构。作者通过门子之口介绍说："这四家皆连络有亲，一损皆损，一荣皆荣，扶持遮饰，皆有照应的。"在前半部中，我们看到四家由于"扶持遮饰，皆有照应"，确是"一荣皆荣"的；后半部不是应该写他们由于"事败"，相互株连获罪而"一损皆损"吗？事实也确是如此。1959年于南京发现靖应鹍家所藏抄本《石头记》（后简称"靖藏本"），在这几句话旁有脂批（原书数年后迷失，现据毛国瑶所录）说："四家皆为下半部伏根。"所谓"伏根"，即指四家将来衰亡的共同命运而言。可见，"一损皆损，一荣皆荣"等语是对贯串着全书的四大家族由盛至衰的情节的概括。现存的后四十回续书中撇开史、王、薛三家，已不符原意；而写贾府"沐皇恩""延世泽"，衰而复兴，则更是歪曲了这部描写封建大家族衰亡历史的小说的主题思想。

应该指出，"护官符"四句俗谚口碑句后所注小字，有些本子将它删去是不对的。因为，门子的话中已明说在口碑的"下面皆注着始祖官爵并房次"。注出官爵和房次，是为了具体说明四大家族的权力和财产的分配情况，让看私单的人知道他们在政治上和经济上的显赫地位，落实了这四句谚语之所指，是这张起着"护官符"作用的私单上理所应有的文字。脂本的抄者误以为凡小字皆批书人所加，就将它混同于脂批。如在甲戌本中，即将原应在谣谚"下面"的注，改移在谣谚的旁边；原应与谣谚同样用墨笔写的，改为用朱笔写，与脂批无异。庚辰本前十回是删脂批而只抄正文的，结果连原注也当作批语一齐删掉了。但这并非有意为之（庚辰本在《红楼梦引子》曲中把"趁着这奈何天"一句里前三字也删去，也是因为作者将"趁着这"三个衬字按曲子格式写成小字，而被抄者误作脂批之故）。到了原文经后人大量涂改过的迟出的几种本子，如程乙本，情况就不同了：它索性连门子所说的谣谚之下有注的话，也删得一干二净。这是有意为之的。大概涂改者以为反正是小说，非记实事，何必如此琐碎，或者是担心这样的注太具体，万一有挟怨影射某家之嫌，就会招致麻烦，倒不如删去省事。可是，这一来，这张本为备忘之用，"排写得明白"的私单，就变得有点像不揭底的谜语了。

说到后人删改对原书造成的损害，还应该提到他们把上述"这四家皆连络有亲，一损皆损，一荣皆荣"后面的"扶持遮饰，皆有照应的"九个字也删去了这一件事。原书这九个字说出了一个重要的事实，即四家之间不但有姻戚血缘上的连络，更主要的是他们在政治上已结成了利害荣枯休戚相关的一帮；他们的"荣"和"损"，实际上都是地主阶级内部这一派势力和那一派势力斗争的结果。他们正是为了建立这种在政治上"扶持遮饰，皆有照应"的关系，才相互之间"连络有亲"的，而不是相反。像这样关系到封建主义政治本质和全书基本内容的话也被删去，则曹雪芹的思想和小说的政治主题之被严重歪曲的情况，自不难想象。

宁府上房对联
（第五回）

世事洞明皆学问，
人情练达即文章①。

【说明】

贾宝玉随贾母等至宁府赏梅，倦怠欲睡中觉，侄媳秦可卿先领他到上房内间，宝玉见室中挂着一幅《燃藜图》，"心中便有些不快"，又见了这一副对联，"纵然室宇精美，铺陈华丽，亦断断不肯在这里了"。

【注释】

①"世事"二句——意思是能把人情世故弄懂都是学问，有一套应付本领也就是文章。上下句是互文，文义互为补充。练达，老练通达。

【鉴赏】

曹雪芹抓住现实生活中的典型细节，用很少的笔墨，一下子把事物的本质方面极深刻地反映出来的本领，常常使人惊叹不已。这里写一画一联和宝玉的态度就是很好的例子。绘着神仙持青藜杖，吹杖头出火，照汉代儒生刘向夜坐诵书（事见《刘向别传》）的《燃藜图》，与这一副说懂得人情世故比读书做文章还重要的对联放在一起，正好相辅相成；同作为劝学"仕途经济"的楷模和格言，其嘲讽意味，耐人咀嚼。对联字面堂正，对仗整饬，却又俗气逼人，儒臭熏天。宝玉连叫："快出去！快出去！"环境特点和人物思想性格两方面都写得十分鲜明突出。

今人也引用这副对联来说多参加社会实践、多观察、了解现实生活、多掌握一些书本上学不到的知识的重要性，那是从不同角度出发，赋予对联以新的含义了。

金陵十二钗图册判词

（第五回）

【说明】

贾宝玉梦随警幻到太虚幻境薄命司，看到贴有金陵十二钗册子封条的大橱，就开橱翻看了册子中的一些图画和题词，即这些又副册、副册、正册及其中的十四首图咏，但不懂它究竟说些什么。

旧称女子为"裙钗"或"金钗"。"十二钗"就是十二个女子。在这里，"十二钗"即林黛玉、薛宝钗、贾元春、贾迎春、贾探春、贾惜春、李纨、妙玉、史湘云、王熙凤、贾巧姐、秦可卿。册有正、副、又副之分。正册都是贵族小姐奶奶；又副册是丫头，即家务奴隶，如晴雯、袭人等；香菱生于官宦人家，沦而为妾，介于两者之间，所以入副册。

大观园里女儿们的命运虽然各有不同，但在作者看来，都是可悲的，因而统归太虚幻境薄命司。虚构这种荒唐的情节，固然有其艺术构思上的需要，不能简单地看作宣扬迷信，但毕竟也是一种消极的宿命论思想的流露。它的客观效果是同揭露封建制度的黑暗与罪恶相矛盾的。正如鲁迅所说，人物命运"则早在册子里一一注定，末路不过是一个归结：是问题的结束，不是问题的开头。读者即小有不安，也终于奈何不得"（《坟·论睁了眼看》）。这是这部伟大杰作的十分明显的局限性。但图册判词和后面的《红楼梦曲》一样，使我们能从中窥察到作者对人物的态度，以及在安排她们的命运和小说全部情节发展上的完整艺术构思，这在原稿后半已散失的情况下，特别具有重要的研究价值。现在我们读到的后四十回续书，不少情节的构想就是以此为依据的。

又副册判词之一①

画：又非人物，亦非山水，不过是水墨渲染的满纸乌云
　　浊雾而已。

霁月难逢，彩云易散②。心比天高，身为下贱③。
风流灵巧招人怨④。寿夭多因诽谤生⑤，多情公子空
牵念⑥。

【注释】

① 这一首是写晴雯的。

② "霁月"二句——这两句说像晴雯这样的人极为难得，因而，也就难以为阴暗、污浊的社会所容，她的周围环境，正如册子上所画的只是"满纸乌云浊雾而已"。霁月，天净月朗的景象。旧时以"光风霁月"喻人的品格光明磊落。《宋史·周敦颐传》："黄庭坚称其人品甚高，胸怀洒落，如光风霁月。"霁，雨后新晴，寓"晴"字。彩云，喻美好。云呈彩叫雯，寓"雯"字。

③ "心比"二句——这是说晴雯从不肯低三下四地奉迎讨好主子，没有阿谀谄媚的奴才相，尽管她是赖大买来养大的，是"奴才的奴才"，地位最低贱。

④ "风流"句——封建道德宣扬"女子无才便是德"，要求女子安分守己，不必风流灵巧；尤其是奴仆，如果模样标致，倔强不驯，则更会招致妒恨。抄检大观园时，王善保家的就因晴雯平素不肯趋奉她，乘机向王夫人说："别的都还罢了，太太不知道，一个宝玉屋里的晴雯，那丫头仗着她生的模样儿比别人标致些，又生了一张巧嘴，天天打扮得像个西施的样子，在人眼前能说惯道，抓尖要强；一句话不投机，她就立起两个骚眼睛来骂人，妖妖趫趫，大不成个体统！"（第七十四回）

⑤ 寿夭——短命夭折。晴雯被迫害而死时，仅十六岁。晴雯死于"诽

谤"，作者还在她被撵走之时作过补述。这段话在程高本中全被删去："原来王夫人自那日着恼之后，王善保家的就趁势告（戚序本作"治"）倒了晴雯，本处（指王夫人处）有人和园中不睦的，也就随机趁便下了些话，王夫人皆记在心中。"（庚辰本第七十七回）

⑥ 多情公子——指贾宝玉。

【鉴赏】

晴雯从小被人卖给贾府的奴仆赖大供役使，连父母的乡籍姓氏都无从知道，地位原是最低下的。在曹雪芹笔下的众多奴隶中，晴雯是反抗性最强的一个。她藐视王夫人为笼络丫头所施的小恩小惠，嘲讽向主子讨好邀宠的袭人是哈巴狗。赵姨娘作威虐待芳官，结果被藕官等四个孩子一拥而上"手撕头撞"，弄得狼狈不堪。晴雯站在反抗者一边，对主子欺压奴仆反而吃了亏这一结局，大为称心。抄检大观园时，凤姐、王善保家的一伙直扑怡红院，袭人等顺从听命，"任其搜检一番"，唯独晴雯，"挽着头发闯进来，'豁啷'一声，将箱子掀开，两手提着，底子朝天，往地下尽情一倒，将所有之物尽都倒出"。晴雯公然反抗，因此遭到残酷报复，在她"病得四五日水米不曾沾牙"的情况下，硬把她"从炕上拉了下来"，撵出大观园，当夜就悲惨地死去。贾宝玉对于这样思想性格的一个丫头满怀同情，在她抱屈夭亡之后，特意为她写了一篇长长的悼词《芙蓉女儿诔》，以抒发自己内心的哀痛和愤慨。这说明贾宝玉之亲近晴雯，自有其民主性思想为基础的，决不是因为什么"美人的轻怒薄嗔，爱宠的使性弄气"，使他觉得"更别具有一番风韵的"。晴雯是奴隶，是一个虽未完全觉醒、但对她已能感觉到的屈辱怒火冲天的奴隶；而不是那种把奴隶的手铐看作是手镯，锁链当成项链的无耻奴才。曹雪芹在介绍十二钗的册子时，将她置于首位，这是有心的安排。作者对晴雯的特殊热情，是有现实感受为基础的；在描写她的不幸遭遇的同时，也可能还在某种程度上夹带有政治上的寄托，所以图咏中颇有"伤时骂世"的味道。这些留待后面谈《芙蓉女儿诔》时再说。

又副册判词之二①

画：一簇鲜花，一床破席。

枉自温柔和顺②，空云似桂如兰③。

堪羡优伶有福④，谁知公子无缘⑤。

【注释】

① 这一首是写袭人的。

② "枉自"句——指袭人白白地用"温柔和顺"的姿态，去博得主子们的好感。

③ "空云"句——似桂如兰，暗点其名。宝玉从宋代陆游《村居书喜》诗"花气袭人知骤暖，鹊声穿树喜新晴"（小说中改"骤"为"昼"，或因音近记错）中取"袭人"二字为她起名，而兰桂最香，所以举此；但"空云"二字则是说香也枉然。

④ 堪羡——值得羡慕。优伶——旧称戏剧艺人为优伶。这里指蒋玉菡。

⑤ 公子——指贾宝玉。作者在八十回后，原写袭人在宝玉落到饥寒交迫的境地之前，早因客观情势所迫，嫁给了蒋玉菡，只留麝月一人在宝玉身边，所以诗的后两句才这样说。续书未遵原意，写袭人在宝玉出家为僧之后才嫁人，细究起来，就不甚切合诗意了。

【鉴赏】

袭人出身贫苦，幼小时，因为家里没饭吃，老子娘要饿死，为了换得几两银子才卖给贾府当了丫头。可是，她在环境影响下所逐渐形成的思想和性格，却与晴雯相反。她的"温柔和顺"，颇与薛宝钗的"随分从时"相似，合乎当时的妇道标准和礼法对奴婢的要求。从传统观点看，称得上"似桂如兰"。不少读者反感她，贬她，在很大程度上是受后四十回续书描写的影响。看过全书原稿的脂砚斋的体会不同，他口口声声称"袭卿"，又在评这首判词时说："骂死宝玉，却是自悔（是说作者自悔）。"可见这样批还是话出有因的，否则，何以袭人后来嫁给蒋玉菡，倒说宝玉（他的形象中当然有作者的影子在）是该"骂"应"悔"的呢？我们的理解是宝玉后来的获罪沦落与袭人的嫁人，正是同一变故的结果——即免不了招来袭人担心过的所谓"丑祸"。宝玉为此类"毛病"曾挨过父亲的板子，但他是不会改"邪"归"正"的，所以，终至成了累及封建大家庭利益的"孽根祸胎"。当事情牵连到宝玉所亲近的人时（也许与琪官交换汗巾的事，还要成为罪证），袭人既不会像晴雯那样索性做出铰指甲、换红绫小袄之类不顾死活的大胆行动，甚至也不可能像鸳鸯那样横了心发誓说："我这一辈子，莫说是宝玉，便是宝金、宝银、宝天王、宝皇帝，我横竖不嫁人就完了。就是老太太逼着我，我一刀抹死了也不能从命！"袭人唯一能用以表示旧情的，只不过是在将来宝玉、宝钗处于"贫穷难耐凄凉"时，与丈夫一起对昔日的主人不断地提供生活上的资助而已，即脂批所谓"琪官（蒋玉菡）虽系优人，后同与袭人供奉玉兄、宝卿，得同终始"（甲戌本第二十八回总评）。此事应该就写在被"迷失"了的《花袭人有始有终》一回里。所以，不管袭人的出嫁是被迫的，还是自愿的，或者两者兼而有之，反正在脂砚斋看来，这是宝玉不早听从"贤袭人"劝"谏"的结果，是宝玉的过失，故曰该"骂"应"悔"。我们不能把受传统道德影响较深的形象，如宝钗、袭人等，都视作"反面人物"，这既不符合作者本意，也缺乏历史评价的科学性。袭人册子里所绘的画，是"一簇鲜花，一床破席"，除了"花""席"（袭）谐音其姓名外，"破席"的比喻义并非讥其不能"从一而终"，应是象征其最终仍处于卑贱的社会地位这一结局。

副册判词一首①

画：一株桂花，下面有一池沼，其中水涸泥干，莲枯藕败。

根并荷花一茎香②，平生遭际实堪伤③。

自从两地生孤木，致使香魂返故乡④。

【注释】

① 这一首是写香菱的。

② "根并"句——暗点其名。香菱本名英莲。莲就是荷，菱与荷同生池中，所以说根在一起。书中香菱曾解自己的名字说："不独菱花，就连

荷叶莲蓬都是有一股清香的。"（第八十回）

③ 遭际——遭遇。

④ "自从"二句——这是说自从薛蟠娶夏金桂为妻之后，香菱就被迫害而死了。两地生孤木，两个"土"字，加上一个"木"字，是金桂的"桂"字。魂返故乡，指死。册子上所画也是这个意思。

【鉴赏】

香菱是甄士隐的女儿，她一生遭际是极不幸的。名为甄英莲，其实就是"真应怜"（脂评语）。

按照曹雪芹本来的构思，她是被夏金桂迫害而死的。从第八十回的文字看，既然"酿成干血痨之症，日渐羸瘦作烧"，且医药无效，接着当写她"香魂返故乡"，亦即所谓"水涸泥干，莲枯藕败"（"藕"谐音配偶的"偶"，乐府民歌中常见）。所以，戚序本第八十回回目就用"姣怯香菱病入膏肓"。可是，到了程高本，不但回目另拟；而且续书中还让香菱一直活下去，在第一百零三回中，写夏金桂在汤里下毒，要谋害香菱，结果反倒毒死了自己。以为只有这样写坏心肠的人的结局，才足以显示"天理昭彰，自害自身"。把曹雪芹对封建宗法制度摧残妇女的罪恶的揭露与控诉的意图，改编成一个包含着惩恶劝善教训的离奇故事，实在是弄巧成拙。

正册判词之一①

画：两株枯木，木上悬着一围玉带；又有一堆雪，
　　雪下一股金簪。

可叹停机德②，堪怜咏絮才③，
玉带林中挂④，金簪雪里埋⑤。

【注释】

① 这一首是写林黛玉和薛宝钗的。

②"可叹"句——这句说薛宝钗。意思是虽然有着合乎封建妇道标准的那种贤妻良母的品德，但可惜徒劳无功。《后汉书·列女传·乐羊子妻》说，乐羊子远出寻师求学，因为想家，只过了一年就回家了。他妻子就拿

刀割断了织布机上的绢，以此来比喻学业中断，规劝他继续求学，谋取功名，不要半途而废。

③"堪怜"句——这句说林黛玉。意思是如此聪明有才华的女子，她的命运是值得同情的。咏絮才，用晋代谢道韫的故事。有一次，天下大雪，谢道韫的叔父谢安对雪吟句说："白雪纷纷何所似？"道韫的哥哥谢朗答道："撒盐空中差可拟。"道韫接着说："未若柳絮因风起。"谢安一听，大为赞赏（见《世说新语·言语》）。

④"玉带"句——这句说林黛玉。前三字倒读即谐其名。从册里的画"两株枯木（双"木"为"林"），木上悬着一围玉带"看，可能又寓黛玉泪"枯"而死，宝玉为怀念她而弃绝一切世俗欲念（"玉带"象征着官宦的爵禄品位和贵族公子生活，故林中挂玉带暗示放弃仕进，隐居山林）为僧的意思。悬、挂，又可用以表示思念。

⑤"金簪"句——这句说薛宝钗。前三字暗点其名。"雪"谐"薛"，"金簪"比"宝钗"。本是光耀头面的首饰，竟埋没在寒冷的雪堆里。这是对薛宝钗婚后，特别是她在宝玉出家后，只能空闺独守冷落处境的写照。

【鉴赏】

林黛玉与薛宝钗，一个是官宦家遗下的孤女，一个是皇家大商人的千金；一个冰雪聪明，一个博学多识；一个多愁善感，一个浑厚稳重；一个率直重情，一个深沉理智；一个目下无尘，一个广得人缘；一个成了叛逆者的知己，一个总恪守妇道在劝谏……脂砚斋曾有过"钗黛合一"之说，如言"钗、玉名虽二个，人却一身，此幻笔也。今书至三十八回时，已过三分之一有馀，故写是回，使二人合而为一。请看黛玉逝后宝钗之文字，便知余言不谬矣"（庚辰本第四十二回总批）。也许是指将宝玉所爱的女子塑造成彼此有不同特点和长处的两个仿佛对立的形象，到一定时候，又通过"兰言"交心，消除了彼此间的误会、疑虑、隔阂，使她们的心灵互相沟通、贴近，从而结成了"金兰"挚友。其确切的解说是否如此，可以研究；但无疑不是否定林、薛二人的差别或作者有某种倾向性。作者将她俩在一首诗中并提，除了因为她们在小说中的地位相当外，至少还可以通过贾宝玉对她们的不同的态度的比较，以显示钗、黛的命运遭遇虽则不同，其最终却都是一场悲剧的结局。

正册判词之二①

画：一张弓，弓上挂着香橼。

二十年来辨是非②，榴花开处照宫闱③；

三春争及初春景④，虎兔相逢大梦归⑤。

【注释】

① 这一首是写贾元春的。

②"二十"句——这是说元春到了二十岁（大概是她入宫的年纪）时，已经很通达人情世事了。

③"榴花"句——榴花似火，故用"照"字。以石榴花所开之处使宫闱生色，喻元春被选入凤藻宫封为贤德妃。这里用《北史》的故事：北齐安德王高延宗称帝，把赵郡李祖收的女儿纳为妃子。后来皇帝到李宅摆宴席，妃子的母亲宋氏送上一对石榴。取石榴多子的意思表示祝贺。册子上所画的似乎也与宫闱事有关，因为"弓"可谐"宫"，"橼"（yuán）可谐"缘"，也可谐其名"元"。

④"三春"句——意思是元春的三个妹妹都不及她荣华显贵。三春，春季的三个月，暗指迎春、探春、惜春。初春，指元春。争及，怎及。

⑤"虎兔"句——说元春的死期。虎兔相逢，原意不明。古人把十二生肖与十二地支相配，虎兔可以代表寅卯，说年月时间。如后四十回续书中说："是年甲寅十二月十八日立春；元妃薨日，是十二月十九日，已交卯年寅月。"但这样的比附，对这部声称"朝代年纪，失落无考"的小说来说，未免过于坐实。事实上即使是代表时间，也还难以断定其所指究竟是年月还是月日，因为后一种也说得通。如苏轼《起伏龙行》"赤龙白虎战明日"句下自注云："是月丙辰，明日庚寅。"即以龙（辰）虎（寅）代表月日。又有人以为乃影射康熙死、胤禛嗣位于壬寅年，明年癸卯改元雍正事。此外，还可解释为：生肖属兔的人碰到了属虎的人或者碰到了寅年等。又所根据底本属早期脂本的"梦稿本"和"己卯本"中"虎兔"作"虎兕"，若非抄误，则"虎兕相逢大梦归"，就有可能暗示元春死于两派政治势力的恶斗之中。大梦归，指死。

【鉴赏】

判词虽都只四句，且大多数用绝句形式，但它不同于通常写的诗，更像是灯谜。它须把判定对象的主要特点和命运大事隐寓其中，之所以写得似谜而隐，为的是能增加神秘感。本来嘛，将来要发生的事，如俗话常说的"天机不可泄露"，故不宜一览无余。当然也不能太隐晦，让人完全不知其所云，那也就失去写它（为的是预先透露一点）的意义了。此判词被脂批称之为"显极"的"三春争及初春景"句，就是能在隐与显之间掌握分寸恰到好处的句子。令人费猜的主要是末句：让元春"大梦归"的原因究竟是什么呢？大概作者本来就不打算在这儿先透露详情，加之版本文字的差异，又更让人难以确定"虎兔"与"虎兕"何者为是，只好先作悬案存疑了。其他可参见本回《红楼梦曲·恨无常》一首的鉴赏。

正册判词之三①

画：两人放风筝，一片大海，一只大船，船中有一女子，掩面泣涕之状。

才自精明志自高②，生于末世运偏消③。

清明涕送江边望，千里东风一梦遥④。

【注释】

① 这一首是写贾探春的。

② 自——本。精明——程乙本误作"清明"，与第三句头两个字重复。小说中说"探春精细处不让凤姐"（第五十五回），又写她想有一番作为。

③ "生于"句——说探春终于志向未遂，才能无从施展，是因为这个封建大家庭已到了末世的缘故。

④ "清明"二句——清明节江边涕泪相送，当是说家人送探春出海远嫁。册子上所画的船中女子即探春。原稿大概有一段描写送别悲切的文字，现在所见后四十回续书中没有这个情节，而且把"涕送"改为"涕泣"，一字之差，把送别改为望家了。画中的放风筝是象征有去无回，所谓"游丝一断浑无力，莫向东风怨别离"（第二十二回，探春所制灯谜——风

等）。所以，放风筝的"放"不是"放起来"而是"放走"的意思，小说特地描写过放走风筝（说是放走"病根儿"）的情节。则画中放走风筝的"两个人"，当就是后来遣探春远嫁的设谋者，但不能落实，有可能是对投向王夫人怀抱、不承认自己生母的探春怀恨记仇的赵姨娘和贾环。千里东风一梦遥，也是说天长路远，梦魂难度，不能与家人相见。

【鉴赏】

这首判词，即使当作一般诗来读，也写得相当成功，如"千里东风一梦遥"，便是措辞含蓄而韵味悠长的佳句。它是探春远嫁，生人作死别的明确暗示，也就是李白诗"天长地远魂飞苦，梦魂不到关山难"（《长相思》）的意思。后四十回续书竟写探春出嫁后又衣锦回娘家来探亲，这实在是禁不起推敲的败笔。女儿嫁人，过着荣华富贵的生活，又能常回家走走，这还能将她归在"薄命司"里吗？可见，续作者并未领会判词的真意。此诗，颇有一唱三叹之致。"生于末世运偏消"句，如闻作者之叹息。对此，有脂批云："感叹句，自寓。"意思是它有作者自己的身世感慨在。这是对的。但从另一方面看，我们认为作者生于末世的不幸，又恰恰是他的大幸，否则又何来一部《红楼梦》，又谁知道有个曹雪芹！其他可参见本回《红楼梦曲·分骨肉》一首的鉴赏。

正册判词之四①

画：几缕飞云，一湾逝水。

富贵又何为？襁褓之间父母违②；
展眼吊斜晖③，湘江水逝楚云飞④。

【注释】

① 这一首是写史湘云的。

②"富贵"二句——说史湘云从小失去了父母，由亲戚抚养，因而"金陵世勋史侯家"的富贵对她来说是没有什么用处的。襁褓，婴儿裹体的被服，这里指年幼。违，丧失、死去。

③"展眼"句——这句即"夕阳无限好，只是近黄昏"的意思。从后

面《红楼梦曲》中我们知道湘云后来是"厮配得才貌仙郎"的（庚辰本有"后数十回若兰在射圃所佩之麒麟，正此麒麟也"等批语，她大概就是嫁给卫若兰的）。只是好景不长，可能婚后不久，夫妻就离散了。展眼，一瞬间。吊，对景伤感。斜晖，傍晚的太阳。

④"湘江"句——诗句中藏"湘云"两字，点其名。同时，湘江又是娥皇、女英二妃哭舜之处；楚云则由宋玉《高唐赋》中楚襄王梦见能行云作雨的巫山神女一事而来。所以，这一句和画中"几缕飞云，一湾逝水"，似乎都是喻夫妻生活的短暂。

【鉴赏】

湘云幼小时曾寄居过贾府。但小说对她过去的富贵家境和父母早亡情况，都未作正面描写，判词的前两句可算是对此的补述。对于她的终身，除婚后不久，夫妻离散或离异外，尚有丈夫猝死的揣测；从小说三十一回有"因麒麟伏白首双星"（其含义后详）回目看，丈夫是不可能猝死的。其他可参见本回《红楼梦曲·乐中悲》一首的鉴赏。

正册判词之五①

画：一块美玉，落在泥垢之中。

欲洁何曾洁②，云空未必空③。

可怜金玉质，终陷淖泥中④。

【注释】

① 这一首是写妙玉的。

② 洁——既是清洁，又是佛教所标榜的净。佛教宣扬杀生食肉、婚嫁生育等都是不洁净的行为，人心也是不洁净的，甚至整个世界都没有一块洁净的地方，唯有菩萨居处才算"净土"，所以佛教又称净教。

③ 空——宗教想要人们忘却现实的痛苦，总是宣扬物质世界虚无的唯心观念。佛教要人看破红尘，领悟万境归空的道理，有所谓"色不离空，空不离色；色即是空，空即是色"（《大般若经》）等说法。皈依佛教，又叫入空门。

④ "可怜" 二句——判词后两句与册子中所画是同一意思，指妙玉流落风尘，并非如续书所写的被强人用迷魂香闷倒奸污后，劫持而去，途中又不从遭杀。从靖藏本批语来看，妙玉大概随着贾府的败落，也被迫结束了她那种带发修行的依附生活，而换来流落 "瓜洲渡口……红颜固不能不屈从枯骨"（据周汝昌校文）的悲剧结局。金玉质，喻妙玉身份高贵，贾家仆人说她 "祖上也是读书仕宦之家"，"文墨也极通，……模样又极好"（第十八回）。淖（nào 闹），烂泥。

【鉴赏】

此首判词和册中画，其象征意义都比较明显，妙玉后来的遭遇，正与其平生之为人和意愿相反，终陷于 "风尘" 的 "泥淖" 之中，但并非续书中所写的那样，已如注释说明。在贾府事败、被抄没，"家亡人散各奔腾" 之际，她流落到 "瓜洲渡口" 是很可信的。但近年来，对靖藏本及其批语的真伪问题颇有争议，有人不信六十年代中出现又 "迷失" 了的靖藏本真的有过，认为批语是今人为迎合红学界的某种说法而伪造的，并举出一条与俞平伯所辑校的脂评中有同样漏抄现象的批语作为伪造的 "铁证"。我以为情况可能比较复杂，不能排除在过录过程中，由于某种原因而真假相混的可能。我反复研究思考过这一问题，认为从一些靖藏本独存的批语看，绝不是对红学稍有研究者便能随便造出来的。这一点我与香港梅节兄等几位红学朋友讨论过，他们有同感，亦持与我相似的看法，故此书中有多处仍运用了这一极有价值的资料。其他可参见本回《红楼梦曲·世难容》一首的鉴赏。

正册判词之六①

画：一恶狼，追扑一美女——欲啖之意。

子系中山狼，得志便猖狂②。

金闺花柳质③，一载赴黄粱④。

【注释】

① 这一首是写贾迎春的。

030

②"子系"二句——子，对男子表示尊重的通称。系，是。"子""系"合而成"孙"，隐指迎春的丈夫孙绍祖。明代马锡《中山狼传》：赵简子在中山打猎，一只狼将被杀死时遇到东郭先生救了它，危险过去后，它反而想吃掉东郭先生。所以，后来把恩将仇报的人叫作中山狼。这里，用来指孙绍祖。他家曾巴结过贾府，受到过贾府的好处，后来家资富饶，孙绍祖在京袭了职，又于兵部候缺题升，便猖狂得意，胡作非为，反咬一口，虐待迎春。

③ 花柳质——喻迎春娇弱，禁不起摧残。

④ 一载——一年，指嫁到孙家的时间。赴黄粱——与元春册子中"大梦归"一样，是死去的意思。黄粱梦，出于唐代沈既济传奇《枕中记》。故事述卢生睡在一个神奇的枕上，梦见自己荣华富贵一生，年过八十而死，但是，醒来时锅里的黄粱米饭还没有熟。

【鉴赏】

迎春是当时封建包办婚姻制度下的牺牲品。有一条脂批曾论及作者写迎春悲剧的用意："此文一为择婿者说法，一为择妻者说法。择婿者必以得人物轩昂，家道丰厚，荫袭公子为快；择妻者必以得容貌艳丽，妆奁富厚，子女盈门为快。殊不知以貌取人，失之子羽，试看桂花夏家、指挥孙家，何等可羡可乐，卒至迎春含悲，薛蟠贻恨，可慨也夫！"（蒙府本、戚序本八十回末总评）这里用的虽是"说法"等字样，其实就是曹雪芹想通过"择婿""择妻"这有代表性的两个方面的描写来揭露封建包办婚姻罪恶的原有用意，不必待续书中又写了包办的金玉姻缘而始有；至于《红楼梦》全书的主题，在作者的构思中，则又更为广阔和深刻。此诗首句"子系中山狼"，巧用拆字法，隐"孙"字，粗看不易发觉，正合判词须有所蕴藏的要求，故妙；若直说"夫婿中山狼"，便索然无味，不耐寻绎了。其他可参见本回《红楼梦曲·喜冤家》一首的鉴赏。

正册判词之七①

画：一所古庙，里面有一美人，在内看经独坐。

勘破三春景不长②，缁衣顿改昔年妆③。

可怜绣户侯门女，独卧青灯古佛旁④。

【注释】

① 这一首是写贾惜春的。

② "勘破"句——语带双关，字面上说看到春光短促，实际是说惜春的三个姐姐（元春、迎春、探春）都好景不长，使惜春感到人生幻灭。勘，察看。

③ "缁（zī资）衣"句——据曾见过下半部佚稿的脂砚斋评语，惜春后来"缁衣乞食"，境况悲惨，并非如续书所写，取妙玉的地位而代之，进了花木繁茂的大观园栊翠庵过闲逸生活，还有一个丫头紫鹃"自愿"跟着去服侍她。缁衣，黑色的衣服，指僧尼穿的衣服，所以出家也叫披缁。

④ 青灯——因灯火青荧，故称。

【鉴赏】

这首惜春的判词，也很像是通常的诗作，除了首句以"三春"隐指其三个姊姊外，三、四句作者怜惜之情溢于纸上，故脂批赞末句为"好句"。"青灯古佛"，乃指尘世间真正的尼姑庵，而非大观园中景物幽美的栊翠庵甚明。又靖藏本第二十四回有一条与庚辰本共有的回前总批，但靖本的批语开头比庚本多出两句话来，即"《醉金刚》一回文字，伏芸哥仗义探庵。"研究者或以为"庵"可通"庙"，当指设在监狱中的狱神庙，"探庵"即"探监"，是与小红一起去狱神庙探望宝玉、凤姐等人，甚至说为了设法营救他们。我对这样的大胆推测深表怀疑。贾府事败后，家破人亡，遭难者多多，贾芸为什么就不可以是"仗义"探望落难于某尼姑庵里的四姑娘惜春呢？当然我也只能提出问题，而不能找出任何可资佐证的资料。其他可参见本回《红楼梦曲·虚花悟》一首的鉴赏。

正册判词之八①

画：一片冰山，山上有一只雌凤。

凡鸟偏从末世来②，都知爱慕此生才。

一从二令三人木③，哭向金陵事更哀。

【注释】

① 这一首是写王熙凤的。

② 凡鸟——合起来是"凤"字，点其名，又比其才能杰出。《世说新语·简傲》说：晋代吕安有一次访问嵇康，嵇康不在家。他哥哥请客人到屋里坐，吕安不入，在门上题一个"鳳"字去了。嵇康的哥哥很高兴，以为客人说他是神鸟。其实，吕安嘲笑他是凡鸟。这里是反过来用"凡鸟"说"凤"，目的只是为了隐曲一些。

③ "一从"句——因为不知原稿中王熙凤的结局究竟如何，所以人们对这一句有着各种猜测。脂批说："拆字法。"意思是把要说的字，拆开来；但如何拆法，没有说。有人说"二令"是"冷"，"三人木"是"秦"（下半是"禾"，非"木"），也不像。吴恩裕先生《有关曹雪芹十种·考稗小记》中说："凤姐对贾琏最初是言听计'从'，继则对贾琏可以发号施'令'，最后事败终不免于'休'之，故曰'哭向金陵事更哀'云云。"研究脂批提供的线索，凤姐后来被贾琏所休弃是可信的。"金陵"是她的娘家，与末句也相合。画中"冰山"喻其独揽贾府大权的地位难以持久。《资治通鉴·唐玄宗天宝十一年》说：有人劝张彖去拜见杨国忠以谋富贵。张说："君辈倚杨右相若泰山，吾以为冰山耳。若皎日既出，君辈得无失所恃乎？"画中"雌凤"，当也寓其失偶孤独。

【鉴赏】

这首写王熙凤的判词，前两句没有什么问题，虽然"凡鸟"二字也用了隐笔，但因其出处典故并不生僻，所以理解上也无歧义。三、四句则不然，其笔墨官司从清代一直打到今天，总是不断地有人写文章对"一从二令三人木"提出新解，但看来还没有一种是大家都信服能接受的。我在注释中也只是取相对比较合乎情理的一种。但我希望红学爱好者不要再继续花费心思去猜这个谜了，因为这已经是个谁也找不出谜底来的谜了。末句"哭向金陵事更哀"是与第三句连着的，因此确切的解释也就难了。但有一点似乎可以断定，这位"金陵王"家出来的女强人，肯定是受到了极大的打击，命蹇运乖，已无能为力，才只好哭着回娘家去。续书一百一十四回《王熙凤历幻返金陵》写的是王熙凤病死后，被装进棺木里，尸返金陵安葬，这一来"哭向金陵"的成了一批送殡者了。

我想，这肯定不会是判词的意思。其他可参见本回《红楼梦曲·聪明累》的鉴赏。

正册判词之九①

画：一座荒村野店，有一美人在那里纺绩。

势败休云贵，家亡莫论亲②。

偶因济刘氏，巧得遇恩人③。

【注释】

① 这一首是写贾巧姐的。

② "势败"二句——曹雪芹佚稿中贾府后来是"一败涂地""子孙流散"的，所以说"势败""家亡"。那时，任你出身显贵也无济于事，骨肉亲人也翻脸不认。当是指被她的"狠舅奸兄"卖于烟花巷。

③ "偶因"二句——刘姥姥进荣国府告艰难，王熙凤给了她二十两银子。后来贾家败落，巧姐遭难，幸亏有刘姥姥相救，所以说她是巧姐的恩人。偶，贾府本不存心济贫，凤姐更惯于搜刮聚敛，不过是偶施小恩小惠而已。刘氏，程乙本作"村妇"，当是嫌原句大直露而改的。巧，语意双关，是凑巧，同时也指巧姐。

【鉴赏】

"势败休云贵，家亡莫论亲。"语浅意深，虽为巧姐的命运而发，却包含着作者在体验世态炎凉的现实生活中的真实而深刻的感受，故脂批说："非经历过者，此二句则云纸上谈兵，过来人那得不哭！"揭示出这一情节与作者、批者的生活经历的关系。对于后两句所包含的具体情节，也有线索可寻。有脂评说刘姥姥"有忍耻之心，故后有招大姐事"（甲戌本第六回），又说巧姐与板儿有"缘"（庚辰本第四十一回），当是指他们后来结成夫妻，过着自食其力的劳动生活。续书则写巧姐嫁给一个"家财巨万，良田千顷"的姓周的大地主家做媳妇，把"荒村野店"写成了地主庄院，与作者在画中所预示之意相悖。其他可参见本回《红楼梦曲·留馀庆》一首的鉴赏。

正册判词之十①

画：一盆茂兰，旁有一位凤冠霞帔的美人。

桃李春风结子完②，到头谁似一盆兰③？

如冰水好空相妒，枉与他人作笑谈④。

【注释】

① 这一首是写李纨的。

② "桃李"句——借此喻说李纨早寡。她刚生下贾兰不久，丈夫贾珠就死了，所以她短暂的婚姻生活就像春风中的桃李花一样，一到结了果实，景色也就完了。这一句还暗藏她的姓名。"桃李"藏"李"字，"完"与"纨"谐音。

③ "到头"句——喻指贾兰。贾府子孙后来都不行了，只有贾兰"爵禄高登"，做母亲的也因此显贵。画中图景即指此。

④ "如冰"二句——意思是说，李纨死守封建节操，品行如冰清水洁，但是用不着妒忌美慕。像她这样早年守寡，为儿子操心一辈子，待到儿子荣达、自以为可享晚福的时候，却已"昏惨惨，黄泉路近"了。结果只是白白地做了人家谈笑的材料。

【鉴赏】

李纨一辈子辛苦育儿课子，却又因大限已到，未能安享儿子带给她晚年的荣华富贵。判词的末句，有脂批云："真心实语。"看来也是对现实有所感而发。有人以为其曲子中所说的"爵禄高登"和"黄泉路近"，指的都是贾兰，是儿子早卒，使做母亲的李纨希望落空。这虽不失为一种见解，但实际情节恐未必如此。因为判词只有"到头谁似一盆兰"的好话，册子画的也是并无马上要枯萎迹象的"一盆茂兰"；脂评也只在甄士隐吟唱"昨怜破袄寒，今嫌紫蟒长"时指出过是贾兰等人，都没有他短命夭折的暗示。何况，安排贾兰才得官便死去的现实意义也不大，所以难令人置信。其他可参见本回《红楼梦曲·晚韶华》一首的鉴赏。

正册判词之十一①

画：高楼大厦，有一美人悬梁自缢。

情天情海幻情身，情既相逢必主淫②；

漫言不肖皆荣出③，造衅开端实在宁④。

【注释】

①　这一首是写秦可卿的。

②　"情天"二句——太虚幻境宫门上有"孽海情天"的匾额，意思是借幻境说人世间风月情多。这是为了揭露封建大家族黑暗所用的托词。幻情身，幻化出一个象征着风月之情的女身。这暗示警幻仙姑称为"吾妹""乳名兼美，表字可卿"的那位仙姬，也可以说是秦可卿所幻化的形象。程高本作"幻情深"，将原意改变了。"幻"在这里是动词，与"幻形入世"、"幻来亲就臭皮囊"用法相同。作者讳言秦可卿引诱宝玉，假托梦魂游仙，说这是两个多情的碰在一起的结果。

③　"漫言"句——不要说不肖子孙都出于荣国府（指宝玉等）。不肖，参见本书第三回《西江月·嘲贾宝玉二首》注⑦。

④　"造衅"句——坏事的开端实在还在宁国府。意思是引诱宝玉的秦可卿的堕落是她和她公公有不正当关系就开始的，而这首先要由贾珍等负责。衅，事端。作者在初稿中曾以《秦可卿淫丧天香楼》为回目，写贾珍与其儿媳妇秦氏私通，内有"遗簪""更衣"诸情节。丑事败露后，秦氏羞愤自缢于天香楼。作者的长辈亲友、批书人之一畸笏叟，出于维护封建大家族利益的立场，命作者删去这一情节，为秦氏隐恶。这样，原稿就作了修改，删去天香楼一节四、五页文字（从批语提到该回现存页数推算，原本每页约四百八十字，删去二千余字），成了我们现在所见的这样。但有些地方，作者故意留下痕迹，如画中"美人悬梁自缢"就是最明显的地方。

【鉴赏】

关于秦可卿判词要说的话，大部分在注释中说了。想再强调一下的是，此判词并不证明宝玉与秦氏之间发生过两性关系，虽则有"必主淫"等语。但我们不应忘记在此回中警幻仙子称宝玉为"天下古今第一淫人"时，对"淫"字所发挥的那番既大胆又独特的话。其次是畸笏叟以长辈的身份命雪芹删去天香楼情节，作者照办了。这是否可视作是雪芹被迫从命呢？我以为不是的，应该还是雪芹接受建议而自愿删除的。因为这种事也完全可以不写而写的。留下许多蛛丝马迹和疑点，让读者自己去想岂不更好？反正，故事也没有改成秦氏真的死于病，只不过表面上好像死于病而已。所以我们还得尊重作者删改后的文字面目，没有必要在将小说改编成其他文艺形式时，再补出已被删掉的情节。最后还有一点是，现在还有人在考证秦可卿的真正出身，以为她并非真的是从养生堂抱来的弃婴，而是某一获罪的王公贵族家的千金。小说中的人物形象不同于真人，是作者创造的；作者写成怎样便是怎样，是不能加以考证的。这是起码的常识。其他可参看本回《红楼梦曲·好事终》一首的鉴赏。

红楼梦曲
（第五回）

引 子

开辟鸿蒙①，谁为情种②？都只为风月情浓③。趁着这奈何天④、伤怀日、寂寥时，试遣愚衷⑤。因此上，演出这怀金悼玉的《红楼梦》⑥。

【说明】

《红楼梦曲》十二支，加上前面的引子和后面的尾声，共十四支曲子。中间十二曲，分咏金陵十二钗，暗寓各人的身世结局和对她们的评论。这些曲子同《金陵十二钗图册判词》一样，为了解人物历史、情节发展以及四大家族的彻底覆灭，提供了重要线索。曲子是太虚幻境后宫十二个舞女奉警幻之命，"轻敲檀板，款按银筝"唱给宝玉听的。宝玉拿着《红楼梦曲》原稿，"一面目视其文，一面耳聆其歌"。但听了以后，仍不知道它说些什么。

宋元说唱艺术在演唱时的第一个曲子通称引子。在这里，它用以概说此曲创作的缘由。

【注释】

① 开辟鸿蒙——开天辟地以来。鸿蒙，古人设想中大自然的原始浑沌状态。

② 情种——即所谓情痴，感情特别深挚的人。

③ 风月情——风月本指美好的景色，引申为男女情事。

④ 趁着这——此三字庚辰本、程高本等皆脱漏，戚序本抄成双行，混同批语。由此知原稿这三字是用小字写的，表示曲中衬字。奈何天——良辰美景令人无可奈何的日子。又汤剧中"奈何"之义，本《世说新语·任诞》："桓子野每闻清歌，辄呼'奈何!'谢公曰：'子野可谓一往有深情。'"

⑤ 遣——排遣。愚——自谦词。衷——衷曲，情怀。

⑥ 怀金悼玉——"金"指代薛宝钗，"玉"指代林黛玉。以薛、林为代表，实际上把"薄命司"的众女儿都包括在内。曲子的作者说他怀念存者，伤悼死者，故演出此《红楼梦曲》。程高本改"怀"为"悲"，是只求句顺、不察原意的妄改。

【鉴赏】

《红楼梦》中"把笔悲伤说世途"（脂评中诗句）的第四回，被安排得仿佛是一个插曲；而在第五回中则通过警幻的册籍和曲子点出《金陵十二钗》和《红楼梦》两个书名，暗寓众多人物的命运身世，常常强调一个"情"字，借这种手法，造成此书"非伤时骂世之旨"、"毫不干涉时世"，只为"闺阁昭传"、"大旨不过谈情"的假象。这正如脂砚斋在小说楔子的批语中所说的"足见作者之笔狡猾之甚"。脂批还指出，"作者用画家烟云模糊处"是不少的；他提醒"观者万不可被作者瞒蔽了去，方是巨眼"。我们只有透过"情种""风月情浓"之类"烟云模糊处"，于假中见真，知道人物的身世命运都必然受他们所生活的那个社会所制约，从中看出这个社会必然灭亡的历史命运，才能正确理解这部伟大小说的价值。

小说强调"情"，在当时还有其正面的积极意义，那就是宣扬了有民主性的人本主义思想，以此作为对封建统治重要思想支柱的反动理学的批判和否定。所以《红楼梦》又有一《情僧录》的别名。这与清初洪昇《长生殿》（小说在十七、十八回中点过它一折《乞巧》的戏）《引子》中也将全剧情节归结为"情而已"是一脉相承的。

"怀金悼玉"一句，过去被一些人作了曲解，说"金"与"玉"并非指宝钗与黛玉，以为曹雪芹不可能怀念宝钗那样的人物，甚至不可能那样写，这未免武断。要知道，两个半世纪前的作者曹雪芹，不可能用历史唯物主义的观点去看待他所描写的人物；他对人物的爱憎，也不可能不受其时代和阶级偏见的限制，因而也就不可能与我们今天对这些人物形象所作的分析和所持的褒贬态度完全一致。比如对宝钗、凤姐一类人物，作者在讥贬或暴露其短处的同时，不是又十分欣赏其学识，爱慕其才干，惋惜其迷惑，悯恻其不幸么！他在无情地揭露和控诉这个罪恶的封建大家庭的同时，不是又流着辛酸的眼泪，对它表示深深的留恋么！但是，尽管如此，曹雪芹并不是从自己的爱憎好恶出发，把这个写成"好人"、那个写成"坏人"的。相反，他常常不得不违反自己的阶级同情和主观意愿，把他们写成现实生活中原来所应有的那样。这是曹雪芹之所以成为伟大作家的原因。

终 身 误

都道是金玉良姻①，俺只念木石前盟②。空对着，山中高士晶莹雪③；终不忘，世外仙姝寂寞林④。叹人间，美中不足今方信：纵然是齐眉举案⑤，到底意难平。

【说明】

这首曲子从贾宝玉婚后仍不忘怀死去的林黛玉，写薛宝钗徒有"金玉良姻"的虚名而实际上则终身寂寞。曲名"终身误"，就包含这个意思。

【注释】

①金玉良姻——符合封建秩序和封建家族利益的所谓美满婚姻。小说中曾写薛宝钗的金锁"是个癞头和尚送的",上面所錾(zàn 赞)的两句吉利话与贾宝玉出生时衔来的那块通灵玉上"癞僧所镌(juān 娟)的篆文""是一对儿"(第八回)。薛姨妈也说"金锁是个和尚给的,等日后有玉的方可结为婚姻"(第二十八回)。所以,又特指宝玉与宝钗的婚姻。

②木石前盟——指贾宝玉和林黛玉之间的爱情。作者虚构宝、黛生前有一段旧缘和盟约——绛珠草为酬报神瑛侍者以甘露灌溉之惠,要把"一生所有的眼泪还他"。这两句与宝玉曾在梦中喊骂"什么是'金玉姻缘',我偏说是'木石姻缘'"(第三十六回)的话相似,但"俺只念木石前盟"应是摹写宝玉婚后所说的话。

③"空对"二句——意思是说宝玉与宝钗虽为夫妻而缺少真正的爱情。山中高士,比宝钗,喻其清高、洁身自好。雪,"薛"的谐音,指薛宝钗,兼喻其冷。

④世外仙姝——黛玉本为绛珠仙子,这里暗寓其死,亦即所谓"已登仙籍"。姝,美女。林——指林黛玉。

⑤齐眉举案——《后汉书·梁鸿传》:梁鸿家贫,但妻子孟光对他十分恭顺,每送饭给他,都把食盘举得同眉毛一样高。后因以"举案齐眉"为封建妇道的楷模。这里指宝玉与宝钗维持着夫妻相敬如宾的表面虚礼。案,有足的小食盘。宝玉对这样的生活始终不满,所以后面说"到底意难平"。

【鉴赏】

象征着封建婚姻的"金玉良姻"和象征着自由恋爱的"木石前盟",在小说中都被画上了癞僧的神符,载入了警幻的仙册。这样,宝、黛的悲剧,贾、薛的结合,便都成了早已注定了的命运。这一方面,固然是作者悲观的宿命论思想的表露;另一方面,也曲折地反映了这样的事实:在封建宗法社会中,要违背封建秩序、封建礼教和封建家族的利益,去寻求一种建立在共同理想、志趣基础上的自由爱情,是极其困难的。因此,眼泪还债的悲剧也像金玉相配的"喜事"那样有它的必然性。

然而,封建压迫可以强制人处于他本来不愿意处的地位,可以使软弱的抗争归于失败,但不可能消除已经觉悟到现实环境不合理的人更加强烈的反叛。没有爱情的"金玉良姻",无法消除贾宝玉心灵上的巨大创痛,使他忘却精神上的真正伴侣,也无法调和他与宝钗之间两种思想性格的冲突。"纵然是齐眉举案,到底意难平"。结果终至于一个万念俱灰、弃家为僧;一个空闺独守,抱恨终身。所谓"金玉良姻",实际是"金玉成空"!这里,我们不难看出曹雪芹的思想倾向和他对封建传统观念大胆的、深刻的批判精神。

《红楼梦曲》在形式上是个全新的创造。曲,有南北之分,北曲在元代最盛行,元杂剧皆用此,韵依《中原音韵》,语言俚俗活泼,潇洒圆溜,较之诗词,又更重节奏声情,句式常有累累如贯珠者。曹雪芹在这里,采用的便是这种传统形式。但其所作,曲牌格式又非北曲所原有。清乾隆时编有《九宫大成南北词宫谱》一书,收北曲曲牌计五百八十一个,其中并无《终身误》《枉凝眉》《恨无常》等。可见这里十二曲的曲牌名和格式,完全是曹雪芹根据人物特点和命运,自创自拟的。故有脂批云:"语句泼撒,不负自创北曲。"作者的祖父曹寅本擅长北曲,有撰著多种,家学渊源,曹雪芹于工诗善画外,也不愧为作曲的高手。

枉　凝　眉

一个是阆苑仙葩①,一个是美玉无瑕②。若说没奇缘,今生偏又遇着他;若说有奇缘,如何心事终虚化③?一个枉自嗟呀,一个空劳牵挂④。一个是水中月,一个是镜中花⑤。想眼中能有多少泪珠儿,怎禁得秋流到冬尽、春流到夏⑥!

【说明】

这首曲子从宝、黛的爱情理想因变故而破灭,写林黛玉的泪尽而逝。曲名"枉凝眉",意思是悲愁有何用,也即曲中所说的"枉自嗟呀"。

【注释】

① 阆苑（làng yuàn 浪院）仙葩（pā 趴）——指林黛玉,她本是灵河

岸上三生石畔的绛珠仙草。阆苑，传说中神仙所住的地方。仙葩，仙花。

②　美玉无瑕——指贾宝玉，他本是赤瑕宫的神瑛侍者（瑛，玉之光彩）。同时也赞他心地纯良洁白，没有那种儒臭浊气。瑕，玉的疵斑。

③　虚化——成空，化为乌有。戚序本误作"虚花"，变动词为名词；程高本改作"虚话"，变心事为明言；甲戌本经涂改。今从庚辰本。

④　"一个枉自"二句——一个独自悲叹唏嘘而无能为力（指黛玉），一个老是记挂着对方也白费心思（指宝玉）。很显然，这里说的就是脂批所提示的后来宝玉惹祸离家，流落他乡事。这一突然打击是促使病中黛玉死的主要原因。嗟呀，因悲伤而叹息。牵挂，在情况不明时，对人的悬念。它与前晴雯判词中"多情公子空牵念"的"牵念"以及后面写探春的《分骨肉》曲中"奴去也，莫牵连"的"牵连"意思相同。

⑤　水中月、镜中花——都是虚幻的景象。说宝、黛的爱情理想虽则美好，终于如镜花水月一样，不能成为现实。

⑥　"想眼中"三句——曹雪芹八十回后原稿中有《证前缘》一回（靖藏本第七十九回批），写黛玉"泪尽夭亡"。从多方面线索确知，"贾府事败"、"树倒猢狲散"的变故，发生在秋天。所谓"到头来，谁见把秋捱过？"林黛玉因宝玉的获罪而恸哭，自秋至冬，自冬历春，她的病势迅速加重。"试看春残花渐落，便是红颜老死时。"还没有到第二年的夏天，她就用全部泪水报答了神瑛侍者用甘露灌溉她的恩惠，实现了眼泪还债的诺言。故曲中所写"想眼中能有多少泪珠儿，怎禁得秋流到冬尽、春流到夏"，并非泛泛之言。秋流到冬尽，程高本无"尽"字，为后人所删。有人以为无"尽"字更妥，笔者以为不然。即使从句式的音节上看，亦当有。故从甲戌、戚序诸脂本。

【鉴赏】

曹雪芹笔下的林黛玉之死，与续书中所写的完全不一样。在第八十回后的原稿中，黛玉之死与婚姻问题无关。她既不是死于外祖母及其周围的人对她的冷淡厌弃，或者在给宝玉娶媳妇时选了宝钗。也不是由于误会宝玉对她薄幸变心（如果说，这种误会曾经有过的话，也早已成为过去）。黛玉的"泪尽"，原因更重大、深刻、真实得多。那就是后来发生了对全书主题和主线起决定作用的大变故——脂评称之为"通部书之大过节、大关键"的"贾家之败"（见庚辰本第十七、十八合回批）。它包括着获罪、"抄没、狱神庙诸事"（庚辰本第二十七回批）。这个突然飞来的横祸降于贾府，落到了宝玉等人的头上，因而也给黛玉以致命的一击。宝玉被迫出走，黛玉痛惜忧忿，却无能为力，她为宝玉的不幸而不幸，因宝玉的受苦而受苦，她日夜悲啼，毫不顾惜自己，终至将她衰弱的生命中的全部炽热的感情化为泪水，报答了她平生唯一的知己。

黛玉之死非续书所写那样，这一点证据甚多。第二十五回中凤姐一次当众与黛玉开玩笑说："你既吃了我们家的茶，怎么还不给我们家作媳妇？"她还指着宝玉对黛玉说："你瞧！人物儿、门第配不上，还是根基配不上？模样儿配不上，是家私配不上？那一点还玷辱了谁呢？"众人听了一齐笑起来，黛玉红了脸，不言语；连李纨都说："真真我们二婶子的诙谐是好的。"对于这段描写，读过作者全稿、已知人物将来结局的脂砚斋是怎样批的呢？他说："二玉事在贾府上下诸人，即看书人、批书人皆信定一段〔对？〕好夫妻，书中常常每每道及。岂其不然！叹叹！"（甲戌本）庚辰本作"二玉之配偶，在贾府上下诸人，即观者、批者、作者皆为〔谓〕无疑，故常常有此等点题语。我也要笑"。作者自己对宝黛之成为配偶是否怀疑，看书人、批书人如何预料，我们都不必去管它，问题是这里说："贾府上下诸人""皆信定"宝玉、黛玉将来是"一段好夫妻"。试问：续书中施"调包计"的贾母、凤姐（还有人以为做主的应是贾政、王夫人），他们在不在"贾府上下诸人"内？倘原稿也像续书那样写法，脂砚斋会不会说那样的话？可见，"岂其不然"——说二玉不能成夫妻，正是出于"贾府上下诸人"始料所未及的原因。在上一首写宝钗的曲子中，同时写了宝玉不忘死去的黛玉；在这一首写黛玉的曲子中，只写宝玉"空劳牵挂"，竟无一字涉及宝钗。这没有别的缘故，就是因为宝钗的终身寂寞与黛玉有关，黛玉的枉自悲愁与宝钗无关。

以续书所写《苦绛珠魂归离恨天》与此曲的后半对照，竟无一语能合。续作者为了在安排他自以为相当巧妙的情节时不至于遇到任何困难，就先使宝、黛这两个性情"乖僻"、不好对付的逆叛者，变成可以任人摆布的木偶人：一个无意中听说一句"宝二爷娶宝姑娘的事情"，就在"急怒"之下迷了"本性"；一个莫名其妙地失了玉便成"疯癫"。于是，他们最后一次见面时，"两个人也不问好，也不说话，也无推让，只管对着脸傻笑起来"（第九十六回），然后各自走开。这样，就以"一个傻笑，一个也傻笑"，代替了"一个枉自嗟呀，一个空劳牵挂"。写黛玉死时，有"吐血"，有"晕倒"，有"喘气"，有"发狠"，有"回光返照"，有"浑身冷汗"，有"两眼一翻"，……而独独没有流泪。倒是宝玉后来流了不少眼泪。这样，就使这支曲子的末句也非改写不可了。但是，说也奇怪，黛玉刚死，宝玉便"病势一天好似一天"（这时，再不必担心他会执拗，反抗，向黛玉表白，使续作者为难了。倒是一直让他傻下去，文章不好做），于是就让他到灵柩前去痛哭一场。到容许他清醒的时候，他什么都想起来了："宝玉一到，想起未病之先（原文如此！），来到这里，今日屋在人亡，不禁嚎啕大哭。想起从前何等亲密，今日死别，怎不更加伤感！……哭得死去活来。"（第九十八回）这就是所谓"病神瑛泪洒相思地"。然而，这样就使人更糊涂了：难道曲子末几句是说宝玉的？难道黛玉所欠的"泪债"早偿过了头，现在反而要宝玉找还给她？她归离恨天如何向警幻交账呢？难道能把宝玉的眼泪也算在内？倘若说，宝玉的"牵挂"是指他婚后终不忘黛玉，那末，另一个又如何还能"嗟呀"呢？倘若说，曲的末句是指黛玉平日总爱哭，那末，她来到贾家已经多年，怎么说她的眼泪流不到一年就要流光呢？何况，我们也未见黛玉接连不断地天天流泪呀！八十回以前，她眼泪流得最多的，也还是因为宝玉被贾政打得半死，吃了大苦头的那一次。那一次黛玉为宝玉整天"抛珠滚玉"地流泪，正是为后来流更多的眼泪伏下的重要一笔。

　　曹雪芹写黛玉"还泪"的原意，在第三回脂批中说得最清楚。宝、黛初见时，一个因对方没有通灵玉而狠命摔玉，骂这玉"连人之高低不择"；一个则因之而流泪，说"倘或摔坏了那玉，岂不是因我之过"。这里脂批说："这是第一次算还，不知下剩还该多少！""应知此非伤感，还甘露水也。"指出了黛玉这种"体贴""知己"的心思和痛惜其自毁而引咎自责的落泪，就是"还债"。戚序本保存的一条脂评，更点出它对整个悲剧的象征意义：

　　　　补不完的是离恨天，所馀之石，岂非离恨石乎？而绛珠之泪，偏不因离恨而落，为惜其石而落。可见惜其石，必惜其人。其人不自惜，而知己能不千方百计为之惜乎！所以绛珠之泪，至死不干，万苦不怨，所谓"求仁而得仁，又何怨"，悲夫！

所谓"离恨"，实即愁恨、怨恨、憾恨，石头有被弃置的憾恨，黛玉也有被收养的身世之感。但她的泪偏不因自身的孤凄而落，而为怜惜石头的被摔和宝玉的"不自惜"而落，作为宝玉的"知己"，这种"千方百计为之惜"，就是"绛珠之泪，至死不干，万苦不怨"的原因，也即所谓"春恨秋悲皆自惹"。这说得还不清楚吗？批书者若未读过八十回以后的原稿，是无从这样说的。眼泪"至死不干"，正合曲中之所言；自身"万苦不怨"，才可称得上真正的"报德"。袭人劝黛玉说："姑娘快休如此，将来只怕比这个更奇怪的笑话儿还有呢。若为他这种行止，你多心伤感，只怕你伤感不了呢。"清蒙古王府本《石头记》脂批说："后百十回（原稿回数）黛玉之泪，总不能出此二语。"这就更无疑地证明黛玉最后是为宝玉"不自惜"的"这种行止"所闯下的祸而流尽眼泪的。也正因为如此，宝玉才终身不能忘怀他唯一的"知己"。

说到这里，我们不禁想起了借阅过曹雪芹抄本《红楼梦》的明义来，他为小说题过二十首绝句，末首说：

> 馔玉炊金未几春，王孙瘦损骨嶙峋；
> 青蛾红粉归何处？惭愧当年石季伦。

就算明义看到的也只是八十回的本子，他也完全有可能从作者或其亲友中打听到后半部情节的梗概。我们只要稍加思索，就不难明白诗中用获罪被拘、因而不能保全"青蛾红粉"的石崇典故指的是什么了。此类证据还很多，后面有机会我们还要谈到。也可参见拙文《曹雪芹笔下的林黛玉之死》的详述。

总之，《红楼梦》情节发展，根本没有落入"梁祝"故事的窠臼，更不是要表现什么"三角"关系。它始终是把悲剧的产生与封建大家族败落的原因紧密地联系在一起。在原稿中，描写这种如风雨骤至的大变故的发生，必然是惊心动魄的一幕，而作者倾注了最大热情的宝、黛这两个人物的精神面貌，定会在这场可怕的狂风暴雨的雷电闪光中被照亮。其感人至深的艺术力量，决不会亚于作者描写晴雯的"抱屈夭风流"和宝玉的"杜撰芙蓉诔"。因为写晴雯之死的文字，只不过是为写黛玉之死的更重要的文字作引罢了。这一点，脂批说，"试观《证前缘》（原稿写黛玉之死）回、黛玉逝后诸文，便知"（靖藏本第七十九回批）。然而可惜，我们已不能看到这样精彩的文字了！这部伟大的小说成了残稿，这实在是我国文学史上无可弥补的损失！

恨 无 常

喜荣华正好①，恨无常又到。眼睁睁，把万事全抛。荡悠悠，芳魂消耗②。望家乡，路远山高。故向爹娘梦里相寻告：儿命已入黄泉，天伦呵③，须要退步抽身早④！

【说明】

这首曲子是说贾元春的。曲名"恨无常"，暗示元春早死。无常是佛家语言，原指人世一切即生即灭，变化无常。后俗传为勾命鬼。元春当了贵妃，但"荣华"短暂，忽然夭亡，这里兼有两层意思。

【注释】

① 喜荣华正好——指贾元春入宫为妃，贾府因此成为皇亲国戚。

② 芳魂消耗——指元春的鬼魂忧伤憔悴。

③ 天伦——封建时代对父子、兄弟等天然的亲属关系的代称。这里是元春用作对她父亲贾政的称呼。

④ 退步抽身——指辞去官职，退居家中。

【鉴赏】

贾府在四大家族中居于首位，是因为它财富最多，权势最大，而这又因为它有确保这种显贵地位的大靠山——贾元春。世代勋臣的贾府，因为她又成了皇亲国戚。所以，小说的前半部就围绕着元春"才选凤藻宫"、"加封贤德妃"和"省亲"等情节，竭力铺写贾府"烈火烹油，鲜花着锦之盛"。但是，"豪华虽足羡，离别却难堪。博得虚名在，谁人识苦甘?"试看元春回家省亲在私室与亲人相聚的一幕，在"荣华"的背后，便可见骨肉生离的惨状。元春说一句，哭一句，把皇宫大内说成"终无意趣"的"不得见人的去处"，完全像从一个幽闭囚禁她的地方出来一样。曹雪芹有力的笔触，揭出了封建阶级所钦羡的荣华，对贾元春这样的贵族女子来说，也还是深渊，她不得不为此付出丧失自由的代价。

但是，这一切还不过是后来情节发展的铺垫。省亲之后，元春回宫似乎是生离，其实已是死别；她丧失的不只是自由，还有她的生命。因而，写元春显贵所带来的贾府盛况，也是为了预示后来她的死是庇荫着贾府大树的摧倒，为贾府事败、抄没后的凄惨景况作了反衬。脂批点出元妃之死也与贾家之败、黛玉之死一样，"乃通部书之大过节、大关键"。不过，在现存的后四十回续书中，这种成为"大过节、大关键"的转折作用，并没有加以表现。相反的，续书倒通过元春之死称功颂德一番，说什么因为"圣眷隆重，身体发福"才"多痰"致疾，仿佛她的死也足以显示皇恩浩荡似的。

《红楼梦》人物中，短命的都有令人信服的原因，唯独元春青春早卒的原因不明不白。这本身就足以引人深思。作者究竟怎样写的，从"虎兔相逢"四个字是无法推断的。曲子中有些话也很蹊跷，如说元春的"荡悠悠，芳魂消耗"，"望家乡，路远山高"。倘元春后来死于宫中，对筑于"帝城西"的贾府并不算远，"路远山高""相寻告"云云，都是很难解通的。这现在也只能成为悬案。不过，有一点，曲中写得比较明确，即写元春以托梦的形式向爹娘哭诉说："儿命已入黄泉，天伦呵，须要退步抽身早!"这岂不是明明白白地要亲人以她自己的含恨而死作为前车之鉴，赶快从官场脱身，避开即将临头的灾祸吗? 所以甲戌本有脂批云："悲险之至。"由此可知，元春之死，不仅标志着四大家族所代表的那一派在政治上的失势，敲响了贾家败亡的丧钟，而且她自己也完全是封建统治阶级宫闱内部互相倾轧的牺牲品。这样，声称"毫不干涉时世"的曹雪芹，就大胆地揭开了政治帷幕的一角，让人们从一个封建家庭的盛衰遭遇，看到了它背后封建统治集团内部各派势力之间不择手段地争权夺利的肮脏勾当。贾探春所说的"恨不得你吃了我，我吃了你"的话的深长含义，也不妨从这方面去理解。

分 骨 肉

一帆风雨路三千，把骨肉家园齐来抛闪^①。恐哭损残年。告爹娘^②，休把儿悬念。自古穷通皆有定^③，离合岂无缘？从今分两地，各自保平安。奴去也^④，莫牵连^⑤。

【说明】

这首曲子是写贾探春的。曲名"分骨肉"，是与骨肉亲人分离的意思。

【注释】

① "一帆"二句——指贾探春远嫁。抛闪，抛弃、撇开。闪，撇。

② 爹娘——指贾政、王夫人。贾探春是庶出，为贾政的小老婆赵姨娘所生。但她不承认自己的生身母亲："我只管认得老爷太太，别人我一概不管。"（第二十七回）

③ 穷通——穷困和显达。

④ 奴——古代妇女自称。

⑤ 牵连——心里牵挂惦念。

【鉴赏】

贾府的三小姐探春，诨名"玫瑰花"，她在思想性格上与同是庶出的姊姊"二木头"迎春形成了鲜明的对照。她精明能干，有心机，能决断，连凤姐和王夫人都畏她几分，让她几分。在她的意识中，区分主仆尊卑的封建等级观念特别深固。她之所以对生母赵姨娘如此轻蔑厌恶、冷酷无情，重要的原因，是一个处于婢妾地位的人，竟敢逾越这个界限，冒犯她作为主子的尊严。抄检大观园，在探春看来，"引出这等丑态"比什么都严重。她"命众丫鬟秉烛开门而待"，只许别人搜她的箱柜，不许人动一下她丫头的东西，并且说到做到，绝无回旋余地。这也是为了在婢仆前竭力维护做主子的威信与尊严。"心内没有成算的"王善保家的，不懂得这一点，动手动脚，所以当场挨了一巴掌。探春对贾府面临大厦将倾的危局颇有感触，她想用"兴利除弊"的微小改革来挽回这个封建大家庭的颓势。但这只能是心劳日拙，无济于事。

对于探春这样的人，作者是有阶级偏爱和阶级同情的。但是，作者没有违反历史和人物的客观真实性，仍然十分深刻地描绘了这个形象，如实地写出了她"生于末世运偏消"的必然结局。原稿中写探春后来远嫁的情节，与续书所写不同，这我们已在她的判词的鉴赏中说过了。曲中"从今分两地，各自保平安"，也是她一去不归的明证。"三春去后诸芳尽"。迎春出嫁，八十回前已写到；元春之死、探春之嫁，从她们的曲文和有关脂批看，也都在贾府事败之前，可能八十回后很快就会写到。这样，八十回后必然是一波未平，一波又起，情节发展相当紧张急遽，绝不会像续作者写"四美钓游鱼"那样松散、无聊。

此曲拟探春离别亲人之辞，语言也甚合其为人。探春本是颇有英气的女杰，故于临别骨肉分离之际，仍能不因悲痛而失态，只是尽力劝慰爹娘珍重节哀，而无一字自诉衷肠。何况她的远嫁海外，可能还由怀恨者的报复促成，所以就更不能示弱，让那些小人称心。对"从今分两地，各自保平安。奴去也，莫牵连"数语，有脂批云："探卿声口如闻。"说的也是语言的个性化。曲词能写成这样，实在是很不容易的。

乐 中 悲

襁褓中①，父母叹双亡②。纵居那绮罗丛③，谁知娇养？幸生来，英豪阔大宽宏量，从未将儿女私情略萦心上。好一似，霁月光风耀玉堂④。厮配得才貌仙郎⑤，博得个地久天长。准折得幼年时坎坷形状⑥。终久是云散高唐，水涸湘江⑦：这是尘寰中消长数应当⑧，何必枉悲伤？

【说明】

这首曲子是说史湘云的。曲名"乐中悲"，是说她的美满婚姻好景不长。

【注释】

① 襁褓（qiǎng bǎo 抢保）——包婴儿的被子和带子。

② 叹——不幸。

③ 绮罗丛——指富贵家庭的生活环境。绮罗，丝绸织物。

④ 霁月光风——雨过天晴时的明净景象，比喻胸怀光明磊落。参见本回前又副册判词之一注②。

⑤ "厮配"句——据脂砚斋评注提到，史湘云后与一个贵族公子卫若兰（名字曾出现于第十四回）结婚。八十回以后的曹雪芹佚稿中，还有卫若兰射圃的情节。厮配，匹配。才貌仙郎，才貌出众的年轻男子。

⑥ 准折——抵消。准，抵算、折价。坎坷（kǎn kě 砍可）——道路低陷不平的样子，引申为人生道路艰难，不得志。这里指史湘云幼年丧失父母、寄养于叔婶家的不幸。

⑦ "终久"二句——二句中藏有"湘云"二字，又说"云散""水涸"，以"巫山云雨"的消散干涸，喻男女欢乐成空。高唐，见前本回正册判词之四注④。

⑧ 尘寰——尘世，人世间。消长——消失和增长，犹言盛衰。数——命数，气数。

【鉴赏】

《红楼梦》以"写儿女之笔墨"的面目出现，这有作者顾忌当时政治环境的因素在。因而，书中所塑造的众多的代表不同性格、类型的女子，从她们的形象取材于现实生活这一点来看，经剪裁、提炼，被综合在小说形象中的原型人物的个性、细节等，恐不一定只限于女性。在大观园女儿国中，须眉气象出以脂粉精神最明显的，要数史湘云了。她从小父母双亡，由叔父抚养，她的婶母待她并不好。因此，她的身世和林黛玉有点相似。但她心直口快，开朗豪爽，爱淘气，又不大瞻前顾后，甚至敢于喝醉酒后在园子里的青石板凳上睡大觉。她和宝玉也算是好友，在一起，有时亲热，有时也会恼火，但毕竟襟怀坦荡，"从未将儿女私情略萦心上"。在史湘云身上，除她特有的个性外，我们还可以看到在封建时代常被赞扬的某些文人的豪放不羁的特点。

史湘云的不幸遭遇主要还在八十回以后。根据这个曲子和脂砚斋评注中提供的零星材料，史湘云后来和一个颇有侠气的贵族公子卫若兰结婚，婚后生活还比较美满。但好景不长，不久夫妻离散，她因而寂寞憔悴。至于传说有的续写本中宝钗早卒，宝玉沦为击柝的役卒，史湘云沦为乞丐，最后与宝玉结为夫妻，看来这并不合乎曹雪芹原来的写作计划，乃附会第三十一回"因麒麟伏白首双星"的回目而产生。其实"白首双星"就是指卫若兰、史湘云两人到老都过着分离的生活，因为史湘云的金麒麟与薛宝钗的金锁相仿，同作为婚姻的凭证，正如脂批所说："后数十回若兰射圃所佩之麒麟，正此麒麟也。提纲伏于此回中，所谓草蛇灰线在千里之外。"那么，"提纲"是怎么"伏"法的呢？这一回写宝玉失落之金麒麟（他原以为湘云也有一个而要来准备送给她的）恰巧被湘云拾到，而湘云的丫鬟正与小姐谈论着"雌雄""阴阳"之理，说："可分出阴阳来了！"借这些细节暗示此物将来与湘云的婚姻有关。这初看起来，倒确是很像"伏"湘云与宝玉有"缘"，况且，与"金玉良姻"之说也合。黛玉也曾为此而起过疑，对宝玉说了些带讽刺的话。其实，宝玉只是无意中充当了中间人的角色，就像袭人与蒋玉菡之"缘"是通过他的传带，交换了彼此的汗巾子差不多。这一点，脂评说得非常清楚："金玉姻缘已定，又写一个金麒麟，是间色法也。何颦儿为其所惑，故颦儿谓'情情'（末回《情榜》中对黛玉的评语，意谓'用情于多情者的人'）。"绘画为使主色鲜明，另用一色衬托叫"间色法"。湘云的婚姻是宝钗婚姻的陪衬：一个因金锁结缘，一个因金麒麟结缘；一个当宝二奶奶仿佛幸运，但丈夫出家，自己守寡；一个"厮配得才貌仙郎"，谁料"云散高唐，水涸湘江"，最后也是空房独守。"双星"，就是牵牛、织女星的别称（见《焦林大斗记》），故七夕又称双星节（后来改为双莲节）（见《瑯环记》）。总之"自首双星"是说湘云和卫若兰结成夫妻后，由于某种尚不知道的原因，很快就分开了，成了牛郎织女。这正好作宝钗"金玉良姻"的衬托。《好了歌注》："说甚么脂正浓、粉正香，如何两鬓又成霜？"脂批就并提宝钗、湘云，说是指她们两人。可见，因回目而附会湘云将来要嫁给宝玉的人们，也与黛玉当时因宝玉收了金麒麟而"为其所惑"一样，同是出于误会。

世 难 容

气质美如兰，才华复比仙①。天生成孤癖人皆罕②。你道是啖肉食腥膻③，视绮罗俗厌；却不知，太高人愈妒，过洁世同嫌④。可叹这，青灯古殿人将老，辜负了，红粉朱楼春色阑⑤！到头来，依旧是风尘肮脏违心愿⑥。好一似，无瑕白玉遭泥陷；又何须，王孙公子叹无缘⑦！

【说明】

这首曲子是写妙玉的。曲名"世难容"，也说明了她后来的遭遇。

【注释】

① 复比仙——也与神仙一样。程高本"复"作"馥"，是芳香的意思。"才华"固可以花为喻，言"馥"，但与"仙"不称；今以"仙"作比，则不应用"馥"，两句不是对仗。

② 罕——纳罕，诧异，惊奇。

③ 啖（dàn 旦）——吃。腥膻（shān 山）——腥臊难闻的气味。膻，羊臊气。出家人素食，所以这样说。

④ "太高"二句——太清高了，更会惹人忌恨；要过分洁净，大家都看不惯。程高本改"太高"作"好高"，不妥。"高"与"洁"之所以可非议，在于"太"与"过"。

⑤ 春色阑——春光将尽。喻人青春将过。阑，尽。

⑥ 风尘肮脏（kǎng zǎng）——在污浊的人间挣扎。风尘，指污浊、纷扰的生活。肮脏，亦作"抗脏"，高亢刚直的样子，如李白《鲁郡尧祠送张十四游河北》诗："有如张公子，肮脏在风尘。"引申为强项挣扎的意思，与读作"āng zāng"解为龌龊之义有别。

⑦ 王孙公子——当是指贾宝玉。

【鉴赏】

来自苏州的带发修行的尼姑妙玉，原来也是宦家小姐。她住在大观园中的栊翠庵，依附权门，受贾府的供养，却又自称"槛外人"。这正如鲁迅所说的："要做这样的人，恰如用自己的手拔着头发，要离开地球一样。"（见《二心集·"硬译"与"文学的阶级性"》）实际上她并没有置身于贾府的各种现实关系之外。她的"高"和"洁"都带有矫情的味道。她标榜清高，连黛玉也被她称为"大俗人"，却独独喜欢和宝玉往来，连宝玉生日也不忘记，特地派人送来祝寿的帖子。她珍藏晋代豪门富室王恺的茶杯，对她也是个讽刺。她有特殊的洁癖。刘姥姥喝过一口茶的成窑杯她因嫌脏要砸碎，但又特意把"自己日常吃茶"的绿玉斗招待宝玉。所谓洁与不洁，都深深打上了阶级和感情的烙印。她最后流落风尘，好像是对她过高过洁的一种难堪的惩罚。像妙玉这样依附于没落阶级的人，怎么能超然自拔而不随同这个阶级一起没落呢！

有人说《红楼梦》是演绎"色空"观念的书，这无论就作品的社会意义或作者的创作思想来看，都是过于夸大的。曹雪芹的意识中是有某种程度的"色空"观念，那就是他对现实的深刻的悲观主义。但《红楼梦》绝不是这种那种观念的演绎，更没有堕入宣扬宗教意识的迷津。曹雪芹对妙玉这个人物的描写，很能说明问题。作者既没有认为入空门就能成为一尘不染的高人，也没有因此而特意为她安排更好的命运。

前面已经说过，原稿中妙玉的结局与续书所写是不同的。靖藏本在妙玉不收成窑杯一节，加了批语说："妙玉偏僻处，此所谓'过洁世同嫌'也。他日瓜洲渡口（以下是错乱文字，周汝昌校文参见前本回正册判词之五注④）劝惩不哀哉屈从红颜固能不枯骨□□□。"可见，曲中"太高人愈妒，过洁世同嫌"等语，也不是泛泛之言，而是以她后来的遭遇为依据的话，只是详情已不可知了。续书写妙玉的遭劫是因为强人觉得她"长的实在好看"，又听说她为宝玉"害起相思病来了"，故动了邪念。这与妙玉的"太高""过洁"的"偏僻"个性又有什么相干呢？这倒是续作者自己一贯意识的表现：在续作者看来，黛玉的病也是相思病，故有"心病终须心药治"、"这心病也是断断有不得的"一类话头。问题当然并不仅仅在于怎样的结局更好些，而在于通过人物的遭遇说明什么。续书想要说明的是妙玉情欲未断，心地不净，因而内虚外乘，先有邪魔缠扰，后遭贼人劫持。这是她自己作孽而受到的报应。结论是出家人应该灭绝人欲，"一念不生，万缘俱寂"（第八十七回）。这也就是程朱理学所鼓吹的"以理禁欲""去欲存理"。而原稿的处理，显然是把妙玉的命运与贾府的命运紧紧地联系在一起的。这样，妙玉悲剧所具有的客观意义，就要比曲子中用"太高"

"过洁"等纯属个人品质的原因去说明它更为深刻。

喜冤家

中山狼，无情兽，全不念当日根由①。一味的，骄奢淫荡贪欢媾②。觑着那③，侯门艳质同蒲柳④；作践的⑤，公府千金似下流⑥。叹芳魂艳魄，一载荡悠悠⑦。

【说明】

这首曲子是写贾迎春的。曲名"喜冤家"，是说她所嫁的丈夫是冤家对头，因为婚嫁称喜事。

【注释】

① "中山狼"三句——指迎春丈夫孙绍祖完全忘了他的祖上曾受过贾府的好处。见前本回正册判词之六注②。

② 贪欢媾——迎春哭诉"孙绍祖一味好色"，"家中所有的媳妇丫头将及淫遍"。"欢媾"，脂本或作"还构"，或作"顽毅"，都不成语。这里根据小说情节，从程乙本。

③ 觑（qù 去）——窥视、细看，这里就是看的意思。

④ 蒲柳——蒲和柳易生易凋，借以喻本性低贱的人。蒲，草名。东晋人顾悦与简文帝司马昱同年，而头发早白。简文帝问他为什么头发白得这么早。顾谦恭地说："蒲柳之姿，望秋而落；松柏之质，经霜弥茂。"（见《世说新语·言语》）这里是说孙绍祖作践迎春，不把她当作贵族小姐对待。

⑤ 作践——糟蹋。

⑥ 下流——下贱的人。

⑦ "叹芳魂"二句——指贾迎春嫁后一年即被虐待而死。

【鉴赏】

贾府的二小姐迎春和同为庶出却精明能干的探春相反，老实无能，懦弱怕事，所以有"二木头"的诨名。她不但作诗猜谜不如姊妹们，在处世为人上，也只知退让，任人欺侮，对周围发生的矛盾纠纷，采取一概不闻不问的态度。她的攒珠累丝金凤首饰被人拿去赌钱，她不追究；别人设法要替她追回，她说"宁可没有了，又何必生事"；事情闹起来了，她不管，却拿一本《太上感应篇》自己去看。抄检大观园，司棋被逐。迎春虽然感到"数年之情难舍"，掉了眼泪，但司棋求她去说情，她却"连一句话也没有"。如此怯懦的人，最后终不免悲惨的结局，这在当时的社会环境里，实在是有其必然性的。

看起来，迎春像是被"中山狼，无情兽"吃掉的，其实，吞噬她的是整个封建宗法制度。她从小死了娘，她父亲贾赦和邢夫人对她毫不怜惜，贾赦欠了孙家五千两银子，将她嫁给孙家，实际上等于拿她抵债。当初，虽有人劝阻这门亲事，但"大老爷执意不听"，谁也没有办法，因为儿女的婚事决定于父母。后来，迎春回贾府哭诉她在孙家所受到的虐待，尽管大家十分伤感，也无可奈何，因为嫁出去的女儿已是属夫家的人了，所以只好忍心把她再送回狼窝里去。

在大观园女儿国中，迎春是成为封建包办婚姻的牺牲品的一个典型代表。作者通过她的不幸结局，揭露和控诉了这种婚姻制度的罪恶，这是谁也无法否认的客观事实。可是，有些人偏偏要把这个反对封建婚姻制度的功劳记在续书者的账上，认为续书也有比曹雪芹原著价值更高的地方，即所谓"有更深一层的反封建意义——暴露封建社会婚姻不自由"，因而"在读者中发生更巨大的反封建的作用"。甚至还认为，"婚姻不自由。在《红楼梦》中，它是牵动全书的线索"（见《红楼梦研究参考资料选辑》第二辑第29、31页，人民文学出版社出版）。这无非是说，续书把宝黛悲剧写成因婚姻不自由而产生的悲剧是提高了原著的思想性。我们的看法恰恰相反。所谓"更深一层的反封建意义"，如上所述，原著本来就有的。《红楼梦》虽暴露封建婚姻罪恶，但绝不是一部以反对婚姻不自由为主题或主线的书。把这一点作为"牵动全书的线索"，自然就改变了这部政治性很强的小说的广泛揭露封建社会种种黑暗的主题，改变了小说表现四大家族在封建统治阶级内部政治斗争中趋向没落的主线，把基本矛盾局限在一个家庭的小范围之内（曹雪芹是通过特殊的典型化手法，有意识地把贾府这个封建宗法制贵族大家庭作为当时整个封建宗法社会的缩影来描写的。人物主要活动场所名曰"大观"，说它是"天上人间诸景备"，正暗示了这部小说的作意），把读者的视线引到男女恋爱婚姻问题上去，甚至使人误以为作者在小说开头声称此书"大旨谈情"的"情"，真的就是儿女之情了。这实在是续作者对原著精神的歪曲。

虚花悟

　　将那三春看破①，桃红柳绿待如何②？把这韶华打灭③，觅那清淡天和④。说什么，天上夭桃盛，云中杏蕊多⑤！到头来，谁见把秋捱过⑥？则看那⑦，白杨村里人呜咽⑧，青枫林下鬼吟哦⑨。更兼着，连天衰草遮坟墓。这的是⑩，昨贫今富人劳碌，春荣秋谢花折磨。似这般，生关死劫谁能躲⑪？闻说道，西方宝树唤婆娑，上结着长生果⑫。

【说明】

　　这首曲子是写贾惜春的。曲名"虚花悟"，意谓悟到荣华是虚幻的。虚花，犹言镜中花。

【注释】

　　①"将那"句——与前"判词"所说"勘破三春"意同。

　　②桃红柳绿——喻荣华富贵。待如何——结果怎么样呢？

　　③韶华——大好春光。这里又喻所谓"凡心"。

　　④清淡天和——既是与自然界浓艳的春光相对的天地间清淡之气，又指人体的元气，因为古时有所谓不动心，不劳形，清净淡泊，可保持元气，不受耗伤的说法。所以，"觅天和"亦即所谓养性修道。《庄子·知北游》："若正汝形，一汝视，天和将至。"天和，即所谓元气。

　　⑤天上夭桃、云中杏蕊——皆比喻富贵荣华。唐代高蟾《下第后上永

崇高侍郎》诗："天上碧桃和露种，日边红杏倚云栽；芙蓉生在秋江上，不向东风怨未开。"封建士大夫以天、日称皇帝，以雨露喻君恩；所以高蟾借天上桃杏比在朝的显贵，以秋江芙蓉自况。夭桃，语本《诗经·周南·桃夭》："桃之夭夭。"夭夭，美而盛的样子。又旧时以"夭桃秾李"为祝颂婚嫁之辞，与曲子说惜春不嫁人而为尼的命运也相适合。

⑥ "到头来"二句——说桃杏虽盛，但等不到秋天早已落尽。以草木摇落而变衰的秋季来象征人世间不可避免的衰败。从其他线索看，原稿写贾府之败，时在秋天，因此，这一句含义双关。

⑦ 则看——只见。

⑧ 白杨村——古人多在墓地种白杨，后来常用白杨暗喻坟冢所在。《古诗十九首》："驱车上东门，遥望郭北墓。白杨何萧萧，松柏夹广路。下有陈死人，杳杳即长暮。"

⑨ 青枫林——李白遭流放，杜甫疑其已死，作《梦李白》诗，说："魂来枫林青，魂返关塞黑。"这里青枫林是借用，意同"白杨村"。

⑩ 的是——真是。

⑪ 生关死劫——佛教把人的生死说成是关头、劫数。劫，厄运。

⑫ "西方"二句——喻指皈依佛教，求得超度，修成正果。佛教发源于古印度，所传释迦牟尼在树下觉悟成佛的"宝树"，虽然也枝叶婆娑，但那是菩提树，不叫"婆娑"。我国传说中婆娑树是有的，与西方佛教无关，也并不结什么果。乐史《太平寰宇记》："日月石在夔州东乡，西北岸壁间悬二石，右类日，左类月，月中空隙有婆娑树一枝。"人有疑"婆娑"二字为作者一时误写，其实不误。它作为皈依佛门的象征至少在清代是人所周知的。如爱新觉罗·晋昌《题阿那尊像册十二绝》之二"手执金台妙入神，婆娑树底认前因"，即是（见文雷《红楼梦卷外编》，辽宁一师《〈红楼梦〉研究资料选集》第三集第174页）。长生果，即《西游记》中所写的人参果，俗传的仙果，传说三千年一开花，三千年一结果，再三千年才得熟，吃了可以长生不老。果，又是佛家语，指修行有成果。这里，作者是捏合传说以取喻，暗示惜春终于逃避现实，出家为尼。

【鉴赏】

贾惜春"勘破三春"，披缁为尼，这并不表明她在大观园的姊妹中，见识最高，最能悟彻人生的真谛。恰恰相反，作者在小说中，非常深刻地对惜春作了解剖，让我们看到她所以选择这条生活道路的主客观原因。客观上，她在贾氏四姊妹中年龄最小，当她逐渐懂事的时候，周围所接触到的多是贾府已趋衰败的景象。四大家族的没落命运，三个姐姐的不幸结局，使她为自己的未来担忧，现实的一切既对她失去了吸引力，她便产生了弃世的念头。主观上，则是由环境塑造成的她那种毫不关心他人的孤僻冷漠性格，这是典型的利己主义世界观的表现。人家说她是"心冷嘴冷的人"，她自己的处世哲学就是"我只能保住自己就够了"（第七十四回）。抄检大观园时，她咬定牙，撵走毫无过错的丫鬟入画，而对别人的流泪哀伤无动于衷，就是她麻木不仁的典型性格的表现。所以，当贾府一败涂地的时候，入庵为尼便是她逃避统治阶级内部倾轧、保全自己的必然道路。对于皈依宗教的人物的精神面貌，作如此现实的描绘，而绝不在她们头上添加神秘的灵光圈，这实际上已成了对宗教的批判。因为，曹雪芹用他的艺术手腕"摘去了装饰在锁链上的那些虚幻的花朵"（马克思《〈黑格尔法哲学批判〉导言》）。同样，曹雪芹也没有按照佛家理论，把惜春的皈依佛门看作是登上了普济众生的慈航仙舟，从此能获得光明和解脱，而是按照现实与生活的逻辑来描写她的归宿的。"可怜绣户侯门女，独卧青灯古佛旁！"在原稿中，她所过的"缁衣乞食"的生活，境况也要比续书所写的悲惨得多。

聪 明 累

　　机关算尽太聪明，反算了卿卿性命①！生前心已碎，死后性空灵②。家富人宁，终有个，家亡人散各奔腾③。枉费了，意悬悬半世心④；好一似，荡悠悠三更梦。忽喇喇似大厦倾，昏惨惨似灯将尽。呀！一场欢喜忽悲辛。叹人世，终难定！

【说明】

　　这首曲子是写王熙凤的。曲名"聪明累"，是受聪明之连累、聪明自误的意思。语出北宋苏轼《洗儿》诗："人皆养子望聪明，我被聪明误一生。惟愿孩儿愚且鲁，无灾无难到公卿。"

【注释】

① "机关"二句——费尽心机，策划算计，聪明得过了头，反而连自己的性命也给算掉了。机关，心机、阴谋权术。卿卿，语本《世说新语·惑溺》，后作夫妇、朋友间一种亲昵的称呼。这里指王熙凤。

② 死后性空灵——所依据的情节不详。从可以知道的基本事实来看，使凤姐难以瞑目的事，最有可能是指她到死都牵挂着她女儿贾巧姐的命运。"死后性灵"是迷信的说法。

③ 奔腾——在这里是形容灾祸临头时，各自急急找生路的样子。

④ 意悬悬——时刻劳神，放不下心的精神状态。

【鉴赏】

王熙凤是贾府的实际当权派。她主持荣国府，协理宁国府，而且交通官府，为所欲为。这是个政治性很强的人物，不是普通的贵族家庭的管家婆。她的显著特点，就是"弄权"，一手抓权，一手抓钱，十足表现出剥削阶级的权欲和贪欲。王熙凤不仅是一个人，而是代表了一个阶级。"忽喇喇似大厦倾，昏惨惨似灯将尽"，不光是王熙凤的个人命运，也可视作垂死的封建阶级和他们所代表的反动社会制度彻底崩溃的形象写照。

"机关算尽太聪明，反算了卿卿性命！"这两句道出了正走向没落的一切反动阶级的共同规律。王熙凤是四大家族中首屈一指的"末世之才"，在短暂的几年掌权中，她极尽权术机变、残忍阴毒之能事，制造了许多罪恶，直接断送在她手里的就有好几条人命。这一切只不过为她自己的最后垮台准备条件。按照曹雪芹的原意，这个贾门女霸的结局是很糟的。从脂批中可以知道原稿后半部有以下情节：

一、获罪离家，与宝玉同淹留于狱神庙（待罪候命处，还不是监狱）。原因不外乎她敛财害命等罪行的被揭露。如对"弄权铁槛寺"，逼迫一对未婚夫妻自尽，自己坐享三千两银子一节，脂批就指出："如何消缴，造业者不知，自有知者。""后文不必细写其事，则知其平生之作为，回首时无怪乎其惨痛之态。"（第十六回）离家在外期间，刘姥姥还与她在"狱庙相逢"（靖藏本第四十二回批）。此外，在狱神庙见到凤姐的，还有小红、茜雪等人。

二、在大观园执帚扫雪。这当是获罪外出，经一番周折，重返贾府以后的事。脂批说过，怡红院的穿堂门前，将来"便是凤姐扫雪拾玉之处"（第二十三回）。

三、被丈夫休弃，"哭向金陵"娘家。从第二十一回脂批看，她发现丈夫所私藏的多姑娘头发（批："妙。设使平儿收了，再不致泄露，故仍用贾琏抢回，后文遗失，方能穿插过脉也。"）是一个导火线。丈夫借此闹翻，将其休弃。那时，凤姐"身微运蹇"，只能忍辱，这与"俏平儿软语救贾琏"时的"阿凤英气"有天壤之别。所以后半部那一回的回目叫《王熙凤知命强英雄》。

四、回首惨痛，短命而死。尤氏对凤姐说："明儿带了棺材里使去。"脂批："此言不假，伏下后文短命。"（第四十三回）

总之，凤姐的惨痛结局是自食恶果，并不是什么人世祸福难定。但作者主观上对凤姐还是有着相当明显的怜才和惋惜心情的，即使只从这首曲子中，我们也能感觉出来。这当然可以认为是作者的阶级局限，但更重要得多的是曹雪芹在描写凤姐这个人物时，并没有受自己感情上某种偏爱的影响，感情用事地为她隐恶，却能无情地"秉刀斧之笔"，将她写成不配有更好命运的人。这才是曹雪芹的真正伟大处。

留馀庆

留馀庆，留馀庆，忽遇恩人；幸娘亲，幸娘亲，积得阴功①。劝人生，济困扶穷。休似俺那爱银钱、忘骨肉的狠舅奸兄②！正是乘除加减③，上有苍穹④。

【说明】

这首曲子是写贾巧姐的。曲名"留馀庆"，是说贾巧姐的娘王熙凤曾接济过刘姥姥，做了好事，因而得到好报——由刘姥姥救巧姐出火坑。前代为后代所遗留下来的福泽叫馀庆。《易经·坤卦·文言》："积善之家，必有馀庆。"留馀庆，与"积得阴功"义相似，都是一种因果报应的说法。

【注释】

①"留余庆"六句——参见本回正册判词之九注③。娘亲,"母亲"的一种方言叫法。

②狼舅奸兄——不知曹雪芹原计划中"奸兄"所指系谁。续书写巧姐后为王仁(狼舅)、贾环、贾芸(奸兄)等所卖。但可以肯定贾芸不是曹雪芹原计划中所说的"奸兄"。第二十四回的脂评说,后半部有"芸哥仗义探庵"(靖藏本)事,并说"此人后来荣府事败,必有一番作为"。贾环则既非"舅",也非"兄",而是巧姐的叔叔。

③乘除加减——指老天的赏罚丝毫不爽,犹"善有善报,恶有恶报"。

④苍穹(qióng 穷)——苍天。

【鉴赏】

贾府丑事败露后,王熙凤获罪,自身难保,女儿贾巧姐为狼舅奸兄欺骗出卖,流落在烟花巷。贾琏夫妻、父女,"家亡人散各奔腾"。后来,巧姐幸遇恩人刘姥姥救助,使她死里逃生。这些佚稿中的情节,前"判词"注中已有提及。那末,这样描写巧姐的命运,在小说之中,究竟有什么特殊的意义没有呢?我们认为它很有可能表现出作者曹雪芹在经历过长期的贫困生活后,思想上所出现的某些接近人民的新因素。

作者描写刘姥姥形象的真正用意,并不像小说所声称的那样是因为贾府大小事多,理不出头绪来,所以借她为引线;也不是为了让她进大观园闹出许多笑话来,供太太小姐们取乐,借以使文字生色。作者安排这个人物是胸有成竹的。脂批指出,小说在介绍刘姥姥一家时所说"'略有些瓜葛',是数十回后之正脉也"(第六回)。这就是说,刘姥姥一家在后半部中因巧姐为板儿媳妇,真的成了贾家的亲戚,而且是正派亲戚。"势败休云贵,家亡莫论亲"。在"树倒猢狲散"的情况下,贾府主子们之间的勾心斗角已发展为骨肉相残。到那时,肯伸手相援的都是一些曾被人瞧不起的小人物,如贾芸、小红、茜雪等,而曾被当作贾府上下嘲弄对象的刘姥姥,不但是贾府兴衰的见证者,反过来,她也成了真正能出大力救助贾府的人。要把已被卖作妓女的巧姐从火坑里救出来,就不外乎出钱和向人求情,这对刘姥姥说,是不容易的。接着,招烟花女子为孙媳妇(此外,也别无出路),则更要承受封建道德观念的巨大压力。在脂批看来,"老妪有忍耻之心，故后有招大姐之事"。其实，这正是在考验关头表现一个农村劳动妇女的思想品质，大大高出于表面上维护着虚伪的封建道德的上层统治阶级的地方。

贾巧姐终于从一个出身于公侯之门的千金，变成了一个在"荒村野店"里"纺绩"的劳动妇女了，就像秦氏出殡途中，宝玉所见的那个二丫头那样。与前半部十二钗所过的那种吟风弄月的寄生生活相反，巧姐走上了一条全新的自食其力的生活道路。于是，刘姥姥为巧姐取名时所说的"遇难成祥，逢凶化吉"得到了验证。曹雪芹思想的深度是一般封建时代的小说家所难以企及的。在这个问题上，脂批者的思想也有很大的距离，脂批说："应了这话固好，批书人焉能不心伤！狱庙相逢之日，始知'遇难成祥，逢凶化吉'实伏线于千里。哀哉伤哉！此后文字，不忍卒读。"（靖藏本第四十二回批）看来，他对这样的"成祥""化吉"还有保留，所以仍不免"哀哉伤哉"。续书者就更不用说了，在他看来，女子失节，不如一死；既沦为烟花女，便无"馀庆"可言；招巧姐而使她成为靠"两亩薄田度日"的卑贱的农妇，刘氏也算不得"恩人"。所以，续书让巧姐幸免于难，并且最后非让她嫁到"家资巨万"的大地主不可（这应入"厚命司"才是），还让"刘姥姥见了王夫人等，便说起来将来怎么升官，怎么起家，怎么子孙昌盛"。这与曹雪芹的原意，真有天壤之别！

当然，曹雪芹笔下的刘姥姥，身上也戴着封建阶级精神奴役的沉重枷锁；说王熙凤能"留馀庆"，"积得阴功"，也可说是一种阶级偏见；曲子宣扬"乘除加减，上有苍穹"的冥冥报应的迷信思想，更明显地属封建糟粕。但是，我们也应该看到使作者产生"劝人生，济困扶穷"思想的实际生活基础，把它与封建剥削阶级惯于进行的虚伪的、廉价的慈善说教区别开来。

晚 韶 华

镜里恩情，更那堪梦里功名①！那美韶华去之何迅②！再休提绣帐鸳衾③。只这戴珠冠，披凤袄，也抵不了无常性命④。虽说是，人生莫受老来贫，也须要阴骘积儿孙⑤。气昂昂头戴簪缨，气昂昂头戴簪缨⑥，光灿灿胸悬金印⑦；威赫赫爵禄高登，威赫赫爵禄高登，昏惨惨黄泉路近。问古来将相可还存？也只是虚名儿与后人钦敬⑧。

【说明】

这首曲子是写李纨的。曲名"晚韶华"，字面上说晚年荣华，其真意是说好光景到来时已晚了。

【注释】

①"镜里"二句——丈夫早死，夫妻恩情已是空有其名，谁料儿子的功名、自己的荣华，也像梦境一样虚幻。

②韶华——这里喻青春年华，与曲名中喻荣华富贵有别。

③绣帐鸳衾——指代夫妻生活。

④"只这"三句——这几句说，待李纨可享荣华时，死期也就近了，这是得不偿失。只，即使、便是。珠冠、凤袄，是受到朝廷册封的贵妇人的服饰。此指李纨因贾兰长大后做了官而得到封诰。无常，参见前本回《红楼梦曲·恨无常》题解。

⑤阴骘（zhì 志）——即前曲所谓"阴功"，指暗中有德于人。积儿孙——为儿孙积德。

⑥簪缨——古时贵人的冠饰。簪是首饰，缨是帽带。

⑦金印——亦贵人所悬带。《晋书·皇后纪论》："唯皇后贵人，金印紫绶。"

⑧"问古来"二句——说李纨本来大可不必"望子成龙"。

【鉴赏】

在小说中许多重要事件上，李纨都在场，可是她永远只充当"敲边鼓"的角色，没有给读者留下什么特殊的印象。这也许正是符合她的身份地位和思想性格的——荣国府的大嫂子，一个恪守封建礼法、与世无争的寡妇，从来安分顺时，不肯卷入矛盾斗争的旋涡。作者在第四回的开头，就对她作了一番介绍，那段文字除了未提结局外，已可作为她的一篇小传：

这李氏亦系金陵名宦之女，父名李守中，曾为国子监祭酒；族中男女无有不诵诗读书者。至李守中承继以来，便说"女子无才便有德"，故生了李氏时，便不十分令其读书，只不过将些《女四书》《列女传》《贤媛集》等三四种书，使她认得几个字，记得前朝这几个贤女便罢了；却只以纺绩井臼为要，因取名为李纨，字宫裁。因此这李纨虽青春丧偶，且居处于膏粱锦绣之中，竟如"槁木死灰"一般，一概无见无闻，惟知侍亲养子，外则陪侍小姑等针黹诵读而已。

这是一个封建社会中被称为贤女节妇的典型，"三从四德"的妇道的化身。清代的卫道者们鼓吹程朱理学，宣扬妇女贞烈气节特别起劲，妇女所受的封建主义"四大绳索"压迫的痛苦也更为深重。像李纨这样的人，在统治者看来，是完全有资格受表旌、立牌坊，编入"列女传"的。虽则"无常性命"没有使她有更多享晚福的机会（李纨年龄不比诸姊妹大多少，她的死，原稿中或另有具体情节，但已难考出），但她毕竟在寿终前得到了"凤冠霞帔"的富贵荣耀，这正可以用来作为天道无私，终身能茹苦含辛、贞节自守者必有善报的明证。然而，曹雪芹偏将她入了"薄命司"册子，说这一切只不过是"枉与他人作笑谈"罢了（后四十回续书以贾兰考中一百三十名，"李纨心下自然喜欢"为结束。这样，李纨似乎就不该在"薄命"之列了），这实在是对儒家传统观念的大胆挑战，是从封建王国的黑暗中透射出来的民主主义思想的光辉。

好 事 终

画梁春尽落香尘①。擅风情，秉月貌，便是败家的根本②。箕裘颓堕皆从敬③，家事消亡首罪宁④。宿孽总因情⑤！

【说明】

这首曲子是写秦可卿的。曲名"好事终"的"好事"，特指男女风月之事，是反语。

【注释】

①"画梁"句——暗指秦可卿在天香楼悬梁自尽（参见本回正册判词之十一注④）。

②"擅风情"三句——谓秦可卿自恃风月情多和容貌美丽，而后来贾府之败，根源可以追溯到这一点上。

③箕裘（jī qiú 基球）颓堕——旧时指儿孙不能继承祖业。箕裘，指簸箕、皮袍。《礼记·学记》："良冶之子，必学为裘；良弓之子，必学为箕。"意思是说，善于冶炼的人家，必定先要子弟学会缝补皮袍，为炼金属、烧陶土修补器具作准备；善于造弓的人家，必定先要子弟学会做簸箕，为弄弯木竹、兽角制成弓作准备。后人因以"箕裘"比喻祖先的事业。敬——指贾敬。他颓堕家教，放任子女胡作非为，养了个不肖之子贾珍，而贾珍则"乱伦"与儿媳私通。

④家事——家业。宁——指宁国府。

⑤宿孽——原始的罪恶，起头的坏事，祸根。

【鉴赏】

秦可卿本是被弃于养生堂的孤儿。她从抱养她的"寒儒薄宦"之家进入贾府以后，就堕入了罪恶的渊薮。她走上绝路是贾府主子们糜烂生活的恶果，其中首恶便是贾珍这些人形兽类。曲子有一点是颇令人思索的，那就是秦可卿在小说中死得较早，接着还有元春省亲、庆元宵等盛事，为什么要说她是"败家的根本"呢？难道作者真的认为后来贾府之败是像这首曲子所归结的"宿孽总因情"吗？四大家族的衰亡是社会的、政治的客观规律所决定的，封建统治阶级的生活腐朽、道德败坏也是其阶级本性所决定的。纵然曹雪芹远远不可能有这样的认识，又何至于把后来发生的重大变故的责任，全推在一个受贾府这个罪恶封建家庭的毒氛污染而丧生的女子身上，把一切原因都说成是因为"情"呢？原来，这和十二支曲的《引子》中所说的"都只为风月情浓"一样，只是作者有意识在小说一切人物、事件上盖上的瞒人的印记。作者在很大程度上是为了给人以"大旨谈情"的假象，才虚构了太虚幻境、警幻仙子的。但是，这种"荒唐言"若不与现实沟通，就起不了掩护有政治性的真事的作用。因而，作者又在现实中选择了秦可卿这个因风月之事败露而死亡的人，作为这种"情"的象征，让她在宝玉梦中"幻"为"情身"，还让那个也叫"可卿"的仙姬与钗、黛的形象混成一体，最后与宝玉一齐濒临"迷津"，暗示这是后来情节发展的影子，以自圆其"宿孽因情"之说。当然，作者思想是充满着矛盾的，以假象示人是不得已的。所以他在太虚幻境入口处写下了一副对联，预先就一再警告读者要辨清"真""假"、"有""无"。试想，冯渊之死，明明写出凶手是薛蟠，却偏又说"这正是梦幻情缘"、"前生冤孽"；张金哥和守备之子双双被迫自尽，明明写出首恶是王熙凤，却偏说他们都是"多情的"，又制造"情孽"假象。就连心如"槁木死灰"的李纨、"勘破三春"遁入空门的惜春、"从未将儿女私情略萦心上"的史湘云，作者也统统让她们在挂着"可怜风月债难偿"的对联的"孽海情天"中注了册，这个"情"（风情月债）不是幌子又是什么？

我们已经知道，贾府后来发生变故的直接导火线在荣国府，获罪而淹留在狱神庙的宝玉、凤姐都是荣国府的人。宝玉的罪状，不外乎"不肖种种大承笞挞"时所传的那种口舌。宝玉固然有拈花惹草的贵族公子习气，但决不至于像贾珍父子那样无耻，使这一点成为累及整个贾府的罪状，当然是因为在政治斗争中敌对势力要尽量抓住把柄来整治对方。现在偏要说这是风月之情造的孽，并且把它归结到它的发端——秦氏的诱惑。但即使就这个起因来说，也不能不指出，这一切宁国府本来就更不像话。比如，若按封建礼法颓堕家教论罪，贾敬纵容子孙恣意妄为，就要比贾政想用严训教子就范而无能为力更严重，更应定为"首罪"。王熙凤的弄权、敛财、害命，也起于她协理宁国府。贾珍向王夫人流泪求请凤姐料理丧事，纵容她"爱怎样就怎样，要什么只管……取去"，使她忘乎所以。铁槛寺害命受贿后，"凤姐胆识愈壮，以后有了这样的事，便恣意的作为起来"。而办这样奢靡的丧事，又因为贾珍与死者有特殊关系。凤姐计赚尤二姐、大闹宁国府，事情也起于贾珍、贾蓉聚麀。而贾蓉又与凤姐有着暧昧关系，他还是与凤姐最亲的秦氏的丈夫哩！然而，尽管如此，"风情""月貌"以至秦可卿本人，都不过是作者用来揭示贾府中种种关系的一种凭借，贾府衰亡的前因后果，自有具体的情节作出说明的，这就像作者在具体描写冯渊、张金哥之死的情节时毫不含糊一样。秦可卿"判词"和曲子中的词句的含义，要比我们草草读去所得的表面印象来得深奥，就连曲名"好事终"，我们体会起来，其所指恐怕也不限于秦氏一人，而可以是整个贾府的败亡。

收尾·飞鸟各投林

为官的，家业凋零；富贵的，金银散尽；有恩的，死里逃生；无情的，分明报应；欠命的，命已还；欠泪的，泪已尽：冤冤相报实非轻，分离聚合皆前定。欲知命短问前生，老来富贵也真侥幸。看破的，遁入空门；痴迷的，枉送了性命①。好一似食尽鸟投林，落了片白茫茫大地真干净！

【说明】

这首收尾的曲子是对金陵十二钗命运的总写，它写出了贾府最后家破人亡、一败涂地的景象。曲名的含义，已在曲文中讲清楚了。

【注释】

①"为官的"二十句——上面列举种种现象，过去，俞平伯先生以为它是每句专咏一人，"不是泛指"，"恰恰十二句分配十二钗"，"这是'百衲天衣'"，并依原文次序列其名为：湘云、宝钗、巧姐、妙玉、迎春、黛玉、可卿、探春、元春、李纨、惜春、凤姐。但是，后来俞先生自己也觉得未必妥当（参见《红楼梦研究·八十回后的红楼梦》）。

【鉴赏】

这首曲子是《红楼梦》十二曲的总结，它概括地写出了封建社会末期以贾府为代表的贵族家庭中发生的急剧变化和最终一败涂地的结局。

这首曲子既是十二钗曲的收尾，它在表现贾府"树倒猢狲散"的情景时，当然是以写十二钗的结局为主的。但是，它的目的毕竟不是把前面曲子中都已具体写过的各人命运再重复一遍，作者也未必故意求巧，使每句曲文恰好分结一钗。把一气呵成的曲文，割裂开来，按人分派，这只会削足适履，损伤原意；证之以事实，又不免牵强。说"欠泪的"是黛玉、

"看破的"是惜春、"老来富贵"是李纨，这当然不错；说"为官的，家业凋零"是湘云、"富贵的，金银散尽"是宝钗，就勉强了。《护官符》中贾、史、王、薛，哪一家不是"为官的""富贵的"？他们后来"一损皆损"，哪一家不是"家业凋零""金银散尽"？脂评说这两句"先总宁荣"（四大家族的代表），似乎确切得多。再比如把"欲知命短问前生"分派给元春，把"欠命的，命已还"分派给迎春，也说不出大理由。因为十二钗中命短的不只是元春，她的前生，我们也不知道；小说中只说贾家欠孙家的钱，没有说迎春欠孙绍祖的命，怎么要她还命呢？倒是王熙凤，现世就欠了不少人命，只是要她来还，一条命也还不清呢！如果用因果报应的话来说，她的下场不也是"冤冤相报"吗？总之，曲子把金陵十二钗的各种不幸遭遇，全都毫无遗漏地概括了，但我们不应拘泥于一句一人，把文义说死，这对理解这首曲子的意义没有实在的好处。

这首曲子为四大家族的衰亡预先敲起了丧钟。但是，作者并不了解历史发展的客观规律和深刻根源，不能对这种家族命运的剧变作出科学的解释，同时，还由于他在思想上并没有同这个没落的封建家庭割断联系，不可避免地就有许多宿命论的说法，使整首曲子都蒙上了浓重的悲观主义色彩。

这首曲子在结句中，作者以食尽鸟飞、唯余白地的悲凉图景，作为贾府未来一败涂地、子孙流散的惨象的写照，从而向读者极其明确地揭示了全书情节发展必以悲剧告终的完整布局。如果真正要追踪原著作意、续补完这部不幸残缺了的不朽小说，就不能无视如此重要的提示。鲁迅论《红楼梦》就非常重视这个结局。他介绍高鹗整理的续书，只述梗概，从不引其细节（这与前八十回大段引戚序本原文情况截然不同），但在提到贾政雪夜过毗陵，见光头赤脚、披大红猩猩毡斗篷的宝玉与他拜别而去，追之无有时，却两次都引了续书中"只见白茫茫一片旷野"这句话，提醒读者注意，续作者是如何煞费苦心地利用自然界的雪景来混充此曲末句所喻之贾府败亡景象的。他还指出后四十回虽则看上去"大故迭起，破败死亡相继，与所谓'食尽鸟飞独存白地'者颇符"，其实续作者"心志未灰"，所续之文字与原作的精神"绝异"，所以，"贾氏终于'兰桂齐芳，家业复起'，殊不类茫茫白地，真成干净者矣"。这就深刻地指出了续书是用貌合神离的手法给读者设置了一个"小小骗局"，借此从根本上篡改原作的精神。所以鲁迅说："赫克尔（E. Haeckel）说过：人和人之差，有时比类人猿和原人之差还远。我们将《红楼梦》的续作者和原作者一比较，就会承认这话大概是确实的。"（《坟·论睁了眼看》）

题大观园诸景对额

（第十七回）

曲径通幽处①

贾宝玉

【说明】

大观园工程告竣，只待在各处题上匾额对联，使景物生色，便可恭迎元春了。贾政引众清客进园观看，一路暂拟题咏，因闻得宝玉专能对对联，便命他同往，以试其才情。

进大观园，迎面一山，遮住园中诸景，微露羊肠小道，山上有镜面白石一块留题。

【注释】

① 曲径通幽处——唐代常建《题破山寺后禅院》诗："曲径通幽处，禅房花木深。"论诗者以为语带禅机。意思是它说了一个佛家的道理，即要到达能领悟妙道的胜境，先得走过一段曲折的小路。程高本这一留题作"曲径通幽"。大概改的人以为留题用四个字更好，遂删去"处"字。殊不知宝玉说"莫若直书'曲径通幽处'这句旧诗在上，倒还大方气派"。若减一字，便不是"直书"，也非"旧诗"原句了。

沁 芳①

贾宝玉

绕堤柳借三篙翠，
隔岸花分一脉香②。

【说明】

从曲径通幽处入石洞，佳木茏葱，奇花闪灼，"一带清流，从花木深处曲折泻于石隙之下"。向北，平坦宽豁，两边飞楼插空，雕甍绣槛。俯仰视之，清溪泻雪，石磴穿云。白玉为栏，环抱池沼，石桥三港，兽面衔吐。桥上有亭，亭上题此一额一联。

【注释】

① 沁（qìn 揿）芳——水渗透着芳香。

② "绕堤"二句——水光澄碧，好像借来堤上杨柳的翠色；泉质芬芳，仿佛分得两岸花儿的香气。绕堤、隔岸，水在其中。三篙，从深度上说水。一脉，从溪形上说水，但不着"水"字。这一联句法特殊，是诗歌炼句修辞的一种技巧。

有凤来仪①

贾宝玉

宝鼎茶闲烟尚绿，
幽窗棋罢指犹凉②。

【说明】

"有凤来仪"即后来又名之为潇湘馆的所在，它的特征是"数楹修舍，有千百竿翠竹遮映"。

【注释】

① 有凤来仪——凤凰是古代传说中的仙禽，相传它的出现是一种瑞应。《尚书·益稷》："箫韶（舜的乐曲）九成（一曲终叫一成），有凤来仪。"因为传说凤是食竹实的，所以借这一成语命名。又古时多以凤凰比后妃，额题为元春归省而拟，正合。凤又是孤高不凡的仙鸟，若借以比后来居住在这里的林黛玉，也合。

② "宝鼎"二句——宝鼎，这里指煮茶的鼎炉。本来，茶沸热时，则有绿烟；棋在着时，指头觉凉。现在却说"茶闲""棋罢"之时，亦复如此，正是为了写竹。翠竹遮映，所以疑尚有绿烟；浓荫生凉，所以似乎仍觉指冷。小说中也写到潇湘馆"窗户外竹影映入纱窗来，满屋内阴阴翠润，几簟生凉"（第三十五回）。这一联与小说中提到的陆游诗句"重帘不卷留香久，古砚微凹聚墨多"同属一路。这是从琐事细节上体察物性事理，以表现一种闲雅情致。

杏帘在望——稻香村①

贾宝玉

新涨绿添浣葛处②，
好云香护采芹人③。

【说明】

这是题大观园中人工造成的田野山庄的对额。

【注释】

① 杏帘在望、稻香村——因为此处"有几百枝杏花，如喷火蒸霞一般"，贾政等人想题作"杏花村"，还叫人做一个酒幌，用竹竿挑在树梢头，以凑合唐代杜牧《清明》诗："借问酒家何处有？牧童遥指杏花村。"贾宝玉嫌题额陋俗，以为不如因旧诗"红杏梢头挂酒旗"题作"杏帘在望"，或据"柴门临水稻花香"称为"稻香村"。唐代许浑《晚至章隐居郊园》诗："村径绕山松叶暗，柴门临水稻花香。"明代唐寅《题杏林春燕》

诗:"绿杨枝上啭黄鹂,红杏梢头挂酒旗。"

②"新涨"句——这句从田庄背山临水写来。新绿,指新鲜的春水。浣,洗濯。葛,蔓生植物,多长于山间,煮取它的纤维,在长流水中捶洗干净后,可以织布制衣。《诗经·周南·葛覃》:"薄(语助词)浣我衣(指葛衣)。"写一个新妇很勤,洗净葛衣才回娘家。旧说此诗颂"后妃之德",所以用"浣葛"事也合元春身份。元春后来就赐名此地为"浣葛山庄"。

③"好云"句——这一句暗喻元春为贵妃,如祥云庇护着贾府。好云,指云能生色,又兼喻"喷火蒸霞一般"的杏花,所以说"香护"。以云喻盛开的花是诗中常例。芹,指水芹菜,多长于水边。《诗经·鲁颂·泮水》:"思乐泮水,薄采其芹。"泮水,泮宫(学宫)之水。后人就把考中秀才入学为生员,叫做"入泮"或"采芹"。所以"采芹人"又指读书人。此句与上一句字面上说的是村野人的事,切所题之景,而出典则又"入于应制之例",且同用《诗经》语,写山、水、杏花诸景,而不着"山""水""杏"等字,都是旧诗技巧上的讲究。

蓼汀花溆①

贾宝玉

【说明】

自稻香村转过山坡,抚石依泉而进,过众花圃,"忽闻水声潺湲,泻出石洞,上则萝薜倒垂,下则落花浮荡",留题于此。

【注释】

①蓼汀——"蓼汀"一词当从唐代罗邺《雁》诗"暮天新雁起汀洲,红蓼花开水国愁"想来。其意境萧索,所以元春看了说:"'花溆'二字便好,何必'蓼汀'?"汀,汀洲,水边平沙。花溆(xù 序)——此词当从唐代崔国辅《采莲》诗"玉溆花争发,金塘水乱流"想来。溆,浦、水边。

兰风蕙露

清　客

麝兰芳霭斜阳院①，
杜若香飘明月洲。

三径香风飘玉蕙，
一庭明月照金兰②。

【说明】

清客拟的这两联和下面宝玉所拟"蘅芷清芬"一联，都是题后来名之为蘅芜苑的。蘅芜苑的特征是房屋被山石所绕，"而且一株花木也无"，却长满了各种牵藤引蔓的异草香花。

【注释】

①"麝兰"二句——上句套古诗"蘼芜满院泣斜阳"句，书中已指出，说它"颓唐"；同时，也与"四面群绕各式石块，竟把里面所有房屋悉皆遮住"的环境不合。下句也是抄袭唐代徐坚《棹歌行》"影入桃花浪，香飘杜若洲"的。麝兰、杜若，都是香草。霭（ǎi蔼），云气，引申为弥漫。

②"三径"二句——这两联从额题到楹对，都是作诗不顾具体环境、全无诗情而只会凑泊俗套的标本。宝玉说："此处并没有什么'兰麝''明月''洲渚'之类，若要这样着迹说起来，就题二百联也不能完。"作者借此讽刺了一些装模作样、自命风雅，实际上是不学无术、庸俗不堪的士人清客。三径，庭园间小路。汉代蒋诩（xǔ许）隐居后，曾于舍中竹下开一条三叉小路，只与求仲、羊仲二人来往。蕙，兰的一种，多穗。以"玉蕙"对"金兰"，说明才思贫瘠，只求藻饰。

蘅芷清芬

贾宝玉

吟成豆蔻才犹艳^①

睡足酴醾梦亦香^②。

【注释】

①"吟成"句——这句说，吟成杜牧那样的豆蔻诗后，才思还是很旺。唐代诗人杜牧《赠别》诗："娉娉袅袅十三馀，豆蔻梢头二月初。"豆蔻，指草豆蔻，春天开花，密集成穗状花序，花初生时，卷于嫩叶中，俗称含胎花，以喻少女。才犹艳，戚序本、程乙本等作"诗犹艳"，当是他人胡改。"犹"字没有着落，成何文理！庚辰本原作"才"，被另一笔迹点去，旁注"诗"字。今从己卯本。

②"睡足"句——这句因修辞技巧兼两层意思：一是花枝软垂无力像睡梦沉酣；一是人在花气中睡梦也香甜。酴醾（tú mí 图迷），也写作"荼蘼"，蔷薇科植物，春末开花。

红香绿玉^①

贾宝玉

【说明】

这是拟题后来的怡红院的，元春见了将它改为"怡红快绿"。

【注释】

①红香绿玉——先是一个清客说题"崇光泛彩"，宝玉以为"此处蕉、棠两植"，不宜偏题。为什么说偏呢？因为"崇光泛彩"用的是苏轼《海棠》诗"东风袅袅泛崇光（增长着的春光）"，只说了海棠，漏了芭蕉，所以用"红""绿"以兼顾。

【鉴赏】

这些题园景的额对，内容上都是风月闲吟，但题额对这一情节在小说中却是不可缺少的。

小说中主要人物的种种活动都在大观园的背景上展开，作者通过贾政、清客和宝玉巡看新告竣的大观园，拟题匾对，一开始就把园的规模、方位、建筑布局、山水特色等作了全面的介绍和重点的描绘。如果没有这一情节，我们很难设想用其他什么方法能使结构繁复、景物众多的大观园很快地就在我们读者心目中留下如此清晰、深刻的印象。这样的安排，正是作者高于才能平庸的一般小说家的地方。

大观园中的几处房子，后来都分给宝玉和他的姐妹们居住，作者预先描绘这些各具不同特点的景色，以便用它作背景来烘托以后房主人的典型性格。如潇湘馆用竹来烘托黛玉的性格，与她"孤高自许，目无下尘"的特点很相称。她容易伤感悲愁，所以又把竹子与潇湘的传说典故连在一起。稻香村的环境，不但与守节寡欲的李纨性格协调，就连楹联用"浣葛"等事，也与她家教素重封建妇德，认为女子"以纺绩井臼为要"，自己也"惟知侍亲养子"等情况相称。蘅芜苑花木全无、幽冷软媚，怡红院蕉棠两植、红香绿玉，也都有意无意与房主人有关。

此外，作者还让题对额变成两类人在文才诗思方面的一次实地考核：一方面是被人称为"自幼酷喜读书"、当时在朝廷做官的贾政，以及他门下的一批附庸风雅的清客；一方面则是所谓"愚顽怕读文章"的封建逆子贾宝玉。考核的结果，谁优谁劣，谁智谁愚，谁被弄得窘态百出，这我们已从小说中看到了。在这里，作者对贾政及其门下清客相公们作了淋漓尽致的嘲讽。

清康熙和乾隆二帝，尤其是后者，不但喜欢游览各地山水名胜，且所到之处，总有雅兴对景留诗题额，只杭州西湖周围就比比皆是。此种习好，上行下效，形成一种普遍的社会风气，一直沿袭了下去，后人称为"乾隆遗风"。《红楼梦》固然只写贾府家庭之事，但未始不可将这里题对额的情节视作是反映当时统治阶层习好的一种艺术再创造。

大观园题咏

（第十八回）

【说明】

　　元春书匾额、对联后，又题大观园一绝。然后命众姊妹也各题一匾一诗，又要宝玉为"潇湘馆""蘅芜苑""怡红院""浣葛山庄"四大处各赋五言律一首，借此面试其才情。

题大观园^①

贾元春

衔山抱水建来精，多少工夫筑始成^②！
天上人间诸景备，芳园应锡大观名^③。

【注释】

　　① 题大观园——这首总题大观园的绝句，与后面几首不同，作者是有深意的：说的是园林建筑，其实也指小说创作。

　　②"衔山"二句——环山萦水的构建，设计精心，工程浩大。作者借此暗寓小说创作呕心沥血，周密构思，花了他一生大半精力。

　　③"天上"二句——可以看出：一、"天上人间诸景备"的大观园，只有通过艺术的典型概括，才能创造出来。不可能把它落实到某一个具体的地点。二、天上，也隐指"太虚幻境"，暗示"天上"与"人间"两种境界的联系。三、小说所反映的社会生活面是广阔的，作者使用了特殊的典型化手法，使大观园里发生的封建大家族中的故事，成了整个中国封建宗法社会（这两者极其相似，只是大小不同而已）的缩影。从"天上"到"人间"亦即从皇家到百姓，形形色色，包罗万象，蔚为"大观"，确是一幅封建社会末期的历史画卷。锡，赐。

旷性怡情① (匾额)

贾迎春

园成景备特精奇②，奉命羞题额旷怡③。
谁信世间有此境，游来宁不畅神思④？

【注释】

① 旷性怡情——使胸怀开阔，心情愉快。

② 景备——景致齐备，与"园成"对举。程高本改作"景物"。

③ 羞题额旷怡——不好意思地题了"旷性怡情"的匾额。

④ 宁不——怎不。畅神思——就是额题"旷性怡情"的同义语。

万象争辉① (匾额)

贾探春

名园筑出势巍巍②，奉命何惭学浅微③。
精妙一时言不出，果然万物生光辉④。

【注释】

① 万象争辉——在程高本中，贾探春所作"万象争辉"七绝被改为七律"文采风流"，与李纨所作的诗对调了。小说原有探春"自忖亦难与薛、林争衡，只得勉强随众塞责而已。李纨也勉强凑成一律"等话，程高本也改成"只得随众应命"和"勉强作成一绝"。可见，这是有意改换的。大概改者以为"文采风流"四字及那首七律更适合探春。其实，这也是似是而非之见。迎春说"羞题"，探春则说"何惭"，可看出二人截然不同的个性。今从脂本以保持原作面貌。

② 筑出——程高本作"筑就"。势巍巍——指建筑气势雄伟，所谓"崇阁巍峨，层楼高起，面面琳宫合抱，迢迢复道萦纡"。

③ "何惭"句——这句说，既然奉命而作，我纵不学无文，也就不怕

献丑了。何惭，戚序本作"偏惭"；程高本作"多惭"。"何惭"切合探春的性格。今从庚辰本。

④ "精妙"二句——写出探春"随众塞责"。言不出，程高本作"言不尽"。万物生光辉，戚序本作"万象耀光辉"，程高本作"有光辉"。今从庚辰本。

文章造化① （匾额）

贾惜春

山水横拖千里外，楼台高起五云中②。
园修日月光辉里，景夺文章造化功③。

【注释】

① 文章造化——景物之华美如天工神力造成。文章，义同"文采"。造化，谓天地创造化育万物，常指天运或神力。

② "山水"二句——上句极言地广，下句极写楼高。五云，五色云霞。隐以神宫仙府作比。白居易《长恨歌》："楼阁玲珑五云起，其中绰约多仙子。"

③ "园修"二句——大观园修建于皇帝贵妃的恩泽荣光之中，风光景物有巧夺天工之奇。封建文人多以日月比皇帝。这首绝句全用对仗。

文采风流① （匾额）

李 纨

秀水明山抱复回②，风流文采胜蓬莱③。
绿裁歌扇迷芳草④，红衬湘裙舞落梅⑤。
珠玉自应传盛世⑥，神仙何幸下瑶台⑦！
名园一自邀游赏，未许凡人到此来⑧。

【注释】

① 文采风流——这里指景物多采，风光美好，人事标格不凡。

② 抱复回——要合抱而又回转，即曲折萦绕的意思。

③ 蓬莱——传说中海上的仙山。

④ "绿裁"句——歌扇用绿绸裁制成，与芳草颜色一样，迷离难分。歌扇，古时女子歌唱以扇遮面，所以有歌扇之称。

⑤ "红衬"句——这句是说刺绣的裙子上衬着红花，舞动时如红梅落瓣，随风飞回。湘裙，著名湘绣做的裙子。以歌扇、舞衣成对的诗句，历来甚多，如南朝梁阴铿有"莺啼歌扇后，花落舞衫前"之句，又清初吴梅村《鸳湖曲》"芳草乍疑歌扇绿，落花错认舞衣鲜"，皆是。又这一联句法套用第七十回中提到的杜甫《陪邓广文游何将军山林》诗："绿垂风折笋，红绽雨肥梅。"

⑥ 珠玉——喻诗文美好。杜甫《和贾至早朝大明宫》诗："朝罢香烟携满袖，诗成珠玉在挥毫。"当时，盛唐著名诗人王维、岑参等也都有同题和作，传为一时风流盛事。这里借以说大观园题咏。

⑦ 瑶台——传说中神仙所居的地方。李白作《清平调》，曾以瑶台仙子比杨贵妃。这句说元妃省亲，如仙子下凡。

⑧ "名园"二句——名园一经贵人游赏，便增价百倍，犹如仙境不许凡人来到。亦借此"颂圣"。

凝晖钟瑞① （匾额）

薛宝钗

芳园筑向帝城西②，华日祥云笼罩奇③。
高柳喜迁莺出谷④，修篁时待凤来仪⑤。
文风已著宸游夕⑥，孝化应隆归省时⑦。
睿藻仙才盈彩笔，自惭何敢再为辞⑧？

【注释】

① 凝晖钟瑞——光辉瑞象毕集于此的意思。晖，日光，喻皇恩。瑞，

吉兆。都是借以歌颂帝后的说法。钟，聚集。

②"芳园"句——说大观园筑在京城的西面。小说中设想的贾府在宫城的西面，如写元春归省时"忽见一对红衣太监骑马缓缓的走来，至西街门下了马"。

③"华日"句——说气象佳胜。喻所谓"体仁沐德"受皇帝的恩荣。前两句即额题之意。

④"高柳"句——喜庆莺从幽谷飞到高柳上去。喻元春出深闺进宫为妃。《诗经·小雅·伐木》："伐木丁丁，鸟鸣嘤嘤。出自幽谷，迁于乔木。嘤其鸣矣，求其友声。"

⑤"修篁"句——时刻等待凤凰飞到竹林里来。喻元春归来省亲。传说凤凰食竹实，呈祥瑞。参见十七回《题大观园诸景对额》中"有凤来仪"注①。篁，竹林。竹修长，所以称修竹、修篁。

⑥文风——所谓君主提倡文学、重视礼乐的风气。这是从封建政治的意义上来说大观园赋诗一事。著——表现得显著。宸游——皇帝外出巡游，这里指元春省亲。帝居叫宸，贵妃亦可称宸妃。

⑦孝化——孔孟认为能做到孝悌，就不会"犯上作乱"。后封建统治者就利用它作为维护封建宗法制度的道德基础，以此来规范人们的思想和行为，亦即所谓进行教化，所以称孝化。隆——发扬光大。归省——回家探亲。

⑧"睿（ruì瑞）藻"二句——两句说，见元春所题的才智非凡的联额和诗后，自惭才疏，不敢再措辞了。睿，明智，是封建时代常用作吹捧帝王的字。藻，辞藻，泛指诗文。盈彩笔，南朝齐文人江淹曾梦仙人授五彩笔，文思大进。这三字程高本改作"瞻仰处"。

世外仙源（匾额）

林黛玉

名园筑何处①？仙境别红尘②。
借得山川秀，添来景物新③。
香融金谷酒④，花媚玉堂人⑤。
何幸邀恩宠，宫车过往频⑥。

【注释】

① "名园"句——此句只表赞叹，非认真设问。程高本作"宸游增悦豫"，大大增加了"颂圣"色彩。

② 别红尘——不同于人间。别，区别。红尘，指人世间。

③ "借得"二句——上句说诗歌从山川中借得秀丽。唐代张说到岳州后，诗写得更好了，人谓得江山助。下句说盛事使园林增添新景物。这一联有题咏、归省等人事，但字面上不说出，是一种技巧。景物，程高本作"气象"。

④ 融——融入，混和着。金谷酒——晋代石崇家有金谷园，曾宴宾客于园中，命赋诗，不成者，罚酒三斗。李白《春夜宴桃李园序》："不有佳作，何伸雅怀？如诗不成，罚依金谷酒数。"这里借典故说大观园中"大开筵宴"，命题赋诗。

⑤ 媚——对人献妩媚之态，拟人化写法。玉堂人——指元春。玉堂，妃嫔所居之处。《三辅黄图》："未央宫有殿阁三十二，椒房、玉堂在其中。"《汉书》中亦有"抑损椒房、玉堂之盛宠"的话。这一联用典、对仗都很讲究，而小说中偏说黛玉是"胡乱做"的，是为了突出人物的聪明。上两句第一字点园景。

⑥ "何幸"二句——是说哪里来这么大的幸运，能够蒙受到元春归省这样的恩荣。邀，叨受，幸蒙得到。以元春归省为幸事，所以说"邀恩宠"。来家路上宫车马队往来不绝的情景，小说中有描写。

有凤来仪①

贾宝玉

秀玉初成实②，堪宜待凤凰③。

竿竿青欲滴④，个个绿生凉⑤。

进砌妨阶水，穿帘碍鼎香⑥。

莫摇清碎影，好梦昼初长⑦。

【注释】

① 有凤来仪——这一首和以下三首是元春指定面试宝玉的。末首《杏帘在望》系黛玉代作，因为她见宝玉构思太苦，所以就"考场作弊"了。

② 秀玉——喻竹。实——竹实，凤食竹实。

③ 堪宜——正适合。

④ 青欲滴——形容竹子色鲜。

⑤ "个个"句——竹叶像许多"个"字，所以这样说。叶绿荫浓则生凉。与明代刘基《种棘》诗"风条曲抽'乙'，雨叶细垂'个'"，用法相同。《史记·货殖列传》："木千章，竹竿万箇"的"箇"，则作枝解。

⑥ "逆砌"二句——倒装句法，即"妨阶水逆砌，碍鼎香穿帘"。意谓竹林挡住绕阶的泉水逆溅到阶台上来，又使房中鼎炉上所焚的熏香气味不会穿过帘子散去。前一句即十七回所写"后院墙下忽开一隙，清泉一派，开沟仅尺许，灌入墙内，绕阶缘屋至前院，盘旋竹下而出"。后一句亦借陆游"重帘不卷留香久"诗意写竹。砌，阶台的边沿。妨，或作"防"，二字本通义，与"碍"互文。

⑦ "莫摇"二句——意谓在此翠竹遮荫之下，正好舒适昼睡，希望竹子别因为有点风吹便动摇起来，使散乱的影子晃动于眼前，徒扰我好梦。潇湘馆后为黛玉所居，两句似有寓意。程高本"清碎"作"分碎"，"昼"作"正"，都改得不好。

蘅芷清芬

贾宝玉

蘅芜满净苑，萝薜助芬芳①。
软衬三春草，柔拖一缕香。
轻烟迷曲径，冷翠滴回廊②。
谁谓池塘曲，谢家幽梦长③？

【注释】

① "蘅芜"二句——异草香花布满苑中，气味芬芳。蘅芜，香草。萝

082

薛，藤萝、薛荔。第十七回："这些之中也有藤萝、薛荔，那香的是杜若、蘅芜。"净，程高本作"静"，不好。苑（yuàn 院），园林。

②"软衬"四句——形容苑中异草香花形态各异的样子。软衬、柔拖，蘅芜苑的异草香花以牵藤引蔓为多，所以用"软""柔"。写色用"衬"，写香用"拖"。轻烟，喻藤蔓延生萦绕的样子，如女萝亦称烟萝。冷翠，指花草上的露水。迷曲径、滴回廊，因为这些植物"或垂山巅，或穿石隙，甚至垂檐绕柱，萦砌盘阶"，所以这样写。后人大概未注意"垂檐绕柱"等描写，以为"滴回廊"不合情理，改成"湿衣裳"，虽有王维《山中》诗"山路元无雨，空翠湿人衣"可作依据，但这里究竟不是在写"山中"，且"衣"和"曲"也对不起来。

③"谁谓"二句——谁说只有写过"池塘生春草"名句的谢灵运才有触发诗兴的好梦呢！用南朝诗人谢灵运梦见其族弟谢惠连而得到佳句的典故。《诗品》引《谢氏家录》："康乐（谢灵运，曾袭封康乐公）每对惠连，辄得佳语，后在永嘉西堂，思诗竟日不就。寤寐间，忽见惠连，即成'池塘生春草'。故尝云：'此语有神助，非吾语也。'"

怡红快绿

贾宝玉

深庭长日静，两两出婵娟①。
绿蜡春犹卷②，红妆夜未眠③。
凭栏垂绛袖，倚石护青烟④。
对立东风里，主人应解怜⑤。

【注释】

① 两两——指芭蕉与海棠。上一回宝玉说："此处蕉棠两植，其意暗蓄'红''绿'二字在内。若只说蕉，则棠无着落；若只说棠，则蕉亦无着落。固有蕉无棠不可，有棠无蕉更不可。"所以，这一律四联，双起双收，中间"暗蓄'红''绿'"。婵娟——美好的样子，指蕉棠。

②"绿蜡"句——春天里芭蕉叶还卷而未展。绿蜡，翠烛，比喻还卷

着叶的芭蕉。小说中说宝玉草稿上先写的是"绿玉"，宝钗看了说，贵人不喜欢这个词，教他改了；还说"唐钱翊（yì 易）咏芭蕉诗头一句'冷烛无烟绿蜡干'，你都忘了不成？""钱翊"是笔误或抄讹的，有的本子改为"韩翊""韩翃"，亦误。这句诗是钱翊（xǔ 许）的，诗题是《未展芭蕉》，见于计有功《唐诗纪事》卷六十六，《全唐诗》卷二十六存其诗一卷。全诗是："冷烛无烟绿蜡干，芳心犹卷怯春寒；一缄书札藏何事？会被东风暗拆看。"句句设喻。可见，这句中"春犹卷"三字亦本此，与"绿蜡"二字原是一起构思的。小说穿插对话，指明出处，为了让人知道"春犹卷"就是"芳心犹怯寒"的意思。这样，与下一句"红妆夜未眠"就不是单纯写景，实在都是借花木以写人，写怡红院中的生活。

③"红妆"句——海棠在夜里并未睡着。红妆，女子，喻花。苏轼《海棠》诗："只恐夜深花睡去，故烧高烛照红妆。"

④"凭栏"二句——海棠如美人凭栏垂下大红色衣袖，芭蕉倚石而植，使山石如被青烟所笼罩。以绛袖喻海棠，如刘说《欧园海棠》诗"玉肤柔薄绛袖寒"；以云烟喻蕉，如徐茂吴《芭蕉》诗"当空炎日障，倚槛碧云流"。

⑤"对立"二句——仍以蕉棠收结。主人，题咏时，应指元春，以后也就是怡红院主宝玉自己。解怜，会爱惜。

杏帘在望

林黛玉代拟

杏帘招客饮，在望有山庄①。
菱荇鹅儿水，桑榆燕子梁②。
一畦春韭绿，十里稻花香③。
盛世无饥馁，何须耕织忙④？

【注释】

①"杏帘"二句——这一联分题目为两句，浑成一气，以下六句即从"客"的所见所感来写。帘，酒店作标志的旗帜。"杏帘"从唐寅诗"红杏

梢头桂酒旗"来（见第十八回《题大观园诸景对额》中《杏帘在望——稻香村》注①）。招，说帘飘如招手。

②"菱荇（xìng杏）"二句——种着菱荇的湖面是鹅儿戏水的地方，桑树榆树的枝叶正是燕子筑巢用的屋梁。荇，荇菜，水生，嫩叶可食。此二句没有语法上通常构成谓语所需要的动词或形容词，全用名词组合，是"鸡声茅店月"句法。鹅儿成群戏水、燕子衔泥穿树，等等，不须费辞，已在想象之中。

③"一畦"二句——畦，田园中划分成块的种植地。书中说元春看了诗后"遂将'浣葛山庄'改为'稻香村'"。但"稻香村"之名，本前宝玉所拟，当时曾遭贾政"一声断喝"斥之为"胡说"；现在一经贵妃娘娘说好，"贾政等看了，都称颂不已"。绿，程高本作"熟"。

④"盛世"二句——大观园中虽有点缀景色的田庄，而本无耕织之事。所以诗歌顺水推舟说，有田庄而无人耕织不必奇怪，现在不是太平盛世吗？既然没有饿肚皮的人，又何用忙忙碌碌地耕织呢？

【鉴赏】

《大观园题咏》实际上是朝廷中皇帝命题叫臣僚们作的应制诗的一种变相形式。《红楼梦》这部以"言情"面目出现的小说，常常采用这种障眼法来描写它所不便于直接描写的内容，以免被加上"干涉朝廷"的罪名。所以，在这些诗中除了蔑视功名利禄的贾宝玉所作的几首以外，大都不脱"颂圣"的内容，这是并不奇怪的。

但同是"颂圣"，也因人而异。林黛玉所作就颇有应付的味道，如"盛世无饥馁，何须耕织忙"即是。命人赋诗者何尝不知其为了作诗而矫情地粉饰太平，但只要对方有这样的本领，能说得符合自己的政治需要，就加以褒奖，真话假话倒无关紧要。宝钗的诗则可以看出从遣词用典到构章立意都是以盛唐时代那些有名的应制诗为楷模的。对她来说，歌功颂德，宣扬孝化文风，倒出于她的本心本意。她受到称赞，是理所当然的。

此外，从匾到诗，还是个性化或暗合人物命运的。迎春为人懦弱，逆来顺受，所以自谓能"旷性怡情"；她缺乏想象能力，所以诗也写得空洞无物。探春为人精明，因知"难与薛、林争衡"，不如藏拙为是，故只作一绝以"塞责"；但"何惭学浅"之语，与迎春言"羞"，宝钗称"惭"，自不相犯，都表现各人的个性。她题"万象争辉"，写高楼崇阁气势巍巍，和惜春赞美造化神力，又都仿佛无意中与她们后来一个嫁得贵婿（参见第六十三回《花名签酒令》鉴赏），一个皈依佛门等事有瓜葛。李纨，小说中虽说她自幼父亲"不十分令其读书"，但毕竟出身名宦，"族中男女无有不诵诗读书者"，非寻常家庭妇女可比；她后来被推为诗社社长，除了因年长之外，也说明她还是懂一点诗的。她作的七律，也很符合这种虽乏才情，但尚有修养的情况：诗中或凑合前人旧句，或借用唐诗熟事，都还平妥稳当。所题"文采风流"四字，似亦能令人联想到后来贾兰的荣贵，至于"未许凡人到此来"等语，又与她终生持操守节的生活态度相切合。如此等等，读《红楼梦》诗词时都是应该注意到的。

春 灯 谜
（第二十二回）

【说明】

　　灯谜中除了贾环一首外，贾母带头叫众姊妹所制的，大多隐括着她们后来各自的遭遇，亦即回目所说的"谶语"。但是，这一回末尾，原稿有破失。庚辰本只到惜春的谜为止，有朱笔眉批说："此后破失，俟再补。"又于下面空页上用墨笔批道："暂记宝钗制谜云：'朝罢谁携……（略）'""此回未补（"补"字据靖藏本批语补）成而芹逝矣。叹叹！丁亥夏，畸笏叟。"可知，现在所见其他各本的结尾部分文字和程高等本子增加的宝玉、宝钗二谜，都是后人续补的。

其 一①

贾　环

大哥有角只八个②，二哥有角只两根。
大哥只在床上坐，二哥爱在房上蹲。
——枕头、兽头③

【注释】

① 元春作了灯谜叫大家猜，命大家也作了送去。贾环没有猜到元春的谜，自己所作的一个，也被太监带回，说是"三爷说的这个不通，娘娘也没猜，叫我带回问三爷是个什么"。众人看了他的谜，大发一笑。

② 有角只八个——古人枕头两端是方形的，所以共有八个角。

③ 兽头——指塑在屋檐角上的兽形装饰。俗传龙生九子，不成龙而为九种怪兽，"二曰螭（chī 痴）吻好望，今屋上兽头是也"（见清代翟灏《通俗编》）。

【鉴赏】

把枕头、兽头拉在一起，称作"大哥""二哥"，有八个角还用"只"字，兽既然真长着两角而蹲在房屋上，作谜语就不应该直说。凡此种种，都说明"不通"。贾环的形象常作为宝玉的反衬，又成为作者有所偏爱的探春的对照。这些都代表作者的思想倾向。这首灯谜，可以看出作者出色的摹拟本领和诙谐风趣的文笔。

其 二

贾 母

猴子身轻站树梢①。

——荔枝

【注释】

① 站树梢——与"立枝"同义。"立"与"荔"谐音，所以谜底是荔枝。

【鉴赏】

贾母谜的寓意在于暗示将来所谓"树倒猢狲散"（谜底"荔枝"又可谐音"离枝"）。这句在秦氏托梦、预言贾府后事时郑重提到过的俗语，作者并非随便拈来，而是有真实生活作为基础的。这对稍知曹氏家世的人来说，已不是什么秘密。因为它曾是曹雪芹祖辈的一句口头禅，在亲友中，几乎无人不知。如施瑮就有"廿年树倒西堂（曹寅的斋室）闭"的诗句，注云："曹楝亭公（寅）时拈佛语，对坐客云：'树倒猢狲散。'今忆斯言，车轮腹转。"（《隋村先生遗集》卷六《病中杂赋》）。这当然只能证明小说取材于生活，而不能把小说看作家传。在小说里用第一个谜（前贾环的谜与此无关）来暗示这句俗语，正为了先点整个贾府的命运。按我们理解，大树，实际上就是靠朝廷庇护着的这个封建大家庭在政治上所取得的特权和地位。而在贾府上下层层宗法等级关系之中，"老祖宗"贾母是处于最高地位的太上家长，如果用这句俗语来比喻，她恰似一只站在树梢头的老猢狲。

其 三

贾 政

身自端方，体自坚硬。
虽不能言，有言必应①。

——砚台

【注释】

　　① 必——谐音"笔"。

【鉴赏】

　　这首谜诗十分切合贾政这一形象的思想性格特征。所谓"端方""坚硬"，从封建观点来看，都是恰当的评价；其实，也就是道貌岸然、一本正经，头脑冬烘、顽固不化。虽说他"酷喜读书"，信奉"诗云子曰"，却口口"不能言"：赋诗题对，本领有限；滔滔说理，也无能力。但对有损于封建大家庭长远利益的事，倒比别人有预见。比如贾珍为秦氏入殓，选用"坏了事"的义忠亲王老千岁所定的樯木为棺，他认为此物"非常人可享"，曾加劝阻；大观园正殿十分豪华，他认为"太富丽了些"，众人赞之为"蓬莱仙境"，他"摇头不语"，其深意非在所题之词；贾赦要把迎春说给孙家，他也表示不妥，"劝过大老爷，不叫作这门亲的"；至于责宝玉的不正经行为将来必定连累祖上，那也可算是"有言必应"的。但此谜的主要用意，恐怕还在本回情节之中。贾政看了众姊妹的谜语之后，必定预感到这是一种不祥之兆，故回目叫"制灯谜贾政悲谶语"。他除了心有所感之外，一定还会说一两句话的，而作者就借他谜语中"虽不能言，有言必应"八个字，先隐写贾政之所言后来必有应验。可惜，贾政谜语尚未看完，这一回的最后一页稿就因破损而看不到了。他到底有什么"必应"之"言"，我们便无从知道了。此回末了所补，非经一人之手，除了程高本等最后画蛇添足地又增加了宝玉、宝钗两个谜外，如戚序本的文字，说句公平话，还是比较好的，它基本上符合原作的精神；就连未让贾政开口说话，只是写他"心内沉思""心内自忖"，在已无从了解曹雪芹原有机括的情况下，也是一种最谨慎而恰当的补法。

其　四

贾元春

能使妖魔胆尽摧^①，身如束帛气如雷^②。
一声震得人方恐，回首相看已化灰^③。
——爆竹

【注释】

① "能使"句——迷信传说爆竹能驱鬼辟邪，所以说妖魔丧胆。梁宗懔《荆楚岁时记》："先于庭前爆竹，以辟山臊恶鬼。"

② 身如束帛——形容爆竹像一束卷起来的绢。又合形容女子身材的话，如战国辞赋家宋玉的《登徒子好色赋》和汉末诗人曹植的《洛神赋》中皆有"腰如束素"语，而"束素"也可说"束帛"。气——声气，气势。也是物与人两指的。

③ 回首——既是回头间、转眼间之意，又隐死亡，因"回首"是佛教称俗人死亡的婉词。书中有此用法。如第五十四回："袭人道：'正是我也想不到能够看着父母回首，……'脂评中也用"回首时无怪乎其惨痛之

态"（庚辰本第十六回）来形容王熙凤死时的情景。

【鉴赏】

一响而散的爆竹，恰好是贾元春富贵荣华瞬息即逝的命运的写照，这已无须多说。《红楼梦曲》中元春曾以自己的死为鉴，劝父亲赶快从官场中"退步抽身"，脱免即将临头的大祸。可见，她的早死，实在与她所依仗的势力在统治阶级内部各派的勾心斗角中失势倒台有关，而并非像续书中所说的因"圣眷隆重，身体发福"，"偶沾风寒"，遂致不起的。这样，在她入宫为妃、煊赫飞腾之时，敌对政治势力亦即所谓"妖魔"，因贾家忽然得到皇亲为靠山而曾震恐得"胆尽摧"，也就不难理解了。见到过后半部佚稿的脂砚斋说元春之死是"通部书之大过节、大关键"（己卯、戚序等本第十八回批），正可帮助我们理解贾府"一败涂地"真正的政治原因。

其　五

贾迎春

天运人功理不穷，有功无运也难逢①。
因何镇日纷纷乱②？只为阴阳数不同③。

——算盘

【注释】

①"天运"二句——算盘上的子，靠人的手指去拨，所以说"人功"；或碰在一起，或分离，在没有计算出"数"之前，谁也不知它是离是合，要看注定的结果是什么，所以叫"天运"。结局明明是人拨出来的，但又不随人的意志、不为人所预知，这道理很难懂得，所以说"理不穷"。如果"数"中注定两子相离，任你怎么拨算也是不会相逢的。这里的双关含义十分明显。

②镇日——整天。镇，通"整"。

③只为——程高本作"因为"，与第三句复字，不对。阴阳——指奇

数偶数，泛指数字。每次运算的数字既不一样，算盘子所代表的一、五、十……数字又不相同，这就难怪进退上下，乘除加减，整天纷纷不止了。另一义可指男女、夫妻。数——数字。另一义就是命运，命不好也叫"数奇"。不同——程高本作"不通"，不对。

【鉴赏】

　　这是用拨动乱如麻的算盘，暗喻将来迎春嫁到中山狼孙绍祖家，挨打受骂，横遭摧残，过不上一天安宁的日子。以"难逢"说她所嫁的丈夫不得其人。在作者看来，贾府祖上对孙家已仁至义尽，迎春本人也忠厚老实，这些都算得上"有功"了，但为什么结局如此悲惨呢？由于不能从封建制度的根本社会原因上去寻求正确的答案，所以只好归之于"无运"，发出所谓阴阳命数不如别人的感喟。

其 六

贾探春

阶下儿童仰面时①，清明妆点最堪宜②。
游丝一断浑无力③，莫向东风怨别离。

——风筝

【注释】

　　① 仰面——指抬头看风筝。

　　②"清明"句——春季多持续定向的东风，是最适宜放风筝的时候。妆点，指点缀清明佳节。

　　③ 游丝——本指春天飘荡在空中的飞丝，由昆虫吐出。这里是说拉住风筝的线。浑——全。

【鉴赏】

　　这是以断线风筝暗示探春远嫁不归。在她的图册判词中说"清明涕送江边望"，这里又点"清明"。可见，清明节是佚稿中她离家出嫁之时。这样，"妆点"的隐义又是新娘的梳妆打扮。续书中把她的出嫁置于落叶纷纷的秋天，显然没有注意到诗中的暗示。庶出的探春凭着才干和王夫人等人的器重，在贾府中一度当上了发号施令的女管家，这就和风筝凭着东风吹送入云一样。一旦风筝断线，这位才干精明的三小姐就再不能有所作为，也无力维持她原先的权力地位，而曾经抬举她的"东风"也就不得不把她远远地送走。可惜我们已无法确切地知道断线的比喻具体的含义是什么。从脂评"使此人不远去，将来事败，诸子孙不至流散也"的话来看，她的出嫁还在贾府事败之前。这样，她的离乡远走，在遭遇不幸的众姊妹中，还算是结局比较好的。

其 七①

贾惜春

前身色相总无成②，不听菱歌听佛经③。
莫道此生沉黑海④，性中自有大光明⑤。

——佛前海灯

【注释】

①此首梦觉主人序本《红楼梦》（简称甲辰本）、梦稿本、程高本中被删去。戚序本上狄葆贤曾作眉批说："惜春一谜是书中要旨，今本删去，谬极。"今据庚辰、戚序诸本。谜底"佛前海灯"为后人所猜。或以为谜底出谜面"佛"字，后人所猜未必对。

②"前身"句——这里是借灯说人，把人的空有姿色，不能享受欢乐，归于前世宿缘。佛前海灯，即长明灯，供于寺庙佛像前，灯内大量贮油，中燃一焰，长年不灭。从灯的堂皇外表（色相）来看，好像本该与其他灯一样，用于繁华行乐之处，现在偏偏相反，所以说它没有结果。色相，佛教名词。指一切事物的形状外貌，旧时亦用以指女子的声容相貌。

③不听菱歌——"看破红尘"意。菱歌，乐府诗中菱歌莲曲，内容多唱青年男女的爱情。

④沉黑海——入佛门表示永远与人间荣华欢乐隔绝，在世人看来，这无

异于沉入到看不见一丝光明的海底。海灯悬于寂静孤凄的佛殿，外观也并不明亮，所以这样说。黑海，戚序本作"墨海"。墨海是砚的代称，今从庚辰本。

⑤"性中"句——海灯看似暗淡无光，内中自有光焰在。借以作宗教的说教。《六祖坛经·决疑品》第三："性在身心存，性去身心坏。佛向性中作，莫向身外求。自性迷即是众生，自性觉即是佛。"性，佛家认为人的自身中本来存在着一种所谓永恒不变的"性"，问题在于能不能觉悟到并保持住它。大光明，又指佛。第二十五回写贾母为宝玉捐香油事，马道婆谓"西方有位大光明普照菩萨，专管照耀阴暗邪祟"，"这海灯便是菩萨现身法像，昼夜不敢息的"。

【鉴赏】

在这首谜诗中，作者虽然借用了一些佛教语，如"色相""性"等，但其用意，显然并不在于劝人信佛，也不过是预示惜春的归宿而已。从她同样被归于"薄命司"之列，并在判词中说她"可怜"来看，"性中自有大光明"之说，至多也只是拟写惜春将来前途绝望时自身的念头。难怪脂砚斋在读此谜时，联想到曹雪芹后半部原稿中所写的惜春的结局，禁不住叹息道："此惜春为尼之谶也，公府千金至缁衣乞食，宁不悲夫！"实际上，她确是沉入了一点"光明"也见不到的"黑海"。我们说过她后来的出家为尼，不是像续书中所写的进了妙玉曾经居住过的物质生活优裕的栊翠庵，而是在尘世间十分清苦的尼庵中度日，从这条脂批"缁衣乞食"四字中，得到了证明。

其　八①

薛宝钗（后人改属林黛玉）

朝罢谁携两袖烟②？琴边衾里总无缘③。
晓筹不用鸡人报④，五夜无烦侍女添⑤。
焦首朝朝还暮暮⑥，煎心日日复年年⑦。
光阴荏苒须当惜，风雨阴晴任变迁⑧。

——更香

【注释】

① 早期脂本多止于惜春之谜。庚辰本脂批："此后破失，俟再补。"后来又加批云："暂记宝钗制谜云：（即此首，略）。此回未成而芹逝矣，叹叹！丁亥夏，畸笏叟。"可知，凡脂批中称"书未成"或"此回未成"，都不是作者未写完而是因原稿"迷失"或"破失"而未在作者生前交由他及时再补写成的意思。戚序本此谜已据庚辰本所记归属宝钗，另由整理者简略地将此回补完。至甲辰本，程高本则有人续补了宝玉、宝钗两首谜诗，就把这一首改属于林黛玉了。谜底"更香"，是一种可用以计时的香。夜间打更报时者，燃此香以定时，或一支为一更，或视香上的记号以定更数。

② "朝罢"句——杜甫《和贾至早朝大明宫》诗："朝罢香烟携满袖。"说早朝回来衣袖上尚有宫中的炉香味。现在稍加改动，说两袖烟，是隐藏谜底"香"字。两袖烟，等于说两袖风、两手空。设问"谁携"，对杜诗作了翻新。谜外寓有喜事过后、一无所得的意思。

③ "琴边"句——承上句，解说这是什么香，用排除法。香有多种，与琴、棋、书、画为伴的是鼎炉之香，熏被褥、衣服用的，则有熏炉、熏笼（古时豪门尚巧制"被中香炉"，见《西京杂记》），都用不着更香，所以说与这些"无缘"。寓意也承上句申述一无所得的含义。琴边衾里，指夫妻生活。以夜里同寝、白天弹琴表示亲近和乐。《诗经·周南·关雎》："窈窕淑女，琴瑟友之。"总，程高本作"两"。

④ "晓筹"句——这一联正面说更香的特点。晓筹，早晨的时刻。筹，指古代计时报时用的竹筹。鸡人，古代宫中掌管时间的卫士。宫中例不畜鸡，有夜间不睡的专职卫士头戴"绛帻"（象征雄鸡鸡冠的红布头巾）候在宫门外，到了鸡叫的时候，向宫中报晓。唐代诗人王维《和贾至早朝大明宫》诗："绛帻鸡人报晓筹。"后来，李商隐反其意说"无复鸡人报晓筹"，用以讽刺死于马嵬坡的杨贵妃。曹雪芹再翻新意，改"无复"为"不用"，用来说计时的更香，恰到好处。

⑤ 五夜——即五更。古代计时，将一夜时间五等分，叫五夜、五更或五鼓。炉香要加添香料，更香只要点上就是了。这句用了"无烦"二字，又翻了唐人李颀《运司勋卢员外》诗"侍女新添五夜香"的案。上下两句的寓意都是说人因愁绪而通宵失眠。

⑥ 焦首——香是从头上点燃的，所以说焦首。喻人的苦恼。俗语所谓焦头烂额。

⑦ 煎心——棒香有心，盘香由外往内烧，所以说煎心。喻人的内心受煎熬。佛家有"心香"（意为虔诚）之语。又香有制成篆文"心"字形状的，叫心字香。

⑧ "光阴"二句——更香同风雨阴晴的变化无关，却随着时间的消逝，不断地消耗着自身。荏苒（rěn rǎn 忍染），时光渐渐过去。须当，应当。就寄寓来说，上句是红颜渐老，青春堪惜的意思；下句则说虽世事变幻莫测，而自己却已心灰意冷，只是听之任之罢了。

【鉴赏】

细细体会谜语字里行间的隐义，就不难看出，这是作者在暗示薛宝钗的结局。她在丈夫出家为僧后，将过着冷落孤凄、终生愁恨的孀居生活。后来续补者将它的所有权给了林黛玉，大概以为宝钗既与宝玉结了亲，就不应说"琴边衾里总无缘"，倒不如用以指黛玉更像。其实，作者本意是指终至于"金玉成空"。黛玉病魔缠身，又多愁善感，中间两联似乎也用得上（仔细推敲起来，当然有问题，如"日日复年年"，非三两年之谓，而是漫长的岁月）。黛玉短命夭折，当然应惜年华，所以与"光阴"句也可适合。至于末句，既有"风雨阴晴""变迁"等字眼可表示变故，只要不执着于一个"任"字，倒也含混得过去. 就这样，续补者另凑了四句给宝钗，把这首作得很巧妙的谜诗，移花接木地改属于聪明灵巧的林黛玉，而蒙骗了许多读者。如果这里仅仅是描写猜谜游戏，谜语是谁制作的，当然关系不大，只要它大致与人物性格、修养相称就行了。但因为它有"谶语"性质，知道作者本意乃通过此谜暗示宝钗命运，则是完全必要的。它至少再一次证明宝钗最后并没有获得什么精神安慰。可见，续书中写薛宝钗得了"贵子"，将来还靠他振兴家业等，都是痴人说梦。

其 九

贾宝玉（后人增）

南面而坐，北面而朝①。
象忧亦忧，象喜亦喜②。

——镜子

【注释】

①"南面"二句——人照镜时，人与镜中影的方向相反，一个面向南，一个面朝北。寓意是宝玉婚后，面对薛而心怀林。语用《孟子·万章上》："舜南面而立，尧帅诸侯北面而朝之。"这话是孟轲的学生在问到传说中尧让帝位给舜一事时说的。皇帝的位子是向南的，臣子向北。现把出处中的"立"改为"坐"，因为在一般情况下，对镜妆束，总是坐着的。

②"象忧"二句——即镜中之形象是忧，人也一定是忧，形象是喜，人也一定是喜。寓意是另一种解说：说他好像有忧愁，也确是有忧愁；说他好像有喜事，也确是有喜事。忧是因黛玉死，喜是指与宝钗结婚。这八字也出在《孟子·万章上》。原意"象"是人名，是舜的异母弟。传说象曾谋害舜未遂，舜对象仍很亲切。万章问孟轲：是不是舜不知道象要谋杀自己呢？孟说，并非不知道，只是"象忧亦忧，象喜亦喜"罢了。意思是兄弟友爱本"人情天理"，有时不能自制。借此宣扬"孝悌仁爱"，以"忠恕"之心待人等儒家的道德。

【评说】

这首是后人据古镜谜（李开先《诗禅·镜》及冯梦龙《挂枝儿·咏镜》中曾引）补的。

单看谜语本身，也算作得巧的。小说题名之一是"风月宝鉴"，《红楼梦曲·枉凝眉》中有"一个是水中月，一个是镜中花"的话，小说中还有贾宝玉对镜梦见甄宝玉的情节等，都与"镜子"有关，所以镜子谜用于宝玉，除了注解中说的寓意外，暗示其归向空门也很切合。唯其如此，续补者特地通过看灯谜的贾政赞道："好，好！如猜镜子，妙极！"颇有点沾沾自喜。但是，他没有发觉这面"镜子"中所反映出来的宝玉形象却是头戴儒冠的。宝玉深恶《四书》，虽贾政一再督责也无用。到后面第七十三回还说宝玉"至上本《孟子》，就有一半是夹生的，若凭空提一句，断不能接背的；至'下孟'，就有一大半忘了"。现在续补者居然写宝玉能"凭空"从最生疏的下半本《孟子》中断章裂句，摘取其词，得心应手地制成谜语，岂非大大的奇迹？这只能说明续补者自己对《论语》《孟子》之类的书，是很崇拜的，因此看到这个巧引"经"语的谜，就拿来添入；而对贾宝玉这一封建叛逆者形象所显示的反儒思想倾向，却完全视而不见。再说，曹雪芹从来也没有抄袭前人现成作品，充作自己或小说人物之所作的习惯。矛盾还不止于此。贾政原应"悲谶语"的，现在却让他转悲为喜，在快看完众人灯谜时，忽然对宝玉的谜喝起彩来了，这大不符合情理。又戚序本中没有宝玉的谜，所以贾政一走，凤姐就对宝玉说："适才我忘了，为什么不当着老爷，撺掇叫你也作诗谜儿？"程高本的补缀者添加了这个谜后，却忘了把凤姐这句话也改一下。结果是刚说他诗谜作得"妙极"，接着就说他没有作诗谜，形成了自相矛盾的可笑局面。现在有人竟说什么程本前、脂本后，也不知如何面对这个问题。

其 十

薛宝钗（后人增）

有眼无珠腹内空[①]，荷花出水喜相逢。
梧桐叶落分离别，恩爱夫妻不到冬[②]。
　　　　　　　　——竹夫人[③]

【注释】

①"有眼"句——说竹器是镂空的。眼，指洞。借此骂宝玉。

②"荷花"三句——说夏天相偎依取凉，秋冬被弃置不用。借此说夫妻生活短暂。

③竹夫人——竹几、竹夹膝，用竹篾编成，圆柱形，中空，有洞，可

以通风，夏天睡时可抱着取凉。宋代诗人黄庭坚以为它不配称作夫人，就名之为青奴，后又叫它竹奴。

【评说】

这一首也是后人续补的。

唐宋以来，咏竹夫人的诗极多，有说它"但随秋扇"的，有叹"爱憎情易迁"的，还有说"与君宿昔尚同床"、"只恐西风动别愁"等，不一而足。这首谜虽比"更香谜"浅俗，却只袭用前人诗意，并没有什么创新；修辞上也有疵病，如"分离别"即硬凑足三个字，"空"与"冬"，前者是"一东"韵，后者是"二冬"韵，连韵都要借押。但这首诗的主要缺点还在于它完全不像是薛宝钗作的，也就是说续补者没有"按头制帽"。而诗歌的性格化，恰恰是《红楼梦》诗词不同于其他旧小说的最显著的艺术特征之一。薛宝钗很讲究合乎大家闺秀身份的礼，涵养工夫极深，作诗以盛唐为宗，追求含蓄浑厚，言语行动处处谨慎，要显出自己很有教养。一个矜持自己能"珍重芳姿昼掩门"的薛宝钗，现在居然破"门"而出，大骂"有眼无珠腹内空"，还把它写了贴到春灯上让大家观赏，这能令人置信吗？当然，薛宝钗也会骂人，但总不用赵姨娘的口吻，何况作诗！她平时见了姊妹们读书吟诗，稍涉男女，就一本正经，教训人家，怎么现在自己竟毫无顾忌地写出"恩爱夫妻不到冬"之类的话来呢？它与蒋玉菡之流在狎妓的酒席上唱"女儿悲，丈夫一去不回归……"的腔调又何其相似！所以，续补那种"千部一腔，千人一面"的淫滥小说容易，续补曹雪芹这部思想性和艺术性高度结合的伟大的古典名著，如果思想庸俗，见识鄙陋，就难免使自己的文字成为续貂的狗尾。

葬 花 吟
（第二十七回）

林黛玉

花谢花飞飞满天，红消香断有谁怜①？

游丝软系飘春榭②，落絮轻沾扑绣帘③。
闺中女儿惜春暮，愁绪满怀无释处④；
手把花锄出绣帘⑤，忍踏落花来复去⑥？
柳丝榆荚自芳菲⑦，不管桃飘与李飞；
桃李明年能再发，明年闺中知有谁？
三月香巢已垒成，梁间燕子太无情！
明年花发虽可啄，却不道人去梁空巢也倾。
一年三百六十日，风刀霜剑严相逼；
明媚鲜妍能几时，一朝飘泊难寻觅。
花开易见落难寻，阶前闷杀葬花人；
独把花锄泪暗洒，洒上空枝见血痕⑧。
杜鹃无语正黄昏，荷锄归去掩重门；
青灯照壁人初睡，冷雨敲窗被未温。
怪奴底事倍伤神⑨？半为怜春半恼春：
怜春忽至恼忽去，至又无言去不闻。
昨宵庭外悲歌发，知是花魂与鸟魂⑩？
花魂鸟魂总难留，鸟自无言花自羞；
愿奴胁下生双翼，随花飞到天尽头。
天尽头，何处有香丘⑪？
未若锦囊收艳骨，一抔净土掩风流⑫；
质本洁来还洁去，强于污淖陷渠沟⑬。
尔今死去侬收葬⑭，未卜侬身何日丧⑮？
侬今葬花人笑痴，他年葬侬知是谁？
试看春残花渐落，便是红颜老死时；
一朝春尽红颜老，花落人亡两不知！

【说明】

林黛玉为怜桃花落瓣，曾将它收拾起来，葬于花冢。如今她又来至花冢，以落花自况，十分伤感地哭吟了此诗，恰为宝玉所闻。

【注释】

①"花谢"二句——这两句或受李贺诗"飞香走红满天春"（《上云乐》）的启发。飞满天，庚辰本作"花满天"，但细看"花"字，是后来的改笔，原抄是两小点，表示与上一"飞"字相同。故从甲戌、戚序本。

② 榭——筑在台上的房子。

③ 絮——柳絮、柳花。

④ 无释处——没有排遣的地方。

⑤ 把——拿。

⑥ 忍——岂忍。

⑦ 榆荚——榆树的实。榆未生叶时先生荚，色白，像是成串的钱，俗称榆钱。芳菲——花草香茂。

⑧"洒上"句——与两个传说有关：一、湘妃哭舜，泣血染竹枝成斑。所以黛玉号"潇湘妃子"。二、蜀帝魂化杜鹃鸟，啼血染花枝，花即杜鹃花。所以下句接言"杜鹃"。

⑨ 奴——我，女子的自称。底——何，什么。

⑩ 知是——哪里知道是……还是……。

⑪ 香丘——香坟，指花冢。以花拟人，所以下句用"艳骨"。

⑫ 一抔（póu 破欧合音阳平）——一捧。因《汉书》中曾用"取长陵一抔土"来表示开掘陵墓，后人（如唐代骆宾王）就以"一抔之土"称坟墓。这里用以指花冢。甲戌本作"一坯"，是形讹；庚辰、戚序本遂改为"一堆"，不可从。

⑬ 强于——程高本作"不教"。污淖——被污秽的泥水所弄脏。

⑭ 侬——"我"的俗语，吴地乐府民歌中多用。

⑮ 卜——预知。

【鉴赏】

《葬花吟》是林黛玉感叹身世遭遇的全部哀音的代表，也是作者曹雪芹借以塑造这一艺术形象，表现其性格特性的重要作品。它和《芙蓉女儿诔》一样，是作者出力摹写的文字。这首风格上仿效初唐体的歌行，抒情淋漓尽致，在艺术上是很成功的。

这首诗并非一味哀伤凄恻，其中仍然有着一种抑塞不平之气。"柳丝榆荚自芳菲，不管桃飘与李飞"，就寄有对世态炎凉、人情冷暖的愤懑。"一年三百六十日，风刀霜剑严相逼"，岂不是对长期迫害着她的冷酷无情的现实的控诉？"愿奴胁下生双翼，随花飞到天尽头。天尽头，何处有香丘？未若锦囊收艳骨，一抔净土掩风流。质本洁来还洁去，强于污淖陷渠沟"，则是在幻想自由幸福而不可得时，所表现出来的那种不愿受辱被污、不甘低头屈服的孤傲不阿的性格。这些才是它的思想价值之所在。

这首诗的另一价值在于它为我们提供了探索曹雪芹笔下的宝黛悲剧的重要线索。甲戌本有批语说："余读《葬花吟》至再，至三四，其凄楚感慨，令人身世两忘，举笔再四，不能下批。有客曰：'先生身非宝玉，何能下笔？即字字双圈，批词通仙，料难遂颦儿之意，俟看玉兄之后文再批。'噫唏！阻余者想亦《石头记》来的，故停笔以待。"值得注意的是批语指出：没有看过"玉兄之后文"是无从对此诗加批的，批书人"停笔以待"的也正为此。那么"玉兄之后文"指什么呢？指的是下一回即二十八回开头写宝玉在山坡上听黛玉吟此诗时的感受那段文字。其文云：

> ……先不过点头感叹；次后听到"侬今葬花人笑痴，他年葬侬知是谁"、"一朝春尽红颜老，花落人亡两不知"等句，不觉恸倒山坡之上，怀里兜的落花撒了一地。试想林黛玉的花颜月貌，将来亦到无可寻觅之时，宁不心碎肠断！既黛玉终归无可寻觅之时，推之于他人，如宝钗、香菱、袭人等，亦可到无可寻觅之时矣。宝钗等终归无可寻觅之时，则自己又安在哉？且自身尚不知何在何往，则斯处、斯园、斯花、斯柳，又不知当属谁姓矣！因此，一而二，二而三，反复推求了去，真不知此时此际欲为何等蠢物，杳无所知，逃大造，出尘网，使可解释（解脱也）这段悲伤。

宝玉从听《葬花吟》中预感到的，首先是"黛玉终归无可寻觅之时"，然后才又推及他人、自身和大观园花柳等。可见，说批书人"身非宝玉，何能下笔"的意思，就是指出此诗非泛泛之言，必要像宝玉那样能想到黛玉无觅处等，才能理解诗中蕴藏的真意。

由此可见，《葬花吟》实际上就是林黛玉自作的诗谶。这一点，我们从作者的同时人、极可能是其友人的明义《题红楼梦》绝句中得到了证明。诗曰：

> 伤心一首葬花词，似谶成真自不知。
> 安得返魂香一缕，起卿沉痼续红丝？

"似谶成真"，这是只有知道了作者所写黛玉之死的情节的人才能说出来的话。明义说，他真希望有起死回生的返魂香，能救活黛玉，让宝、黛两个有情人成为眷属，把已断绝的月下老人所牵的红丝绳再接续起来。试想，只要"沉痼"能起，"红丝"也就能续，这与后来续书者想象宝、黛悲剧的原因在于婚姻不自主是多么的不同！何况《葬花吟》中我们也找不出"调包计"之类的暗示。

此诗"侬今葬花人笑痴，他年葬侬知是谁？……"等末了数句，书中几次重复，特意强调，甚至通过写鹦鹉学吟诗也提到。可知红颜老死之日，确在春残花落之时，并非虚词作比。同时，这里说"他年葬侬知是谁"，前面又说"红消香断有谁怜"、"一朝飘泊难寻觅"等，则黛玉亦如晴雯那样死于十分凄惨寂寞的境况之中可以无疑。那时，并非大家都忙着为宝玉办喜事，因而无暇顾及；恰恰相反，宝玉、凤姐都因避祸流落在外，那正是"家亡莫论亲"、"各自须寻各自门"的日子，诗中"柳丝榆荚自芳菲，不管桃飘与李飞"或含此意。"三月香巢已垒成，梁间燕子太无情。明年花发虽可啄，却不道人去梁空巢也倾"几句，原在可解不可解之间，怜落花而怨及燕子归去，用意甚难把握贯通。现在，倘作谶语看，就比较明确了。大概春天里宝黛的婚事已基本说定了，即所谓"香巢已垒成"，可是，到了秋天，发生了变故，就像梁间燕子无情地飞去那样，宝玉被迫离家出走了。因而，她悲叹"花魂鸟魂总难留"，幻想着自己能"胁下生双翼"也随之而去。她日夜悲啼，终至于"泪尽证前缘"了。这样，"花落人亡两不知"，若以"花落"比黛玉，"人亡"（流亡也）说宝玉，正是完全切合的。宝玉凡遭所谓"丑祸"，总有别人要随之而倒霉的，先有金钏儿，后有晴雯，终于轮到了黛玉。所以诗中又有"质本洁来还洁去，强于污淖陷渠沟"的双关语可用来剖白和显示气节。"一别西风又一年"，宝玉在次年秋天回到贾府，但所见怡红院已"红绿稀瘦"（脂评），潇湘馆更是一片"落叶萧萧，寒烟漠漠"（脂评）的凄凉景象，黛玉的闺房和宝玉的居室一样，只见"蛛丝儿结满雕梁"（脂评谓指宝黛住处），虽然还有宝钗在，而且以后还成其"金玉姻缘"，但这又怎能弥补他"对景悼颦儿"时所产生的巨大精神创痛呢？何况还有"贾府事败、抄没"事。"明年花发虽可啄，却不道人去梁空巢也倾"！难道不就是这个意思吗？这些只是从脂评所提及的线索中可以得到印证的一些细节，所述未必都那么妥当。但此诗与宝黛悲剧情节必定有照应这一点，大概不是主观臆断吧。其实，"似谶成真"的诗还不止于此，黛玉的《代别离·秋窗风雨夕》和《桃花行》也有这种性质。前者仿佛不幸地言中了她后来离别宝玉的情景，后者则又像是她对自己"泪尽夭亡"（脂评）结局的预先写照。关于黛玉悲剧的原作构思，详见拙文《曹雪芹笔下的林黛玉之死》。

此诗风格上所仿效的初唐体歌行，是一种流行的通俗诗体，遣词浅显流畅，音节回环复叠，抒情淋漓酣畅。如初唐刘希夷《代悲白头翁》中"今年花落颜色改，明年花开复谁在"、"年年岁岁花相似，岁岁年年人不同"之类，都足以让曹雪芹在创作《葬花吟》上取法利用。至于葬花情节，明唐寅有将牡丹花"盛以锦囊，葬于药栏东畔"事，雪芹祖父曹寅有"百年孤冢葬桃花"诗句，也都能启发作者的想象构思。但《红楼梦》一经问世，黛玉葬花就几乎完全取代了以前类似的种种描述文字，这也可见其艺术上的成功。

当然，《葬花吟》中消极颓伤的情绪也是相当浓重的。它对某些心理不健康而又缺乏分析思考能力的读者，也可以产生一些不良的影响。这种情绪虽然在艺术上完全符合林黛玉这个人物所处的时代、环境、地位所形成的思想性格，我们也同情她的遭遇，但同时也应该看到，这种多愁善感的贵族小姐，思想感情是十分脆弱的，她已经离开我们今天的时代很远了。

题帕三绝句

（第三十四回）

林黛玉

其 一

眼空蓄泪泪空垂，暗洒闲抛却为谁①？
尺幅鲛绡劳解赠②，叫人焉得不伤悲③！

其 二

抛珠滚玉只偷潸④，镇日无心镇日闲。
枕上袖边难拂拭，任他点点与斑斑。

其 三

彩线难收面上珠⑤，湘江旧迹已模糊⑥。
窗前亦有千竿竹，不识香痕渍也无⑦？

【说明】

宝玉遭贾政毒打，昏睡中听到悲切之声，醒来细认来人，"只见两个眼睛肿的桃儿一般，满面泪光"，知是黛玉，倒推说自己疼痛是假装的，安慰她一番。黛玉走后，宝玉心里惦念，设法支开袭人，命晴雯以送两条旧绢帕为名，前去探望黛玉。黛玉领会宝玉心意，十分激动，便提笔在帕上题了这三首绝句。

有人以为作者写宝玉赠帕情节与明代冯梦龙所编《山歌》中的一首歌词有关。歌曰："不写情词不写诗，一方素帕寄心知。心知拿了颠倒看，横也丝（谐音"思"）来竖也丝，这般心事有谁知！"

【注释】

① 却为谁——程高本作"更向谁"，改变了原义。

② 尺幅——一尺见方的织品。鲛绡——传说海中有鲛人（美人鱼），在海底织绡（丝绸），她流出的眼泪会变成珠子（见《述异记》）。诗词中常以鲛绡来指揩眼泪的手帕。解赠——舍随身之物而相赠。程高本作"惠赠"，戚序本中狄葆贤批："'惠'字不免有头巾气。"甚是。

③ 叫人焉得——程高本作"为君那得"。

④ 潸（shān 山）——流泪的样子。

⑤ 彩线难收——难用彩线串起来的意思。面上珠——喻泪。

⑥ 湘江旧迹——用湘江哭舜事，指泪痕。《述异记》："舜南巡，葬于苍梧之野，尧之二女娥皇、女英（都嫁给舜为妃），追之不及，相与恸哭，泪下沾竹，竹上文为之斑斑然。"（亦见于晋人张华《博物志》）湖南湘江一带特产一种斑竹，上有天然的紫褐色斑点如血泪痕，相传是二妃泪水染成，又称湘妃竹。以下两句即用其意。

⑦ 不识——未知。香痕——指泪痕。渍也无——沾上了没有？

【鉴赏】

如果把赠帕和题诗孤立地看作是男女私相传递信物和情书，这是十分肤浅的。尽管也可以把它说成是违反封建礼教的行为，但总不免使它落入才子佳人"私订终身"的窠臼。况且，孤立起来看，诗也就显得内容贫乏了，因为它除了写自己哭哭啼啼的伤感外，也没有讲什么别的。

诗在小说中的作用，首先在于联系宝玉挨打这件事，表明宝黛之间的关系完全不同于他人。只有将它放在具体的情节中，对比宝钗、袭人的不同态度，才能看出宝、黛的相互同情、支持，在于他们思想基础上的一致。

宝玉被打得半死。宝钗来送药，虽然也露出怜惜的样子，但心里想的却是"你既这样用心，何不在外头大事上做工夫，老爷也欢喜了，也不能吃这样亏"。还"笑道"："你们也不必怨这个，怨那个。据我想，到底宝兄弟素日不正，肯和那些人来往，老爷才生气。"袭人则向王夫人进言，说宝玉"男女不分"，"偏好在我们队里闹"和"君子防未然"的道理，建议"叫二爷搬出园外来住"，吓得王夫人"如雷轰电掣的一般"。正是在这种情况下，作者写了宝黛的相互体贴、了解和黛玉的一往情深、万分悲痛，带便也写了宝玉身边唯一足以托付心事的忠诚信使——晴雯，这都是有深意的。只要细读书中的文字（在这一节上，程高本窜改颇多），自不难理解作者的用心。

其次，"还泪债"在作者艺术构思中是林黛玉悲剧一生的同义语。要了解"还泪债"的全部含义，当然最好读曹雪芹原来所写的黛玉之死的情节，但这我们已看不到了。不过，作者的写作有一个规律，多少可以帮助弥补这个缺陷，即他所描写的家族或人物的命运，预先都安下伏线，露出端倪，有的甚至还先有作引的文字。描写小说的主要人物林黛玉，作者当然更是先有成竹在胸，作了全盘安排的。在有关黛玉的情节中，作者先从各个方面挖好渠道，最后都通向她的结局。三首绝句，始终着重写一个"泪"字，而这泪是为她的知己宝玉受苦而流的，它与黛玉第一次因宝玉摔玉自毁而流泪，具体原因尽管不同，性质上却有相似之处——都为脂评所说的知己"不自惜"。这样的流泪，脂评指出过是"还泪债"。但很久以来，人们形成一种看法（续书起了很大的作用），以为黛玉总是为自身的不幸而伤感，其实，宝玉的不幸才是她最大的伤痛。为了宝玉，她简直毫不顾惜自己。宝玉挨打，她整天地流泪，"任他点点与斑斑"，这还算不了什么。第五十七回，紫鹃诳宝玉说，黛玉要回苏州去了。作者写宝玉急成痴呆病外，还着力写了黛玉的反应：

> 黛玉一听此言，李妈妈乃是经过的老妪，说（宝玉）不中用了，可知必不中用。"哇"的一声，将腹中之药一概呛出，抖肠搜肺，炽胃扇肝的痛声大嗽了几阵，一时面红发乱，目肿筋浮，喘的抬不起头来。紫鹃忙上来捶背。黛玉伏枕喘息，半晌推紫鹃道："你不用捶，你竟拿绳子来勒死我是正经！"

这虽不直接写还泪，但仍与还泪是同样性质的。

"眼空蓄泪泪空垂，暗洒闲抛却为谁？"诗中提出这个问题，为"还泪债"定下了基调。我们之所以说续书写黛玉之死，违背作者原意，不但因为续书把"泪尽夭亡"写成黛玉在受到重大精神刺激下，反而没有眼泪了（其实应该是终日眼泪不干，终于与生命一起流尽，否则，也就用不着说她是"泪尽夭亡"），更主要的还是续书所写改变了原作者定下的黛玉精神痛苦的性质，把她对宝玉的爱和惜改变为怨和恨，因男子负心（其实是误会）而怨恨痛苦。这没有什么新鲜之处，俗滥小说中可以找到成千上万，任何一个平庸的女子也都会如此。这样的结局怎么也不能算是绛珠仙子报答了神瑛侍者的甘露灌溉之惠。同时，误会的至死不得释，实际上也否定了宝黛两人是有共同思想基础的真正知己。

说续书者用"梁祝"的套子写宝黛悲剧，其实还大大不如。梁祝的误会倒是在楼台相会之后很快就得到消除的，《红楼梦》的续作者对黛玉愿为知己受苦、而自己"万苦不怨"的精神境界却丝毫也没有理解。与这三首突出写"泪"的绝句有关的几回情节，很像是后来宝黛悲剧的一次小小的预演。从第三十二到三十四回中有不少细节和对话，都可以看出作者在对未来的悲剧结局作暗示。此外，诗中用"湘江旧迹"之典，若孤立地从这几回情节看，很像是胡乱堆砌，因为除了与"泪"有关外，其他方面都不甚切合。娥皇、女英泣舜，是妻子哭丈夫。她们泪渍斑竹后是投水殉情而死的（《水经注》则谓她们"溺于湘江"）。前人用此事多写生死之别，如李白著名的《远别离》诗即用此故事写远别离之苦。这些，与宝哥哥被打屁股、林妹妹为之而哭泣，似乎拉不到一起去。但如果把这三首诗当作后来悲剧情节的前奏曲来看，那么，用这个典故就完全可以理解了。

咏白海棠限门盆魂痕昏
（第三十七回）

【说明】

这是大观园姊妹结成"海棠诗社"后的首次吟咏。李纨被大家推为社长，负责评诗，迎春限韵，惜春监场。诗成后，大家认为黛玉的最好，李纨却评宝钗为第一，探春表示赞同，宝玉则为黛玉不平。第二天史湘云到来，又和了两首，众人看了，称赞不绝。限门盆魂痕昏，限韵脚只能依次用"门""盆""魂""痕""昏"五个字。

其　一

贾探春

斜阳寒草带重门^①，苔翠盈铺雨后盆^②。
玉是精神难比洁，雪为肌骨易销魂^③。
芳心一点娇无力，倩影三更月有痕^④。
莫谓缟仙能羽化，多情伴我咏黄昏^⑤。

【注释】

① 寒草——秋草。带——连接。重门——重重院门。

② 苔翠——青翠的苔色。

③ "玉是"二句——以玉和冰雪喻白色的花。苏轼《松风亭下梅花盛开，又韵》诗："罗浮山下梅花村，玉雪为骨冰为魂。"同时，这又是以花拟人，把它比作仙女，因为《庄子·逍遥游》曾说美丽的神人"肌肤若冰雪"。销魂，使人迷恋陶醉。

④ 倩（qiàn 欠）影——美好的身姿。月有痕——月有影。李商隐《杏花》诗："援少风多力，墙高月有痕。"全句说，深夜的月亮照出了白海棠美丽的身影。

⑤ "莫谓"二句——不要说白衣仙女会升天飞去，她正多情地伴我在黄昏中吟咏呢。缟（gǎo 搞），古时一种白色的丝织品。这里指白衣。以"缟仙"说花，承前"雪为肌骨"来，道家称成仙或飞升叫"羽化"，意思是如同化为飞鸟，可以上天。末句用唐代刘兼《海棠花》诗意："良宵更有多情处，月下芬芳伴醉吟。"

其　二

薛宝钗

珍重芳姿昼掩门，自携手瓮灌苔盆^①。

胭脂洗出秋阶影，冰雪招来露砌魂②。

淡极始知花更艳，愁多焉得玉无痕③？

欲偿白帝凭清洁④，不语婷婷日又昏⑤。

【注释】

① 手瓮（wèng 翁_{去声}）——可提携的盛水的陶器。

② "胭脂"二句——诗的一种修辞句法，意即秋阶旁有洗去胭脂的倩影，露砌边招来冰雪的精魂。洗出，洗掉所涂抹的而显出本色。露砌，带着露水的阶台边沿。北宋诗人梅尧臣《蜀州海棠》诗："醉看春雨洗胭脂。"

③ "愁多"句——花儿愁多怎能没有痕迹。就玉说，"痕"是瘢痕，以人拟，"痕"是泪痕，其实就是指花的怯弱姿态或含露的样子。

④ "欲偿"句——白帝，西方之神，管辖秋事。秋天叫素秋、清秋，因为它天高气清，明净无垢，所以说花儿报答白帝雨露化育之恩，全凭自身保持清洁，亦就海棠色白而言。凭，程高本作"宜"，不及"凭"字能传达出矜持的神气。

⑤ 婷（tíng 庭）婷——美好的样子。

其 三

贾宝玉

秋容浅淡映重门①，七节攒成雪满盆②。

出浴太真冰作影③，捧心西子玉为魂④。

晓风不散愁千点⑤，宿雨还添泪一痕⑥。

独倚画栏如有意⑦，清砧怨笛送黄昏⑧。

【注释】

① 秋容——指花的容貌。

② 七节攒（cuán 躜_{阳平}）成——说花在枝上层层而生，开得很繁。

攒，簇聚。雪——喻花。

③ 出浴太真——杨贵妃为唐玄宗所宠，曾赐浴华清池。白居易《长恨歌》中写到，说她肤如"凝脂""娇无力"。所以借以说海棠花，又比喻兼以玄宗在沉香亭召贵妃事为出典。玄宗曾笑其"鬓乱钗横，不能再拜"的醉态说："岂妃子醉，直海棠睡未足耳。"（见宋人释惠洪《冷斋夜话》）太真，即杨贵妃，字玉环，号太真。

④ 捧心西子——参见第三回《赞林黛玉》注⑤。宋人赋海棠词中时有以杨妃、西施并举的，如辛弃疾《贺新郎》、马庄父《水龙吟》等皆是。

⑤ 愁千点——指花如含愁，因花繁而用"千点"。

⑥ 宿雨——经夜之雨。

⑦ 独倚画栏——指花。参见第十八回《怡红快绿》注④。

⑧ 清砧（zhēn 真）怨笛——古时常秋夜捣衣，诗词中多借以写妇女思念丈夫的愁怨，秋笛也与悲感有关。砧，捣衣石。

其 四

林黛玉

半卷湘帘半掩门①，碾冰为土玉为盆②。
偷来梨蕊三分白，借得梅花一缕魂③。
月窟仙人缝缟袂，秋闺怨女拭啼痕④。
娇羞默默同谁诉？倦倚西风夜已昏。

【注释】

① "半卷"句——这句说看花人。"半卷""半掩"与末联花的娇羞倦态相呼应。湘帘，湘竹制成的门帘。

② "碾冰"句——因花的高洁白净而想象到栽培它的也不该是一般的泥土和瓦盆，所以用冰清玉洁来侧面烘染。

③ "偷来"二句——意即白净如同梨花，风韵可比梅花，但说得巧妙别致。宋代卢梅坡《雪梅》诗："梅须逊雪三分白，雪却输梅一段香。"又雪芹之祖曹寅有"轻含豆蔻三分露，微漏莲花一线香"的诗句，可能都为

这一联所借鉴。

④"月窟（kū枯）"二句——谓白海棠如月中仙子穿着自己缝制的素衣，又如闺中少女秋日里心含怨苦，在抹拭着眼泪。月窟，月中仙境。因仙人多居洞窟之中，故名。缟袂（mèi妹），指白绢做成的衣服。苏轼曾用"缟袂"喻花，有《梅花》诗说："月黑林间逢缟袂。"这里借喻白海棠，并改"逢"为"缝"，亦甚巧妙。袂，衣袖，亦指代衣服。

白海棠和韵二首

（第三十七回）

史湘云

其　一

神仙昨日降都门①，种得蓝田玉一盆②。
自是霜娥偏爱冷③，非关倩女亦离魂④。
秋阴捧出何方雪⑤？雨渍添来隔宿痕。
却喜诗人吟不倦，岂令寂寞度朝昏⑥！

【说明】

此首与下一首为史湘云和诗。

【注释】

①都门——本指都城中的里门，后通称京都为都门。这里即是通称，因小说中大观园在"帝城西"。

②蓝田——县名，在今陕西渭河平原南缘，秦岭北麓，渭河支流灞河上游，古时以产美玉著名。

③自是——本是。霜娥——青霄玉女，主管霜雪的女神，亦称"青女"。这一句出唐代李商隐《霜月》诗："青衣素娥俱耐冷，月中霜里斗

婵娟。"

④"非关"句——事出唐代陈玄祐《离魂记》传奇。故事说，张镒的幼女倩娘，与王宙相爱。张镒将她另许别家，王宙愤恨而诀别远行。途中倩娘忽然追至，两人就一起遁去。他们在外地共居五年，回家看父母，家人都惊讶不已。这时，从房中跑出倩娘，与回家的倩娘相抱，合成一体。原来当时倩娘怨念成病，卧床数年不起，跟王宙外逃的只不过是她的魂魄。这是一个不满包办婚姻的幻想故事。这句说，海棠虽非倩女，但也像离了魂的女子一样多情。亦，程高本改作"欲"，句意就不同了。海棠当然与倩女离魂故事无关，说不说岂非都一样。

⑤秋阴——秋天的阴云。南朝颜延之《陶征士诔》："晨烟暮霭，春煦秋阴。"云阴与雨雪相连，但秋天尚未下雪，所以后边要用表疑问的"何方"二字。捧出——将秋阴拟人化，写出花的形状如一捧雪。

⑥岂——程高本作"肯"，都是岂肯的意思。

其 二

蘅芷阶通萝薜门^①，也宜墙角也宜盆。
花因喜洁难寻偶，人为悲秋易断魂^②。
玉烛滴干风里泪^③，晶帘隔破月中痕^④。
幽情欲向嫦娥诉^⑤，无奈虚廊夜色昏^⑥！

【注释】

①蘅芷——蘅芜、清芷，香花芳草。萝薜——藤萝、薜荔，蔓生植物（皆见之于第十七回）。为下句写海棠种植随处适宜而先写环境。

②断魂——形容极度悲愁。

③"玉烛"句——白玉色的蜡烛，烛蕊烧完、蜡泪滴干时，剩下的是一堆凝脂，以喻花。

④"晶帘"句——晶帘即水精帘，从帘内可见帘外景物，唯白色的东西不明显。所以唐代韦庄《白樱桃》诗说："王母阶前种几株，水精帘外看如无。"这里说月中花的姿影被"晶帘隔破"，亦兼用韦庄诗意，从颜色

来写。

⑤ 幽情——隐藏在心中的怨恨。嫦娥——神话人物。本是羿之妻，羿从西王母处带回不死之药，嫦娥偷服后，飞向月宫。诗词中多以嫦娥写女子的寂寞孤单。这里花向嫦娥所诉的"幽情"，亦与"难寻偶"等语有关。

⑥ 夜色昏——戚序本作"夜已昏"，与黛玉之作重复；程高本作"月色昏"，与第六句"月中痕"用字相犯。今从庚辰本。

【鉴赏】

结社、赏花、吟咏唱和是清代都门特别盛行的社会风气，是封建贵族阶级的闲情逸致的表现。大观园的公子小姐当然不会例外。这些诗和有关情节给我们提供了认识这种生活的画面。如果从这一角度看，诗本身的价值是不大的。但作为塑造人物思想性格的一种手段，它仍有艺术上的价值。

李纨评黛玉的诗"风流别致"、宝钗的诗"含蓄浑厚"，可见风格上绝不相混。李纨、探春推崇宝钗，独宝玉偏爱黛玉，评诗的分歧，也都表现各自立场、爱好和思想性格的不同。湘云的诗写得跌宕潇洒，也与她的个性一致。这是作者高明之处。特别值得注意的是这些诗多半都"寄兴寓情"，各言志趣。作者甚至把人物的未来归宿，也借他们的诗隐约地透露给读者了。

探春的诗中"芳心一点娇无力"，使人联想到她风筝谜中"游丝一断浑无力"，她后来应是江边离别，孤帆远去的（参见其"册子判词"）。"缟仙""羽化"之喻，很像与苏轼前、后《赤壁赋》中写自己扁舟江上所见所感有纠葛。

宝钗诗深意尤为明显："珍重芳姿昼掩门"，可以看出她恪守封建妇德，对自己豪门千金的身份十分矜持的态度。"洗出胭脂影"、"招来冰雪魂"，都与她的结局有关；前者通常是丈夫不归、妇女不再修饰容貌的话，后者则说冷落孤寂。"淡极始知花更艳"，宝钗所以"罕言寡语"、"随分从时"，能得人心，受到上下的夸赞。"愁多焉得玉无痕"，话里有刺，总是对宝玉、黛玉这二"玉"的讥讽。

宝玉诗中间二联，可以看作对薛、林的评价和态度：宝钗曾被宝玉比为杨贵妃，则"冰作影"正写出了服用"冷香丸"的"雪"姑娘的个性特点。"病如西子"的黛玉，以"玉为魂"，这"玉"指的是谁，自不难猜到

(第五回中，众仙子埋怨警幻说："姐姐曾说今日今时必有绛珠妹子的生魂前来游玩，故我等久待。何故反引这浊物来污染清净女儿之境？"谁是"绛珠妹子的生魂"，已经明点了)。"晓风结愁"、"宿雨添泪"，岂不是宝玉一生终不忘黛玉的心事的写照？

黛玉诗中"碾冰为土"一语，评者多欣赏它设想的奇特，若看作是对宝钗讥语的反击，则锋芒毕露。以缟素喻花，无异暗示夭亡，而丧服由仙女缝制，不知是否因为她本是"绛珠仙草"。此外像"秋闺怨女拭啼痕"之类句子，脂评已点出"不脱落自己"，看来也确像她的"眼泪还债"。

湘云诗"自是霜娥偏爱冷"一句，脂评也已告诉我们"不脱自己将来形景"。所谓"将来形景"，就是说她后来与丈夫卫若兰婚后不久就分离了(续书所写不同)。在第二首中，如"难寻偶""烛泪""嫦娥"等，皆暗示她和她丈夫后来成了牛郎织女那样的"白首双星"。作者还写湘云"英豪阔大宽宏量"，则"也宜墙角也宜盆"的隐义是说她无论是在史家绮罗丛中受到娇养，还是投靠贾府寄人篱下，都能处处顺合环境，随地而宜。

凡此种种，要使每一首诗都多方关合，左右逢源，若非作者惨淡经营，匠心独运，是很难臻于完美境地的。

菊 花 诗

(第三十八回)

【说明】

菊花诗十二题，咏物兼赋事。题目编序排列，凭作诗者挑选。限用七律，不限韵脚。诗作皆署"雅号"，即"蘅芜君"（宝钗）、"怡红公子"（宝玉）、"枕霞旧友"（湘云）、"潇湘妃子"（黛玉）、"蕉下客"（探春）。

忆 菊

蘅芜君

怅望西风抱闷思，蓼红苇白断肠时[①]。

空篱旧圃秋无迹，瘦月清霜梦有知②。

念念心随归雁远③，寥寥坐听晚砧痴④。

谁怜我为黄花病⑤，慰语重阳会有期⑥。

【注释】

①"怅望"二句——蓼红苇白时，菊尚未开。诗中以菊拟所"忆"之人，怅望所忆之人不至，所以说"抱闷思""断肠"。蓼，水蓼，花小色红，聚集成穗状。苇，芦苇，花白。

②"空篱"二句——这两句戚序本作"空离旧圃秋无迹，瘦损清霜梦自知"。不说"空来"而说"空离"，不通；何况全诗只写忆，不写游。必是后人改笔。旧圃，去年的花圃。秋无迹，即"花无迹"，修辞说法。梦有知，谓唯有梦中能见，亦为写"忆"。

③"念念"句——意谓北雁南飞，勾起自己无际想念之情。因传说雁能带书传讯。

④寥寥——寂寞空虚的样子。砧——与秋思有关（参见第三十七回宝玉《咏白海棠》诗注⑧）。痴——是说不绝的砧声引起人的痴想。戚序本、程高本作"迟"，当是后人以为砧声不应言痴而改。其实，这是诗歌修辞的特殊句法，犹言"远心随归雁，痴坐听晚砧"。

⑤为黄花病——是说因苦苦忆念而病。黄花，菊花。病，程高本改为"瘦"，诗是宝钗所作，不如用"病"字好。

⑥重阳——阴历九月初九。古人以九为阳数，二"九"相重，所以叫重阳，亦称重九。重阳节正是菊花盛开之时，有登高赏菊的习俗，所以说是相会之期。

访 菊

怡红公子

闲趁霜晴试一游，酒杯药盏莫淹留①。

霜前月下谁家种？槛外篱边何处秋②？

蜡屐远来情得得③，冷吟不尽兴悠悠④。

黄花若解怜诗客⑤，休负今朝挂杖头⑥。

【注释】

① "酒杯"句——这句说，不必为了饮酒或身体病弱而留在家里。淹留，滞留住。

② 何处秋——即何处花，修辞说法。何处，与前句"谁家"都为了写"访"。

③ 蜡屐（jī机）——木底鞋。古人制屐上蜡。语用《世说新语》阮孚"自吹火蜡屐"事，表示旷怡闲适。又古代有闲阶级多着木屐游山玩水。得得——特地，唐时方言。

④ 冷吟——在寒秋季节吟咏。

⑤ 解——懂得，能够。诗客——诗人自指。

⑥ "休负"句——不要辜负我今天的乘兴游访。拄杖头，戚序、程高本改作"挂杖头"，以为用《世说新语》阮修"以百钱挂杖头，至店，便独醉酣畅"事。其实，宝玉于此诗中以病愁体弱者自拟（这可能也是"不脱自己将来形景"），故以拄杖表示出访，与首联写"药盏"（戚本也改去作"茶盏"）呼应。若用"杖头钱"事，则外出是为了饮酒，非为访菊。酒不自携，而备钱往沽，岂酒肆之中有菊可赏？要黄花不负诗客是很难的。前面既说出游胜于饮酒，莫为酒杯所淹留，后面又推翻原意，诗能这样写吗？后人改诗，不顾整体，往往如此。庚辰本原抄无误，被另笔改"拄"作"挂"（王希廉评本倒保持原文），今仍复其旧。

种　菊

怡红公子

携锄秋圃自移来①，篱畔庭前故故栽②。
昨夜不期经雨活③，今朝犹喜带霜开。
冷吟秋色诗千首④，醉酹寒香酒一杯⑤。
泉溉泥封勤护惜⑥，好知井径绝尘埃⑦。

【注释】

① 移来——指把菊苗移来。

② 故故——特意。

③ 不期——未曾料想到。

④ 秋色——指菊。诗千首——与下句之"酒一杯"语用杜甫《不见》诗："敏捷诗千首，飘零酒一杯。"杜诗写的是李白。

⑤ 酹（léi泪）——洒酒于地表示祭奠。这里只是对着菊花举杯饮酒的意思，与吟诗一样，都表示兴致高。寒香——指菊。下一首"清冷香"意同。《花史》："菊为冷香。"

⑥ 泉溉泥封——用水浇灌，用土封培。种菊的技术。

⑦ "好知"句——这句意思说，我一心只爱惜菊花，便可知居于幽僻之地是为了与尘世的喧闹隔绝。这是用陶渊明弃官归隐、爱菊而绝交游的意思。好知，可知。井径，田间小路，泛指偏僻小径。戚序本作"三径"。

对 菊

枕霞旧友

别圃移来贵比金，一丛浅淡一丛深。

萧疏篱畔科头坐①，清冷香中抱膝吟。

数去更无君傲世②，看来惟有我知音③！

秋光荏苒休辜负，相对原宜惜寸阴④。

【注释】

① 科头——不戴帽子。这里借指不拘礼法。与下联"傲世"关合，取意于唐代诗人王维《与卢员外象过崔处士兴宗林亭》诗："科头箕踞（抱膝而坐）长松下，白眼看他世上人。"

② 傲世——菊不畏风霜，冒寒开放，有"傲霜枝"之称。

③ 知音——知己朋友。典出钟子期听伯牙弹琴能知其心意的故事（见《列子·汤问》）。

④ "秋光"二句——这二句说，不要辜负好时光，对着菊花应尽情赏

玩，好景是不长的。荏苒，形容时光渐渐过去。寸阴，极短的时间。阴，指日影、光阴。它移动的距离就代表时间，故以寸、分计。语出《晋书·陶侃传》："大禹圣者，乃惜寸阴；至于众人，当惜分阴。"

供　菊①

枕霞旧友

弹琴酌酒喜堪俦②，几案婷婷点缀幽③。
隔坐香分三径露④，抛书人对一枝秋。
霜清纸帐来新梦⑤，圃冷斜阳忆旧游⑥。
傲世也因同气味，春风桃李未淹留⑦。

【注释】

① 供菊——将菊花插在瓶中，放在房间里供观赏。

② 喜堪俦——高兴菊花能作伴。俦，同辈、伴侣。

③ "几案"句——即"婷婷点缀几案幽"。婷婷，指菊枝样子好看。幽，说因菊而使环境显得幽雅。

④ "隔坐"句——即一座之隔而闻到菊花的香气。三径露，指菊，修辞说法，与下句"一枝秋"相对，用陶潜《归去来兮辞》"三径就荒，松菊犹存"意。三径，原出处参见第十七回《兰风蕙露》对联注②。"香分三径露"说菊之香气从三径分得，与下句"一枝"一样，正写出"供"字。

⑤ 霜清——仍是修辞说法，指菊花清雅。纸帐来新梦——房内新供菊枝，使睡梦也增香。《遵生八笺》："纸帐，用藤皮茧纸缠于木上，以索缠紧，勒作绉纹；不用糊，以线拆缝之；顶不用纸，以稀布为顶，取其透气；或画以梅花，或画以蝴蝶，自是分外清致。"

⑥ "圃冷"句——书中黛玉说："据我看来，头一句好的是'圃冷斜阳忆旧游'，这句背面傅粉；'抛书人对一枝秋'，已经妙绝，将供菊说完，没处再说，故翻回来想到未折未供之先，意思深透！"圃冷，菊圃冷落。斜阳，衰飒之景。旧游，旧时的同游者、老朋友。

⑦ "傲世"二句——说自己也与菊一样傲世，并不迷恋世上的荣华富贵。春风桃李，喻世俗荣华。淹留，这里是久留忘返的意思。

咏　菊

潇湘妃子

无赖诗魔昏晓侵①，绕篱欹石自沉音②。

毫端运秀临霜写③，口角噙香对月吟④。

满纸自怜题素怨⑤，片言谁解诉秋心？

一从陶令平章后⑥，千古高风说到今⑦。

【注释】

① 无赖——无奈，无法可想。诗魔——佛教把人们有所欲求的念头都说成是魔，宣扬修性养心用以降魔。所以，白居易的《闲吟》诗说："自从苦学空门法，销尽平生种种心；唯有诗魔降未得，每逢风月一闲吟。"后遂以诗魔来说诗歌创作冲动所带来的不得安宁的心情。昏晓侵——从早到晚地侵扰。

② 欹——这里通作"倚"。沉音——心里默默地在念。

③ 毫端——笔端。运秀——运用其聪明智慧。运，即"运笔""运思"之"运"。程高本作"蕴"，不如原字与对句"噙"字字义相反。秀，指优异的才智。临霜写——对菊吟咏的修辞说法。临，即临摹、临帖之"临"。霜，非指白纸，乃指代菊，前已屡见。写，描绘，这里说吟咏。

④ 口角——戚序本作"口底"，己卯、庚辰、甲辰诸本作"口齿"，不成对，也不成语。今从程乙本。噙（qín 禽）——含着。香——修辞上兼因菊、人和诗句三者而言。

⑤ 素怨——即秋怨，与下句"秋心"成互文。秋叫"素秋"，参见第三十七回薛宝钗《咏白海棠》注④。"素"在这里不作平素解，却兼有贞白、高洁的含义。"素怨""秋心"皆借菊的孤傲抒自己的情怀。

⑥ 一从——自从。陶令——陶渊明（ 365—427），东晋诗人，字元亮，一说名潜、字渊明。曾做过八十多天彭泽县令，所以称陶令。他喜欢菊，

诗文中常写到。平章——亦作"评章",评说,议论。亦借说吟咏,如:评章风月。

⑦ 高风——高尚的品格。在这里并指陶与菊。自陶潜后,历来文人咏菊,或以"隐逸"为比,或以"君子"相称,或赞其不畏风霜,或叹其孤高自芳,而且总要提到陶渊明。

画　菊

蘅芜君

诗馀戏笔不知狂,岂是丹青费较量①?
聚叶泼成千点墨,攒花染出几痕霜②。
淡浓神会风前影③,跳脱秋生腕底香④。
莫认东篱闲采掇⑤,粘屏聊以慰重阳⑥。

【注释】

① "诗馀"二句——谓诗后戏笔画菊,乃乘一时之逸兴不经意所作,岂存心绘画,苦苦构思而成哉!丹青,指绘画所用的红的青的颜料,亦作画的代称。较量,计虑、思考如何恰当。

② "聚叶"二句——把菊叶画得茂密,故说"聚叶"用"千点墨"。花由好多花瓣集合构成,故说"攒花"。攒,簇聚。霜,指代菊花瓣,故用"几痕"。国画中有泼墨、晕染等法,枝叶用泼墨,借浓墨以烘托花姿;花瓣用晕染,即不用线条勾勒,而利用宣纸能化水的特点,染出物象,更见生动逼真。"泼墨""攒花"是画菊常用的话。

③ "淡浓"句——对风前的菊花姿影心领神会,然后在纸上用浓淡来表现。有浓淡,才能密而不乱,才有远近掩映。

④ 跳脱——本手镯的一种,用珍物连缀而成。又作"挑脱""条脱"。《全唐诗话》:"(文宗)问宰臣:'古诗云,轻衫衬跳脱,跳脱是何物?'宰臣未对。上曰:'即今之腕钏也。'"句中因写到"腕"而用,但"跳脱"后来又作灵巧、活脱义用,清人往往有之。如甲辰本第十九回回首脂评有"笔意随机跳脱"之语,即诗中义,则正可用与"淡浓"成对。秋生

腕底香——即"腕底生秋香"。

⑤"莫认"句——不要错认是真的菊花而随手就去采摘，是说画得神态逼真。东篱闲采撷，语用陶潜著名诗句："采菊东篱下，悠然见南山。"（《饮酒》）撷（duō 多），拿取。

⑥粘屏——把画贴在屏风上。慰重阳——时值重阳而不得赏菊，以观画代之，可安慰一下寂寞的心情。

问　菊

潇湘妃子

欲讯秋情众莫知①，喃喃负手叩东篱②：
孤标傲世偕谁隐③？一样开花为底迟④？
圃露庭霜何寂寞？鸿归蛩病可相思⑤？
休言举世无谈者，解语何妨话片时⑥。

【注释】

①秋情——指中间两联所问到的那种思想情怀。众莫知——正因"众莫知"而唯有菊可认作知己，故问之。

②喃喃负手——戚序本改作"漫将幽意"，大概以为"负手"像男子姿态。其实，闺阁咏此类诗，往往自拟男子，前有湘云"科头坐""抱膝吟"，后有探春"折来休认镜中妆""拍手凭他笑路旁"等。戚本狄批甚至说，"既'负手'则非'叩'可知矣"。误以改文为原文。其实，"叩"不是手敲，而是口问。今从己卯、庚辰本。喃喃，不停地低声说话。负手，把两手交放在背后，是有所思的样子。叩——询问。东篱——指代菊，见前诗注。

③孤标——孤高的品格。标，标格。偕——同……一起。

④为底——为什么这样。底，何。

⑤蛩（qióng 穷）——蟋蟀。可——是不是。诗中鸿、蛩、菊都是拟人写法。

⑥"解语"句——这一句意思是如果花能懂得人语且能说话的话，何

妨就让我们来聊一会儿呢。语出王仁裕《开元天宝遗事》中唐玄宗把贵妃比作"解语花"事。解语，能懂话意，且能说话。

簪　菊①

蕉下客

瓶供篱栽日日忙，折来休认镜中妆②。
长安公子因花癖③，彭泽先生是酒狂④。
短鬓冷沾三径露⑤，葛巾香染九秋霜⑥。
高情不入时人眼，拍手凭他笑路旁⑦。

【注释】

① 簪菊——插菊花于头上，古时风俗。《乾淳岁时记》："都人九月九日，饮新酒，泛萸簪菊。"又史正志《菊谱》叙曰："唐辇下岁时记：九月宫掖间，争插菊花，民俗尤甚。杜牧诗曰：'黄花插满头。'"

②"折来"句——这句说以菊插头，不要错认作是珠花。因男子也簪菊，并非为了打扮。镜中妆，指簪、钗一类首饰，女子对镜妆饰时，插于发间。

③"长安"句——长安公子疑指唐代诗人杜牧，他是京兆（长安）人。其祖父杜佑做过德宗、宪宗两朝宰相，故称"公子"。其《九日齐山登高》诗有"尘世难逢开口笑，菊花须插满头归"之句，故称"花癖"。

④"彭泽"句——彭泽先生指陶渊明。他除爱菊外，也喜酒：任彭泽令时"公田悉令吏种秫（高粱），曰：'吾常得醉于酒足矣！'"友人颜延之曾"留二万钱于渊明，渊明悉遣送酒家，稍就取酒。尝九月九日出宅边菊丛中坐，久之，满手把菊，忽值弘送酒至，即便就酌，醉而归"。又自酿酒，"取头上葛巾漉酒，漉毕，还复著之"（南朝萧统《陶渊明传》），所以称"酒狂"。

⑤"短鬓"句——"短鬓"用杜甫《春望》"白头搔更短，浑欲不胜簪"句，诗意点"簪"字。三径露，指代菊。因说露，所以说"冷沾"。形容簪菊。

⑥ 葛巾——用葛布做的头巾。暗与陶潜"葛巾漉酒"事相关。九秋霜——指代菊。九秋，即秋天，意谓秋季九十天。秋称三秋，亦称九秋。

⑦ "高情"二句——意思说，时俗之人，不能理解那种高尚的情操，那就让他们在路上见了插花醉酒的样子而拍手取笑吧。李白《襄阳歌》："襄阳小儿齐拍手，拦街争唱白铜鞮。傍人借问笑何事？笑杀山公醉似泥。"陆游《小舟游近村舍舟步归》诗："儿童共道先生醉，折得黄花插满头。"这里兼取两者意化用之。

菊　影

枕霞旧友

秋光叠叠复重重①，潜度偷移三径中②。
窗隔疏灯描远近③，篱筛破月锁玲珑④。
寒芳留照魂应驻⑤，霜印传神梦也空⑥。
珍重暗香休踏碎⑦，凭谁醉眼认朦胧⑧？

【注释】

① 秋光——指菊影。

② 潜度偷移——说菊花随着日光西斜而影子在不知不觉地移动。

③ "窗隔"句——意思是隔着窗子透出稀疏的灯光，在地上描下了浓淡不同的远近菊影。

④ "篱筛"句——竹篱好比筛子，透过月光的碎片，就像把明净精巧的菊花姿影封锁在里面。玲珑，空明的样子，又常形容雕镂精巧。

⑤ 寒芳——指菊。留照——留下肖像，即留下影子。魂应驻——花魂应该也留在菊影之中，说菊影能传神。

⑥ 霜印——指菊影。梦也空——影虽能传花之神，但毕竟是虚像，"梦也空"就是虚像的修辞说法。上句从花到影，这句从影到花，说法相反相成。

⑦ 暗香——指菊，因写月夜花影，所以用"暗"。休踏碎——正点出"菊影"，影在地上，因珍惜，所以不愿踩它。程高本这三个字作"踏碎

处",不可通。既已"踏碎"(影岂能踏碎!),怎么还说"珍重"呢?何况,原是平仄仄,改成仄仄仄,变律句为古句了。

⑧"凭谁"句——赏菊与饮酒相关,除陶渊明事外,重阳有饮菊花酒的习俗,谓能令人长寿。见《西京杂记》。影子本来朦胧,加之醉眼迷离,看去就更模糊难以辨认了。

菊 梦

潇湘妃子

篱畔秋酣一觉清[①],和云伴月不分明[②]。
登仙非慕庄生蝶[③],忆旧还寻陶令盟[④]。
睡去依依随雁断[⑤],惊回故故恼蛩鸣[⑥]。
醒时幽怨同谁诉:衰草寒烟无限情!

【注释】

① 秋酣一觉清——秋菊酣睡,梦境清幽。

② "和云"句——唐代张贲以"和霜伴月"写菊,今换一字,以写菊花梦魂高飞,以"不分明"说梦境依稀恍惚。

③ "登仙"句——说梦魂翩跹,仿佛成仙,但并非是美慕庄子变作蝴蝶(庄周梦中化蝶事,见《庄子·齐物论》)。这里引"庄生蝶"为了点"梦"。

④ "忆旧"句——说梦见故交,去重温与陶渊明的旧盟。忆旧,实即"梦旧",诗题中的"梦"字,句中不出现,这是咏物诗技巧上的讲究。寻盟,语出《左传》。陶令,指陶渊明。这一联构思或受元代柯九思"蝶化人间梦,鸥寻海上盟"诗句的启发。

⑤ "睡去"句——意谓梦见归雁,依恋之心,久久相随,直至它飞远到看不见。

⑥ 故故——屡屡,时时。与前《种菊》用此二字义有别。

残　菊

蕉下客

露凝霜重渐倾欹①，宴赏才过小雪时②。
蒂有馀香金淡泊③，枝无全叶翠离披④。
半床落月蛩声病，万里寒云雁阵迟。
明岁秋风知再会⑤，暂时分手莫相思！

【注释】

① 倾欹（qī妻）——指菊倾侧歪斜。

② 小雪——立冬以后的一个节气。

③ 馀香——实即"馀瓣"。淡泊——指颜色萎淡不鲜。

④ 离披——亦作"披离"，散乱的样子。

⑤ 秋风——程乙本作"秋分"，不对。秋分比第二句中说的"小雪时"早两个月，天尚暖，菊还未开。知——不知，不知能否。如古诗"枯桑知天风，海水知天寒"，"知"即"不知"也。

【鉴赏】

《菊花诗》与《咏白海棠》属同一类型，都在花事吟赏上反映了当时的都城社会习俗和有闲阶级的文化生活情趣。

清代方浚颐《梦园丛说》曾记都门赏花情况说："极乐寺之海棠，枣花寺之牡丹，丰台之芍药，十刹海之荷花，宝藏寺之桂花，天宁、花之两寺之菊花，自春徂秋，游踪不绝于路。又有花局，四时送花，以供王公贵人之玩赏。冬则……招三五良朋，作消寒会，煮卫河银鱼，烧膳房鹿尾，佐以涌金楼之佳酿，南烹北炙，杂然陈前，战拇飞花，觥筹交错，致足乐也。"小说中，赏桂、赏菊、送海棠，以至冬日消寒大嚼鹿肉都写到了。王公贵人的种种乐事，完全是建筑在剥削劳动人民的基础之上的。彼此唱和、斗奇争新的咏物诗风靡一时，正是这种闲逸生活的反映。

菊花诗分咏十二题的形式，好像只是宝钗、湘云偶然想出来的新鲜玩意儿，其实，也完全是当时现实生活已存在着的一种诗风的艺术概括。与作者同时代人爱新觉罗·永恩（清宗室、袭封康亲王）的《诚正堂稿》中就有"和崧山弟"的《菊花八咏》诗。其八咏诗题是"访菊""对菊""种菊""簪菊""问菊""梦菊""供菊""残菊"，几乎和小说中一样。崧山，亦即嵩山，是敦诚（他与敦敏弟兄二人都是曹雪芹的朋友）的好友永恚的号。在他的《神清室诗稿》中也有"访菊""对菊""梦菊""簪菊""问菊"等诗。可见，小说中的情节，多有现实生活为依据，并非作者向壁虚构。

和同类内容的大多数诗一样，它寄情寓兴的一面，还是值得注意的。

每首诗依然有选咏者各自的特点：比如薛宝钗的"忆菊"，就明显的是孤居怨妇的惆怅情怀；贾宝玉的"种菊"就归结为绝尘离世；史湘云的命运，从她的"册子"上看，后来虽一度"来新梦"，但终究"梦也空"，未能"淹留"于"春风桃李"的美满生活。脂评说，"湘云是自爱所误"（第二十二回），也与诗中所说的"傲世"相合。林黛玉的诗中"孤标傲世""幽怨"等，则更说得明白；我们既知已佚的后半部原稿中写她的死的那一回，回目叫"证前缘"（脂靖本第七十九回批语），则"登仙"的寓意就同样清楚（第十三回：秦可卿停灵于会芳园登仙阁。第十五回：水溶道："逝者已登仙界。"）。从"残菊"诗看探春，可知她"运偏消"时，如菊之"倾欹""离披"，境况也大不如前；"万里寒云"，"分手"而去，正是她远嫁不归的象征，所谓明岁再会，切莫相思等慰语，其用意也不过如同元春临别时所说的"见面是尽有的，何必伤惨？倘明岁天恩仍许归省，万不可如此奢华靡费了"那番话罢了。

林黛玉所写的三首诗被评为最佳。如果作者只是为了表现她的诗才出众，为什么在前面咏白海棠时要让湘云"压倒群芳"，在后面讽和螃蟹咏时却又称宝钗之作为"绝唱"呢？原来作者还让所咏之物的"品质"去暗合吟咏它的人物。咏物抒情，恐怕没有谁能比黛玉的身世和气质更与菊相适合的了，她比别人能更充分、更真实、更自然地表达自己的思想感情，是完全合乎情理的。

黛玉三首诗中，"咏菊"又列为第一。由于小说里众人的议论，容易使我们觉得这首诗之好，就好在"口角噙香对月吟"一句上。其实，诗的后半首写得更自然，更有感染力。"满纸自怜题素怨，片言谁解诉秋心？"

我们从林黛玉的诗中，又听到了曹雪芹的心声，它难道不就是作者写在小说开头的那首"自题绝句"在具体情节中所激起的回响吗？这实在比之于让林黛玉魁夺菊花诗这件事本身，更能说明作者对人物的倾向性。

螃 蟹 咏

（第三十八回）

【说明】

《螃蟹咏》是《菊花诗》的余音。在作完菊花诗、吃蟹赏桂之际，宝玉先吟成一首，问谁还敢作。黛玉笑他"这样的诗，一时要一百首也有"，就随手写了一首，但接着就撕了。宝钗也写了一首，受到众人称赞。

其 一

贾宝玉

持螯更喜桂阴凉①，泼醋擂姜兴欲狂②。
饕餮王孙应有酒③，横行公子却无肠④。
脐间积冷馋忘忌⑤，指上沾腥洗尚香⑥。
原为世人美口腹，坡仙曾笑一生忙⑦。

【注释】

① 持螯（áo 熬）——拿着蟹钳，也就是吃螃蟹。语本《世说新语·任诞》：毕卓曾对人说："一手持蟹螯，一手执酒杯，拍浮酒池中，便足了一生。"

② 擂姜——捣烂生姜，置姜末于醋中作食蟹的佐料。

③ 饕餮（tāo tiè 涛帖）——本古代传说中贪吃的凶兽，后常用来说人贪馋会吃，这里即此意。王孙——自指，借用汉代刘安《招隐士》中称呼。

④ "横行"句——说蟹。蟹，称为"横行介士（战士）"，见《蟹

127

谱》；又称为"无肠公子"，见《抱朴子》。横行，既是横走，又是行为无所忌惮的意思。这一句语带双关，兼写"偏僻""乖张"。金代诗人元好问《送蟹与兄》诗："横行公子本无肠，惯耐江湖十月霜。"

⑤脐间积冷——我国传统医药学认为，蟹性寒，不可恣食，其脐（蟹贴腹的长形或团形的浅色甲壳）间积冷尤甚，故食蟹须用辛温发散的生姜、紫苏等来解它。

⑥香——与"腥"同义。

⑦坡仙——苏轼（1037—1101），字子瞻，自号东坡居士，人亦称其为坡仙。北宋文学家。这两句用东坡《初到黄州》诗，全诗赞黄州鱼美笋香，常得饮酒。开头两句说："自笑平生为口忙，老来事业转荒唐。"又贾宝玉的绰号叫"无事忙"，这里他写的诗用"一生忙"，或是有意暗合。

其 二

林黛玉

铁甲长戈死未忘①，堆盘色相喜先尝②。
鳌封嫩玉双双满，壳凸红脂块块香。
多肉更怜卿八足③，助情谁劝我千觞④？
对斟佳品酬佳节⑤，桂拂清风菊带霜⑥。

【注释】

①铁甲长戈——喻蟹壳蟹脚。宋代陈郁为皇帝拟进蟹的批答说："内则黄中通理，外则戈甲森然。此卿出将入相，文在中而横行之象也。"（见《陈随隐漫录》）

②色相——佛家语，指一切有色有形之物。借用来说蟹煮熟后颜色好看。

③"多肉"句——上一联已说鳌满、膏香，故这句用"更"字说蟹脚多肉。怜，爱。卿，本昵称，这里指蟹。

④"助情"句——谁劝我饮千觞以助情。助情，助吃蟹之兴。觞，酒杯。

⑤ 对斟佳品——指蟹，说它是下酒的佳肴。斟，执壶注酒。程高本作"兹"，改变了句意。酬——报答，这里是不辜负、不虚度的意思。佳节——指重阳。

⑥ 桂拂清风——即"清风拂桂"。

其 三

薛宝钗

桂霭桐阴坐举觞①，长安涎口盼重阳②。
眼前道路无经纬③，皮里春秋空黑黄④！
酒未敌腥还用菊⑤，性防积冷定须姜⑥。
于今落釜成何益⑦？月浦空馀禾黍香⑧。

【注释】

① 霭（ǎi 矮）——云气。这里指桂花香气。

② 长安涎口——京都里的馋嘴。佳节吃蟹是豪门贵族的习好，故举长安为说。盼重阳——《红楼梦》诗多含隐义，菊花诗与蟹诗共十五首，明写出"重阳"的三首，即宝钗所作的三首。这很值得注意。正如"清明涕送江边望"、"清明妆点最堪宜"等诗句，看来与探春后来远嫁的时节有关一样（参见其"图册判词"及"春灯谜"），宝钗始言"重阳会有期"，继言"聊以慰重阳"，这里又说"涎口盼重阳"。可见，"重阳"当与后半部佚稿中写宝钗的某一情节有关。

③ "眼前"句——蟹横行，所以眼前的道路是直是横，它是不管的。经纬，原指织机上的直线与横线，此处指道路的纵横。

④ "皮里"句——蟹有壳无皮，"皮里"就是壳里，即肚子里。活蟹的膏有黄的黑的不同的颜色，故以"春秋"说花色不同。又"皮里春秋"是成语，出《晋书·褚裒传》：褚裒为人外表上不露好恶，不肯随便表示赞成或反对，而心里却存着褒贬。所以有人说他"有皮里阳秋"。《春秋》原是孔子依据鲁国史官所编之书改订而成的一部编年体史书。文字简短，前人以为其字字深藏褒贬。因晋简文帝后名春，晋人避讳，以"阳"代

"春"，故这一成语亦作"皮里阳秋"。后多用以说人心机诡深，而不动声色。空黑黄，就是花样多也徒劳的意思，因蟹不免被人煮食。

⑤ 敌腥——抵消腥气。戚序本作"敲醒"，形讹。程高本改"敌"为"涤"。用菊——指所饮非平常的酒，而是菊花酒。传说重阳饮菊花酒可辟除恶气。

⑥ 性防积冷——蟹性寒，食之须防积冷。

⑦ 落釜——放到锅子里去煮。成何益——意谓横行和诡计又有何用。

⑧ 月浦——有月光的水边，指蟹原来生长处。诗中常以"月"点秋季。空馀禾黍香——就蟹而言，既被人所食，禾黍香已与它无关。唐代陆龟蒙《蟹志》："蟹始窟穴于沮洳（jù rù 巨入，低温之地）中，秋冬至，必大出，江东人云，稻之登也。"又宋代傅肱《蟹谱》："秋冬之交，稻粱已足……江俗呼为'乐蟹'，最号肥美。"

【鉴赏】

这三首诗中，前两首是陪衬，小说中的描写已作了交代。其中虽亦有寄寓可寻，但主要还是为后者作引，姑且不作细究。如回目所称，这一节重点是介绍宝钗的诗。

《红楼梦》中，作者有些想说又不敢直说的"伤时骂世"的话，往往是通过借题发挥来表达的，如宝钗此诗即是。小说中有一段值得注意的话，就是众人的评论："这是食螃蟹绝唱！这些小题目，原要寓大意，才算是大才。——只是讽刺世人太毒了些！"这里明白地告诉我们两点：一、以小寓大——《红楼梦》常借儿女之情的琐事，寄托政治、社会的大感慨；二、旨在骂世。所以此诗可视作一首以闲吟景物的外衣伪装起来的政治讽刺诗。

全诗讥刺现实黑暗政治中丑恶人物的犀利锋芒集中于第二联："眼前道路无经纬，皮里春秋空黑黄！"它不仅作为小说中贾雨村之流政治掮客、官场赌棍的画像十分维肖，就是拿它赠给历来的一切惯于搞阴谋诡计的野心家、两面派，也是非常适合的。他们总是心怀叵测，横行一时，背离正道，走到邪路上去，结果都是机关算尽，却逃脱不了灭亡的下场。所以，小说中特地强调："看到这里，众人不禁叫绝。宝玉道：'骂得痛快！我的诗也该烧了。'"

此诗，出自宝钗之手，与小说塑造的人物性格、修养也是协调的。宝钗博学多才，精通世故人情，作诗含蓄老练，蕴藏深厚；为人虽随分从时，平和宽容，却绝不软弱糊涂。她是个很有心机、必要时也能有口角锋芒的强者。这样的人，吟出这样的诗来，是非常合理的。

代别离·秋窗风雨夕
（第四十五回）

林黛玉

秋花惨淡秋草黄，耿耿秋灯秋夜长①；
已觉秋窗秋不尽，那堪风雨助凄凉②。
助秋风雨来何速？惊破秋窗秋梦绿③；
抱得秋情不忍眠④，自向秋屏移泪烛⑤。
泪烛摇摇爇短檠⑥，牵愁照恨动离情；
谁家秋院无风入？何处秋窗无雨声⑦？
罗衾不奈秋风力⑧，残漏声催秋雨急⑨；
连宵脉脉复飕飕⑩，灯前似伴离人泣。
寒烟小院转萧条⑪，疏竹虚窗时滴沥⑫；
不知风雨几时休，已教泪洒窗纱湿。

【说明】

林黛玉病卧潇湘馆，秋夜听雨声淅沥，灯下翻看《乐府杂稿》，见有《秋闺怨》《别离怨》等词，"不觉心有所感，亦不禁发于章句，遂成《代别离》一首，拟《春江花月夜》之格，乃名其词曰《秋窗风雨夕》"。《春江花月夜》系初唐诗人张若虚所作，是一首写离愁别恨的歌行。本诗在格调和句法上都有意模仿它。《代别离·秋窗风雨夕》词名之拟，"代别离"是乐府题，"代"犹"拟"，仿作的意思。用"代"字的乐府题，南朝诗人鲍照的集子中很多。一般情况下，乐府诗不另外再加题目，这里因为又仿初唐歌行《春江花月夜》而

131

作，所以又拟一个字面上与唐诗完全对称的、更具体的诗题"秋窗风雨夕"。

【注释】

① 耿耿——微明的样子，另一义是形容心中不宁。这里字面上是前一义，要表达的意思上兼有后一义。

② 助凄凉——庚辰本另笔涂去"凄"字，添改作"秋"。这是后人为复叠"秋"字，使之与下句"助秋风雨"相蝉联而改的，有损文义，不从。

③ 秋梦绿——秋夜梦中所见草木葱茏的春夏景象。程高本作"秋梦续"，"续"与"惊破"相反，又与下句"不忍眠"矛盾。

④ 抱得——怀着。秋情——指秋天景象所引起的感伤情怀。

⑤ "自向"句——暗用唐代杜牧《秋夕》诗"银烛秋光冷画屏"句意，写孤独不寐。泪烛，烛燃烧时，熔化的蜡脂如泪，故名。用杜牧《赠别》诗"蜡烛有心还惜别，替人垂泪到天明"意，也是以物写人。移，程高本作"挑"，灯草才用"挑"，烛芯只用"剪"。

⑥ 摇摇——指烛焰晃动。蒸（ruò 若）——点燃。檠（qíng 情）——灯架，蜡烛台。

⑦ "谁家"二句——张若虚《春江花月夜》："谁家今夜扁舟子？何处相思明月楼？"小说中所谓拟其格，这类句法最明显。

⑧ 罗衾——丝绸面子的被子。不奈——不耐，不能抵挡。

⑨ 残漏——夜里将尽的更漏声。

⑩ 连宵——整夜。脉脉——通"霢霂"，细雨连绵。飕飕——状声词，形容风声。

⑪ 寒烟——秋天的细雨或雾气。

⑫ 滴沥——水珠下滴。

【鉴赏】

《秋窗风雨夕》的诗格是有意效仿"初唐体"歌行《春江花月夜》而作的，这在小说描述和此篇"说明"中已提到。此类诗格有点像流行的通俗抒情歌曲，基本上不用史事典故，主题思想也比较单一。表现方法上喜欢铺陈渲染，蝉联复叠，再三咏叹。诗题中的主体事物，常常有意地让它不断地重复出现。如《春江花月夜》中，"江"字就出现十二次，"月"字出现了十四次；在此篇中，"秋"字则出现十五次，"风""雨"字也各有五次。此外就是押韵，喜欢四句一转（此诗只结尾是八句一韵），平声转仄，仄声转平；转韵时的第一句都入韵，每一韵就像是一个小节。

《秋窗风雨夕》的作意，如果不加深求，可以说与《葬花吟》一样，都不妨看作是林黛玉伤悼身世之作，所不同的是它已没有《葬花吟》中那种抑塞之气和傲世态度，而显得更加苦闷、颓伤。这可以从以下情况得到解释：黛玉当时被病魔所缠，宝钗对她表示关心，使她感激之余，深自悔恨，觉得往日种种烦恼皆由自己多心而生，以至自误到今。黛玉本来脆弱，现在，在病势加深的情况下，又加上了这样的精神负担，自然会更加消沉。

但是，如果我们认为作者写此诗并非只为了一般地表现黛玉的多愁善感，必欲细究其深意，那么，也就自然地会发现一些问题。首先，无论是《秋闺怨》《别离怨》或者《代别离》这类题目，在乐府中从来都有特定的内容，即只写男女别离的愁怨，而并不用来写背乡离亲、寄人篱下的内容。何况，此时黛玉双亲都已过世，家中又别无亲人，诗中"别离""离情""离人"等用语，更是用不上的。再从其借前人"秋屏泪烛"诗意及所拟《春江花月夜》原诗来看，也都写男女别离之思。可见，要说"黛玉不觉心有所感"，感的是她以往的身世遭遇是很难说得通的。我以为这只能是写一种对未来命运的隐约预感。而这一预感倒恰恰被后半部佚稿中宝玉获罪淹留在外不归，因而与黛玉生离死别的情节所证实（可参见拙文《曹雪芹笔下的林黛玉之死》，收入《蔡义江论红楼梦》一书第33-64页，宁波出版社），曹雪芹的文字正有这种草蛇灰线的特点。《红楼梦曲》中写黛玉的悲剧结局是："想眼中能有多少泪珠儿，怎禁得秋流到冬尽、春流到夏！"脂砚斋所读到的潇湘馆后来的景象是："落叶萧萧，寒烟漠漠。"这些也都在这首诗中预先作了写照。

小说中黛玉刚写完诗搁下笔，宝玉就进来了。所描写的主要细节是：黛玉先说宝玉像渔翁，接着说漏了嘴，又把自己比作"画儿上画的和戏上扮的渔婆"，因而羞红了脸。对此，用心极细的脂批揭示作者这样写的用意说："妙极之文！使黛玉自己直说出夫妻来，却又云'画的''扮的'；本是闲谈，却是暗隐不吉之兆，所谓'画中爱宠'是也。谁曰不然？"这一批语，对我们理解作者写这首诗的用意，不是也同样有启发吗？

吟月三首

（第四十八、四十九回）

香　菱

【说明】

香菱跟黛玉学作诗，第一首写得不好，第二首还是不能令人满意。她不肯罢休，日夜苦吟，梦里也在作诗，第三首终于得到了众人的好评。

其　一

月挂中天夜色寒①，清光皎皎影团团②。

诗人助兴常思玩③，野客添愁不忍观④。

翡翠楼边悬玉镜⑤，珍珠帘外挂冰盘。

良宵何用烧银烛⑥，晴彩辉煌映画栏⑦。

【注释】

①挂——庚辰本作"桂"，王评本改作"到"。今从戚序本。中天——天中央。

②皎皎——洁白明净。

③助兴常思玩——常思玩月以助诗兴。玩，赏。

④野客——山野之人，多指贫居不仕或对现实不满者，所以后面说"添愁"。

⑤翡翠——为求措辞华丽给楼和帘加上的饰词，下句中"珍珠"与此意同。玉镜——喻月，下句中"冰盘"意同。

⑥银烛——银白色的蜡烛。

⑦晴彩——晴空中月亮的光彩。

其 二

非银非水映窗寒，试看晴空护玉盘。

淡淡梅花香欲染①，丝丝柳带露初干②。

只疑残粉涂金砌③，恍若轻霜抹玉栏④。

梦醒西楼人迹绝，馀容犹可隔帘看⑤。

【注释】

① 香欲染——形容香沁心脾。诗词中多写月夜梅花，所以用梅烘染月。

② 柳带——柳枝。

③ 残粉涂金砌——阶台边沿涂上了一层淡淡的白粉。古代以"金粉楼台"称华丽建筑。残粉，淡薄的金粉。残，言其淡薄。粉，指金粉，即铅粉。金砌之"金"即因涂饰金粉而言。

④ 恍若——依稀，仿佛，好像。

⑤ 馀容——指将要西沉的月亮，拟人说法。

其 三

精华欲掩料应难①，影自娟娟魄自寒②。

一片砧敲千里白，半轮鸡唱五更残③。

绿蓑江上秋闻笛，红袖楼头夜倚栏④。

博得嫦娥应借问：何缘不使永团圆⑤？

【注释】

① 精华——月亮的光华。这句说云雾遮不住月亮。

② 影——指月的形。娟娟——美好。魄——指月的质，月称桂魄。

③ "一片"二句——诗的修辞句法。说秋闺怨女，愁思不寐，直至五

更鸡唱，残月西斜。所谓"谁怜明月夜，肠断听秋砧？"砧，捣衣石（参见第三十七回《咏白海棠》其三注⑧）。

④"绿蓑"二句——上句即"野客添愁"意，下句说少妇望月感怀。绿蓑，防雨的蓑衣，古用草编，故言"绿"，指代"野客"。笛声，月夜闻之尤悲，小说中曾写到。红袖，指代女子。

⑤"博得"二句——意思是对月伤怀的人们应引得月里嫦娥的同情，而使她感叹命运之神为何不使人们都能永远团圆呢？月亮本身也要亏缺，嫦娥自己也寂寞，反怜人们之不幸，是诗意所在。程高本"借问"改作"自问"，则以嫦娥为命运主宰，不妥。又程高本"团圆"作"团圞"，就押韵说，是对的。"圞"是上平十四寒，与此诗所押诸韵同部，而"圆"是下平一先。且小说中写别人叫香菱"闲闲"吧，她说"闲"十五删，出了韵。这表明不肯通押邻韵。若从程高本，自可避免矛盾。但查各脂本皆作"圆"，第一回贾雨村诗"时逢三五便团圆，满把晴光护玉栏"，也是将"圆"（程高本也改作"圞"）与十四寒韵通押。可知作者原有这习惯，抄误是决不至于如此凑巧的。"团圆"与"团圞"，就月而说，义同；但与人事相关时，应用"团圆"。不以辞害义，今仍从脂本，以存原貌。

【鉴赏】

香菱从"惯养娇生"的"乡宦"之家，先沦为奴隶，后作了薛蟠的侍妾。她在大观园里的地位低于小姐而高于丫头，她渴望上层社会的精神生活。作者对这个人物是持同情态度的。

在香菱学诗的情节中，作者还把自己的诗论和写诗的体会故事化了。

香菱第一首诗写得很幼稚，用语毫无含蓄，又打不开思路，只好堆砌词藻，凑泊成句。头尾两联二十八个字，只说得个"月亮很亮"，内容十分空洞。黛玉说"措辞不雅；皆因你看的诗少，被它缚住了"，要她"只管放开胆子去作"。

第二首诗已写得不那末笨拙，能以花香、夜露来烘托，胆子也放开了。但却"过于穿凿了"，也就是说过多地喜欢拉别的东西来比附。香菱想脱开前一首老是形容月亮本身的束缚，结果"句句倒是月色"（律诗十分看重切题，以"月"为题与以"月色"为题的诗是不一样的）。可见，对"放开胆子去作"的话的理解还很表面。咏物诗倘不能"寄情寓兴"，就没有什么意思。

在实践中，经过几次挫折，她找到了门径，第三首面目就大不一样。首句起得很有势头，恰似一轮皓月，破云而出；精华难掩，将自己才华终难埋没、学诗必能成功的自信心含蓄地传出。因知道寄情于景，第二句就像是自我身世的写照：顾影自怜，吐露了自己精神上的寂寞。颔联用修辞上的特殊句式抒发内心幽怨，笔法劲健老练。颈联拓展境界，情景并出。至此，已为末联做好了层层铺垫。结句的感喟本是作诗者自己的，偏推给处境同样寂寞的嫦娥，诗意曲折，又紧扣咏月诗题；"团圆"二字，将月与人合咏，自然双关，余韵悠长。所以众人看了都称赞说："这首不但好，而且新巧有意趣。"小说还借俗语作结："天下无难事，只怕有心人。"作者的用意，十分清楚。

作者仿效初学者的笔调，揣摩他们习作中易犯的通病以及他们在实践中逐步摸索前进的过程，把不同阶段的成绩都一一真实地再现出来，使这些诗歌成为小说描写的不可分割的有机组成部分，在艺术上是非常成功的。但是，必须指出：由于这些诗歌的思想情调，与我们今天的时代已不协调，因此，关于这些诗的艺术经验，也同样不能毫无选择地搬用到我们的文学创作中来。如果我们不把深入生活、体验生活，与群众同呼吸、共命运，紧紧地把握住时代的脉搏作为首要条件，而像香菱学诗那样闭门觅句，单纯地从文字技巧上下功夫，是不可能创作出能体现时代精神、受广大群众欢迎的真正的好作品来的。

芦雪广即景联句
（第五十回）

【说明】

此诗是宝玉与众姊妹相聚于芦雪广"割腥啖膻"，饮酒赏雪时所共吟。广（yǎn 眼），就山崖建造的房子。"广"不是"廣"的简化字；诸本或作"庵"，或作"庭"，或作"亭"，皆后人所改，今从庚辰本。芦雪广正"傍山临水"而筑。联句，是好些人联合起来作成的诗，通常用排律形式。联法是由一人起头一句，接的人就联二、三两句，以后再接的人照例都是联一对句，以对别人的出句，并拟下一联的出句，让别人来对，最后一人用一句作结。但也有联一句的，诗的后半首即是，小说中用以显示兴高抢先的情景。联句较长，为检阅方便，注释直接写在一联之下。后面《中秋夜大观园即景联句》也仿此。

一夜北风紧^①，(熙凤) 开门雪尚飘。

【注释】

①"一夜"句——小说借众人之口，评起句说："这句虽粗，不见底下的，这正是会作诗的起法，不但好，而且留了多少地步与后人。"排律首联，通常都用总起的方法，概说全诗所述主体对象，明点诗题。比如此首所谓即景，乃是雪景，首联直出"雪"字，全诗便围绕雪来做文章，但修辞上的要求是字面上不再出现"雪"字。

入泥怜洁白，(李纨) 匝地惜琼瑶^①。

【注释】

①"入泥"二句——意即"(雪质) 洁白而怜其入泥，(雪似) 琼瑶 (美玉) 而惜其匝地。"匝 (zā 扎)，满、遍。

有意荣枯草^①，(香菱) 无心饰萎苕^②。

【注释】

① 荣枯草——使枯草荣。草经雪覆盖，入春萌发更茂。
② 饰——装饰。苕 (tiáo 条) ——苇花，秋开冬萎，开时一片白，诗中多喻雪，如苏轼《将之湖州》诗："溪上苕花正浮雪。"芦雪广"四面皆是芦苇掩覆"，其名当由此而得，此所以"即景"而咏。此字程高本作"苗"，大误。

价高村酿熟^①，（探春）年稔府粱饶^②。

【注释】

① 价高——指酒涨价，因大雪天寒。语用唐代诗人郑谷《辇下冬暮咏怀》诗："烟含紫禁花期近，雪满长安酒价高。"酿——酒。

② 年稔（rěn 忍）——年成好。稔，庄稼成熟。古人以为"雪是五谷之精"，冬雪大瑞，便得"年登岁稔"。府粱饶——官仓粮食很多。

葭动灰飞管，（李绮）阳回斗转杓^①。

【注释】

①"葭（jiā 佳）动"二句——两句都以节气写雪。杜甫《小至》诗："冬至阳生春又来"，"吹葭六琯动飞灰"。因出于同一首诗，故用以成对。上句意即"管中葭灰飞动"。葭，芦苇。古代有一种候验节气的器具，叫灰琯。它是将芦苇茎中薄膜制成灰，放在十二乐律的玉管内，置于特设的室内木案上，到某一节气，相应律管内的灰就会自行飞出（见《后汉书·律历志》）。阳回，阳气复来，冬至"阴极阳生"。斗，北斗七星，即大熊星座，形如水杓，其方位随时改变，同一时刻，斗柄所指，四季不同。

寒山已失翠，（李纹）冻浦不闻潮^①。

【注释】

①"寒山"二句——上句说雪积，下句说冰封。

易挂疏枝柳，（岫烟）难堆破叶蕉^①。

【注释】

①"易挂"二句——二句主语都是雪。蕉叶软滑，又是"破"的，故雪"难堆"积。

麝煤融宝鼎，(湘云) 绮袖笼金貂①。

【注释】

①"麝煤"二句——上句说燃鼎炉以取暖，下句说笼两袖于貂皮中以御寒。麝煤，本谓含麝香的烟墨，此指芳香燃料。融，焚烧使气上腾。鼎，鼎炉。

光夺窗前镜，(宝琴) 香粘壁上椒①。

【注释】

①"光夺"二句——意即"（雪）夺窗前之镜光，（雪）粘壁上（沾得）椒香"。夺，掩盖、超过。椒，花椒，芳香植物。古时后妃居室，多以椒和泥涂壁，取其温暖芳香。

斜风仍故故①，(黛玉) 清梦转聊聊②。

【注释】

① 故故——屡屡，阵阵。
② 聊聊——稀少。这句说梦因冷而难成。

何处梅花笛①？(宝玉) 谁家碧玉箫②？

【注释】

① 梅花笛——因《梅花落》笛曲而名。
② 碧玉箫——箫截竹制成，以碧玉喻翠竹。又碧玉亦女子名。

鳌愁坤轴陷①，(宝钗) 龙斗阵云销②。

【注释】

①"鳌愁"句——这句说大海龟恐雪压大地塌陷而发愁。《列子》有巨鳌背负大山的传说。坤轴，地轴，古代传说以昆仑山为地轴（见《河图括地象》）。又"地不周载"，女娲"断鳌足，以立四极"，亦鳌所以发愁事。陷，庚辰、戚序本作"限"，费解。用程乙本。

②"龙斗"句——这句以玉龙斗罢为喻说雪。宋代张元《咏雪》诗："战罢玉龙三百万，败鳞残甲满天飞。"龙斗时云集，斗罢云消。《后汉书·光武帝纪》："刘秀发兵捕不道，四夷云集龙斗野。"

野岸回孤棹①，（湘云）吟鞭指灞桥②。

【注释】

①"野岸"句——这句用雪夜乘舟访戴，兴尽而返典故，以写雪。回孤棹，孤舟返回。

②"吟鞭"句——这句典用南宋尤袤《全唐诗话》："（唐昭宗时）相国郑綮善诗。或曰：'相国近为新诗否？'对曰：'诗思在灞桥风雪中驴子背上，此何以得之？'"因作诗而用"吟"，犹言诗人的鞭子。灞桥，在长安（今陕西西安）东。

赐裘怜抚戍，（宝琴）加絮念征徭①。

【注释】

①"赐裘"二句——意谓皇帝怜恤将士雪中辛勤抚边戍守而赐棉衣，制衣的人同情服兵役者寒冷而把棉花加厚。唐开元时，宫中制棉袍赐边军。有士兵在袍子中找到一首诗说："沙场征戍客，寒苦若为眠？战袍经手作，知落阿谁边？蓄意多添线，含情更着绵。今生已过也，重结后生缘！"士兵把诗交给将帅，将帅进呈玄宗。查问结果，是一个宫女所作。玄宗就叫她离开宫廷，嫁给那个士兵（见《唐诗纪事》）。

坳垤审夷险，（湘云）枝柯怕动摇^①。

【注释】

①"坳垤（ào dié 傲叠）"二句——意谓覆雪之地须察高低不平，担心树枝动摇掉下雪来。坳，低洼地。垤，小土堆。审，细察。夷，平坦、安全。柯，树枝。

皑皑轻趁步^①，（宝钗）剪剪舞随腰^②。

【注释】

① 皑（ái 捱）皑——白，多形容雪。

② 剪剪——风尖细之状。本以"风回雪舞"喻女子步态（形容身姿蹁跹），这里反过来以女子轻步舞腰来点风雪。李商隐《歌舞》诗："回雪舞轻腰。"

煮芋成新赏，（黛玉）撒盐是旧谣^①。

【注释】

①"煮芋"二句——煮芋作羹，前人誉比玉糁，此日即景，可更出新意，比之为白雪，故曰新赏。苏轼有诗，其题略曰："忽出新意，以山芋作玉糁羹，色香味皆奇绝。"晋代谢家子弟"撒盐空中"的"旧谣"是说下雪的（参见第五回正册判词之一注③）。这两句程高本改为"苦茗成新赏，孤松订久要"。用《论语·宪问》语，赞孤松为岁寒之友，有道学气，不合人物性格。

苇蓑犹泊钓，（宝玉）林斧不闻樵^①。

【注释】

①"苇蓑"二句——长着芦苇的水中犹有蓑衣人泊舟垂钓，林间已不

闻樵夫的斧声。书中说芦雪广可"垂钓",宝玉"披蓑戴笠",人称"渔翁"。唐代柳宗元《江雪》诗:"孤舟蓑笠翁,独钓寒江雪。"上句正用其意写雪,又是即景,且渔与樵对仗,比程高本这一句作"泥鸿从印迹"工切。"泥鸿"句,意谓鸿雁在雪泥上随处印下足迹,用苏轼《和子由渑池怀旧》诗意:"人生到处知何似?应似飞鸿踏雪泥:泥上偶然留指爪,鸿飞那复计东西!"不闻樵,戚序本作"乍停樵","乍"字不妥;程高本作"或闻樵",更误。雪天大观园内岂能"闻樵"?今从庚辰本。

<h2 style="text-align:center">伏象千峰凸,(宝琴) 盘蛇一径遥①。</h2>

【注释】

①"伏象"二句——意即"千峰凸起如象伏,一径遥遥似蛇盘"。象色白,故为喻;雪覆大地,足印使小径曲曲弯弯的痕迹更显。以蛇、象为喻写雪景,起于唐代韩愈《咏雪赠张籍》诗:"岸类长蛇搅,陵犹巨象豗(huī 灰,打架)。"

<h2 style="text-align:center">花缘经冷结,(湘云) 色岂畏霜凋①。</h2>

【注释】

①"花缘"二句——花、色皆指雪花、雪色,雪叫"六出花"。缘,因为。结,庚辰本作"绪",当是形讹;戚序本作"聚",也不好。此据甲辰、程高本。

<h2 style="text-align:center">深院惊寒雀①,(探春) 空山泣老鸮②。</h2>

【注释】

①"深院"句——大雪雀饥,噪声如惊。

②鸮(xiāo 消)——鸱(chī 吃)鸮,即猫头鹰,叫声凄厉。

阶墀随上下，（岫烟）池水任浮漂^①。

【注释】

①"阶墀（chí 池）"二句——意即"（雪）随阶墀上下（覆盖），任池水漂浮"。墀，台阶。

照耀临清晓，（湘云）缤纷入永宵^①。

【注释】

①"照耀"二句——二句主语都是雪。永宵，长夜，冬季夜长。

诚忘三尺冷，（黛玉）瑞释九重焦^①。

【注释】

①"诚忘"二句——上句说将士因忠诚而忘却戍守的寒苦，下句说皇帝因瑞雪能兆丰年而解除了焦虑。诚，忠。唐太宗《赐萧瑀》诗："疾风知劲草，板荡识诚臣。"三尺，剑。语出《汉书·高帝纪》："吾以布衣提三尺取天下。"苏轼《次韵王定国得颍倅》诗："买牛但自捐三尺，射鼠何劳挽六钧。"谓但愿卖剑买牛，焉用挽弓射鼠。此借"三尺"说将士与戍守事，雪里刀剑随身，尤觉寒冷。九重，宋玉《九辩》："君之门以九重。"后用以称皇帝。

僵卧谁相问？（湘云）狂游客喜招^①。

【注释】

①"僵卧"二句——上句用"袁安卧雪"典故：汉代有一次大雪积地一丈余，洛阳令出外观察，见百姓都除雪开路，方能出门。到袁安门口，无路可通，以为袁安已死，"令人除雪入户，见安僵卧。问：'何不出？'安曰：'大雪，人皆饿，不宜干人。'"（见《录异传》）下句说踏雪狂游

之客喜有人招饮，可御寒。唐时，王元宝每逢大雪，叫仆人从巷口到家门，扫雪开路，招客饮宴，名曰"暖寒会"（见王仁裕《开元遗事》）。

天机断缟带①，（宝琴）海市失鲛绡②。（湘云）

【注释】

① 天机——传说天上织女所用的织机。缟带——白色丝带，喻雪。亦用韩愈《咏雪赠张籍》诗："随车翻缟带，逐马散银杯。"

② 海市——海市蜃楼，海上幻景。鲛绡——海上鲛人所织的丝织品（参见第三十四回《题帕三绝句》注②）。两句取喻相类。

寂寞对台榭，（黛玉）清贫怀箪瓢①。（湘云）

【注释】

①"寂寞"二句——上句说独对雪中台榭，寂寞凄清，或有隐意。第七十九回脂评说，原稿后半部有宝玉"对景悼颦儿"情节，并谓书中所写"轩窗寂寞，屏帐翛然"，先为其"作引"。对，程高本作"封"，主语就不是指人了，与对句不相称。下句说怀念在风雪陋巷中过着"一箪（dān 单，盛饭的圆竹器）食，一瓢饮"清贫生活的人，或解作风雪饥寒而思饮食。典出《论语·雍也》：孔子赞其门徒颜回虽贫困倒霉，仍不改其志趣。这里只借取其常用义。从脂评说宝玉后来过"寒冬噎酸斋，雪夜围破毡"的生活看，或所说"怀"人，也有隐指。

烹茶冰渐沸，（宝琴）煮酒叶难烧①。（湘云）

【注释】

①"烹茶"二句——冰雪之水，因此难沸；柴叶沾湿，所以烧不着。冰，程高本作"水"，此处应用平声。渐，迟、很慢。

145

没帚山僧扫，（黛玉）埋琴稚子挑^①。（宝琴）

【注释】

①"没帚"二句——意即"山僧扫没帚（之雪），（雪）埋（借）稚子（以）挑（情之）琴"。琴曲有《白雪》之调，故借以写雪。稚子挑，汉代桓谭《新论·琴道》：雍门周带琴去见孟尝君。孟尝君说："先生弹琴能使我悲伤吗？"雍门周说："您现在十分得意，我的琴不能打动您。不过我以为您也有可悲之处。"接着他说了许多"天道不常盛"的道理，说到千秋万岁之后，高台池曲都已倾废，"坟墓生荆棘，狐兔穴其中，樵儿牧竖（即"稚子"），踯躅其足而歌其上。行人见之凄怆曰：'孟尝君之尊贵，亦犹若是乎？'"孟尝君听了，眼泪盈睫。雍门周再引琴一弹，孟尝君悲叹泣下。诗用其意。或以为"埋琴"乃"理琴"之误，非是。"埋"与"没"对举，皆言雪，"理琴"则与咏雪无关，且与"挑"字相犯，又犯孤平。

石楼闲睡鹤^①，（湘云）锦罽暖亲猫^②。（黛玉）

【注释】

① 闲睡鹤——雪夜鹤闲已睡。

② 锦罽（jì季）——锦毯（罽，一种毛织品）。这句说，天冷，猫贴着毯子以取暖。黛玉戏语作诗，所以"笑得捂着胸口"。

月窟翻银浪^①，（宝琴）霞城隐赤标^②。（湘云）

【注释】

① 月窟——指月（参见第三十七回《咏白海棠》其四注④）。翻——倾。银浪——喻月光。宋代陈与义《咏月》诗："玉盘忽微露，银浪泻千顷。"这里转而形容雪如月光倾泻大地。

② 霞城——此处指赤城山，在浙江天台县北。其山"土色皆赤，状似云霞，望之如雉堞（城墙）"（见《会稽记》）。晋代孙绰《天台赋》：

"赤城霞起而建标。"隐——指隐没于雪中。赤标——谓赤色高峰望之可作标识。

沁梅香可嚼，（黛玉）淋竹醉堪调①。（宝钗）

【注释】

①"沁梅"二句——上句典出《花史》：宋时，"铁脚道人常爱赤脚走雪中，兴发则朗诵《南华·秋水篇》，嚼梅花满口，和雪咽之。曰：'吾欲寒香沁入肺腑。'"下句意谓醉闻雪压竹之声，正好弹琴。用宋代王禹偁《黄冈竹楼记》意："冬宜密雪，有碎玉声；宜鼓琴，琴调和畅。"文中亦言"醉"酒。

或湿鸳鸯带，（宝琴）时凝翡翠翘①。（湘云）

【注释】

①"或湿"二句——二句主语都是雪。或、时，都是"有的"的意思。翘，古代贵族妇女头上的首饰。

无风仍脉脉①，（黛玉）不雨亦潇潇。（宝琴）

【注释】

① 脉脉——与下句的"潇潇"都是风雨飘洒的样子，这里用以形容雪之纷纷扬扬。

欲志今朝乐①，（李纹）凭诗祝舜尧②。（李绮）

【注释】

① 志——记载。此句庚辰本为李纨所咏，但小说中接写李纨阻止众人说"够了，够了"，按文理，当属李纹所咏。今从戚序本。

②舜尧——唐尧、虞舜，传说中古代的贤君。封建时代对帝王称功颂德常用之。

【鉴赏】

芦雪广吟咏，参加联句者就多至十二人，确乎盛况空前。但盛会只是暂时的表象。薛宝琴、邢岫烟、李氏姊妹等一大批人拥到贾府"来访投各人亲戚"，为的就是求人家"治房舍，帮盘缠"，或暂找一个避风之所。这说明封建地主阶级内部的荣枯转递过程正在日益加速。她们借以荫庇栖身的大树，虽然表面枝叶尚茂，但内部早已朽烂不堪。在这几回以后，它的颓败征象也就很快地从各方面暴露出来了。封建官僚大家族不管眼前景况如何，都在或早或迟地走向衰亡。今日的欢笑隐伏着明天更大的悲哀。

联句，这种诗体本起于宫廷（相传滥觞于汉代"柏梁诗"），虽然渊源长久，但历来很少产生过什么有价值的作品，始终近乎一种比赛作诗技巧的文字游戏。清代文人相聚联句之风特盛。与曹雪芹交往很密的敦诚的《四松堂集》中也就有不少联句诗可以说明这一情况。所以，小说中这些情节，也是借虚构的人物故事对当时封建文人的这种习好所作的现实描绘。

清代有人评这首联句说："起首插入凤姐，自是新妙，然后半太嫌杂乱，毫无精采。……且黛玉联句中既有'斜风仍故故'，又有'无风仍脉脉'，断无此复叠之法。雪芹于此似欠检点。"（野鹤《读红楼札记》）批评者论诗还是有一定见地的，比如指出黛玉两句不应相犯。但论小说就不怎么高明：他不知道曹雪芹并非是因为自己作了几首诗，硬要塞给读者，才编造这一情节的。"杂乱"，本是这种百衲衣式的联句体的通病。如果作者一心为了传自己的诗，而把这首五言排律写得脉络分明，层次清楚，自然一气，"精采"动人，避免了联句本来无法避免的疵病，结果对小说反映现实真实这一点来说，倒真是太"欠检点"了。湘云说："我也不是作诗，竟是抢命呢！"描写这类"抢命"而作的东西，既能在个别诗句上注意照顾人物的不同特点（比如那些"颂圣"的句子就不出于宝、黛之口，黛玉说"斜风仍故故"，宝玉接"清梦转聊聊"之类的安排，也显然是有所用意的），又在总体上并不使它显得有多少思想艺术价值，忠实于事物本来应有的面貌，这正是作者高明的地方。

赋得红梅花三首

（第五十回）

【说明】

芦雪广联句，宝玉独少，被罚往栊翠庵折红梅花，大家又叫新来的岫烟、李纹、宝琴每人再作一首七律，按次用"红""梅""花"三字做韵。专命折得红梅的宝玉作一首《访妙玉乞红梅》诗（见下）。

咏红梅花得红字

邢岫烟

桃未芳菲杏未红①，冲寒先已笑东风②。
魂飞庾岭春难辨③，霞隔罗浮梦未通④。
绿萼添妆融宝炬，缟仙扶醉跨残虹⑤。
看来岂是寻常色⑥，浓淡由他冰雪中。

【注释】

① 芳菲——花草香美。

②"冲寒"句——红梅早已冒着寒冷迎东风而开放。笑，花开如笑，是表示开的修辞用法。

③"魂飞"句——意谓红梅若移向庾岭，其景色就与春天很难区别了。庾岭盛植梅。借"庾岭"点出梅花，借"春"点出色红。

④"霞隔"句——用隋代赵师雄游罗浮山梦见梅花化为"淡妆素服"的美人与之欢宴歌舞的故事（见《龙城录》）。用"霞"，喻花红。用"隔"、用"未通"，是因赵师雄所梦见的罗浮山梅花是淡色的，与所咏的红梅不同。

⑤"绿萼"二句——意谓红梅似燃着红烛、添加了红妆的萼绿仙子，又如喝醉了酒在跨过赤虹的白衣仙女。绿萼，梅花绿色的称绿萼梅，这里

借梅拟人，说"绿萼"，即仙女萼绿华，故曰"添妆"，与下句取喻相类。《增补事类统编·花部·梅》"萼绿仙人"注引《石湖梅谱》："梅花纯绿者，好事者比之九嶷仙人萼绿华云。"妆，指红妆、红衣、胭脂等。宝炬，指红烛。宋代范成大《红梅》诗："午枕乍醒铅粉退，晓妆初罢蜡脂融。"缟仙，本喻梅花（见第三十七回《咏白海棠》其一注⑤）。扶醉，醉须人扶。以"醉"颜点出花红。残虹，虹以赤色最显，形残时，犹可见。南朝江淹《赤虹赋》："寂火灭而山红，馀形可览，残色未去。"也借以喻花红。

⑥"看来"句——包含二义：一、花色美丽，不同寻常；二、梅花一般都是淡色的，用"岂是"来排除，是为了说红梅。

咏红梅花得梅字

李　纹

白梅懒赋赋红梅①，逞艳先迎醉眼开②。
冻脸有痕皆是血③，酸心无恨亦成灰④。
误吞丹药移真骨⑤，偷下瑶池脱旧胎⑥。
江北江南春灿烂，寄言蜂蝶漫疑猜⑦。

【注释】

① 白梅懒赋——即"懒赋白梅"。

②"逞艳"句——意即春未到，红梅逞艳，先迎着我醉眼开放。以醉说红。

③ 冻脸——因花开于冰雪中，颜色又红，故喻之。借意于苏轼《定风波·咏红梅》词："自怜冰脸不宜时。"痕——泪痕。以血泪说红。

④ 酸心——梅花花蕊孕育梅子，故言酸。等到时过，虽无怨恨，花亦乌有，所以说"成灰"。借意于李商隐《无题》诗："春心莫共花争发，一寸相思一寸灰。"

⑤"误吞"句——说梅花本是白的，因误吞神奇的丹药而换了骨格，变成红花。"丹药"的"丹"双关义就是红。范成大《梅谱》："世传吴下红梅诗甚多，惟方子通一篇绝唱，有'紫府与丹来换骨，春风吹酒上凝

脂'之句。"

⑥"偷下"句——说红梅本是瑶池的碧桃，因偷下红尘，而脱去旧形，幻为梅花。传说瑶池种植仙桃，《西游记》中孙悟空所偷吃的即是。

⑦"江北"二句——意谓请告诉蜂蝶，不要把红梅错认作是桃杏，而疑猜是否已到了春色灿烂的季节。春灿烂，因红梅色似春花才这样说的，非实指。当时还是冰雪天气。蜂蝶，多喻轻狂的男子。漫，莫、不要。

咏红梅花得花字

薛宝琴

疏是枝条艳是花，春妆儿女竞奢华①。
闲庭曲槛无馀雪，流水空山有落霞②。
幽梦冷随红袖笛③，游仙香泛绛河槎④。
前身定是瑶台种⑤，无复相疑色相差⑥。

【注释】

①"春妆"句——为红梅花设喻。春妆，亦即红妆之意。

②"闲庭"二句——通过写景含蓄地说梅花不是白梅，而是红梅。闲庭，幽静的庭院。馀雪，喻白梅。唐代戎昱《早梅》诗："不知近水花先发，疑是经春雪未消。"落霞，喻红梅。宋代毛滂《木兰花·红梅》词："酒晕晚霞春态度，认是东君偏管顾。"

③"幽梦"句——意谓随着女子所吹的凄清的笛声，梅花也做起幽梦来了。以"冷""笛"烘染梅花（参见同回上题联句"何处梅花笛"注①）。以"红袖"的"红"点花的颜色。

④"游仙"句——意谓梅花的香气，使人如游仙境。乘槎游仙的传说，见于《博物志》：银河与海相通，居海岛者，年年八月定期可见有木筏从水上来去。有人便带了粮食，登上木筏而去，结果碰到了牛郎织女。泛，漂浮、乘舟。绛河，传说中仙界之水。《拾遗记》："绛河去日南十万里，波如绛色。"乘槎本当用"天河""银河"，而换用"绛河"，是为了点花红。槎（chá 茶），木筏。

⑤瑶台种——就是说它是"阆苑仙葩"。瑶台，仙境。咏梅诗词多有此类比喻，如杜牧《梅》诗："掩敛下瑶台。"

⑥"无复"句——不要因为红梅花模样与仙葩不太一样而怀疑它曾是瑶台所种。色相，本佛家语，这里是说花的颜色和样子。

【鉴赏】

参见下面《访妙玉乞红梅》诗鉴赏。

访妙玉乞红梅

（第五十回）

贾宝玉

酒未开樽句未裁①，寻春问腊到蓬莱②。
不求大士瓶中露③，为乞嫦娥槛外梅④。
入世冷挑红雪去，离尘香割紫云来⑤。
槎枒谁惜诗肩瘦⑥，衣上犹沾佛院苔⑦。

【注释】

①开樽——动杯，开始喝酒。樽，酒杯。句未裁——诗未作。裁，裁夺、构思推敲。

②寻春问腊——即乞红梅。以"春"点红，以"腊"点梅。蓬莱——仙境，以比出家人妙玉所居的栊翠庵。

③大士——指观音大士。宗教宣传以为她的净瓶中盛有甘露，可救灾厄。这里以观世音比妙玉。

④嫦娥——比妙玉。程高本作"孀娥"，误。妙玉岂是孀妇？槛外——栏杆之外。又与妙玉自称"槛外人"巧合。所以黛玉说："凑巧而已。"（据庚辰本）程高本改为"小巧而已"，也是不细察原意的妄改。

⑤"入世"二句——诗歌的特殊修辞句法。将栊翠庵比为仙境，折了梅回"去"称"入世"；"来"到庵里乞梅称"离尘"。梅称"冷香"，所

以分"冷""香"于两句之中。"挑红雪""割紫云"都喻折红梅,宋代毛滂《红梅》诗:"深将绛雪点寒枝。"唐代李贺《杨生青花紫石砚歌》:"踏天磨刀割紫云。"紫云,李诗原喻紫色石。

⑥"槎枒"句——意即"谁惜诗人瘦肩槎枒"。槎枒,亦作"楂枒""查牙",形容瘦骨嶙峋的样子。这里说因冷耸肩,写自己踏雪冒寒往来。苏轼《是日宿水陆寺》诗:"遥想后身穷贾岛,夜寒应耸作诗肩。"

⑦ 佛院苔——指栊翠庵的青苔。这句是以诗的语言借衣沾苔绿说自己归途中尚念念不忘佛院之清幽。诗文中多以"苔"写幽境。

【鉴赏】

封建贵族阶层精神空虚,作诗竟成了一种消磨时光和精力的娱乐。他们既然除了"风花雪月"之外,别无可写,也就只得从限题、限韵等文字技巧方面去斗智逞能。小说中已换过几次花样,这里每人分得某字为韵,也是由来已久的一种唱和形式。一一描写这种诗风结习,客观上反映了当时这一阶层人物的精神状态。

从人物描绘上说,邢岫烟、李纹、薛宝琴都是初出场的角色,应该有些渲染。但她们刚到贾府,与众姊妹联句作诗,照理不应喧宾夺主,所以芦雪广联句除宝琴所作尚多外,仍只突出湘云。众人接着要她们再赋红梅诗,是作者的补笔,借此机会对她们的身份特点再作一些提示。当然,这是通过诗句来暗示的。

作者曾借凤姐的眼光,介绍邢岫烟虽"家贫命苦","竟不像邢夫人及他的父母一样,却是温厚可疼的人"(第四十九回)。她的诗中红梅冲寒而放,与春花难辨,虽处冰雪之中,而颜色不同寻常,隐约地包含着这些意思。

李纹姊妹是李纨的寡婶的女儿,从诗中泪痕皆血、酸心成灰等语来看,似乎也有不幸遭遇,或是表达丧父之痛。"寄言蜂蝶"莫作轻狂之态,可见其自恃节操,性格上颇有与李纨相似之处。大概是注重儒家"德教"的李守中一族中共同的环境教养所造成的。

薛宝琴是"四大家族"里的闺秀,豪门千金的"奢华"气息,比其他人都要浓些。小说中专为她的"绝色"有过一段抱红梅、映白雪的渲染文字。她的诗仿佛也在作自画像。

宝玉自称"不会联句"，又怕"韵险"，作限题、限韵诗，每每"落第"。他恳求大家说："让我自己用韵罢，别限韵了。"这并非由于他才疏思钝，而是他的性格不喜欢那些形式上人为的羁缚。为了补明这一点，就让他受"罚"，再写一首不限韵的诗来咏自己的实事。所以，这一次湘云"鼓"未绝，而宝玉诗已成。随心而作的诗就有创新：如"割紫云"之喻，借李贺的词而不师其意；"沾佛院苔"的话，也未见之于前人之作。诗歌处处流露其性情。"入世""离尘"，令人联想到宝玉的"来历"与归宿。不求"瓶中露"，只乞"槛外梅"。宝玉后来的出家，并非为了修炼成佛，而是想逃避现实，"蹈于铁槛之外"。这些，至少在艺术效果上，增强了全书情节结构的精细严密。

怀古绝句十首
（第五十一回）

薛宝琴

【说明】

薛宝琴见宝、黛、钗等作诗谜，就说自己从小所走的地方古迹不少，今作十首怀古诗，内隐十物，请大家猜。大家都说它"自然新巧"，赞它"奇妙"，但猜了一回，都猜不着。追念古昔之事的诗叫怀古诗，但从古事中所生出的感触，却常与当今现实相联系。

赤壁怀古①

赤壁沉埋水不流②，徒留名姓载空舟③。
喧阗一炬悲风冷④，无限英魂在内游。

【注释】

①赤壁——山名，在今湖北嘉鱼东北长江南岸。东汉建安十三年（208），孙权与刘备联军用火攻，大破曹操军于此。

②沉埋水不流——折戟沉尸于江中，而江水为之阻塞不流。言曹军伤亡重大。

③"徒留"句——战舰上插帜，上书将帅姓氏，兵败后，空见船上旗号而已。

④喧阗（tián 田）——声音大而杂。一炬——一把火，指三江口周瑜纵火。

交趾怀古①

铜铸金镛振纪纲②，声传海外播戎羌③。
马援自是功劳大④，铁笛无烦说子房⑤。

【注释】

①交趾——公元前3世纪末，南越赵佗侵占瓯貉后所置的郡。公元前111年后受汉统治。后辖境逐渐缩小，公元589年废。

②"铜铸"句——秦始皇统一六国后，曾收兵器铸金钟和铜人。这里借指马援建立了战功。铜铸金镛，程高本改作"铜柱金城"以切合"交趾"之题。但从寓意说，不能改（详本诗"备考"），故仍从脂本。程高本改文所依据的史实是：东汉光武帝时，交趾郡人民为反抗地方官吏的暴虐，举行起义，得到附近各郡人民的响应，很快就攻克六十五城。建武十八年（42），刘秀派马援率兵八千合交趾兵共二万余人进行镇压。之后马援便在交趾立两根铜柱为标志，作为汉朝的边界。金城，西汉始元六年（前81）所置郡名，辖相当今甘肃西南、青海东部一带。郡之西南，为我国少数民族羌族所居。汉光武帝时，羌兵反汉入金城，马援率军击破羌兵，把七千羌人迁徙到三辅。金镛，铜铸成的大钟。振纪纲，所谓振兴国家力量，整顿法纪王纲。

③声——声名。海外——古代泛称汉政权统治区域之外的四邻为海外。戎羌——羌族又被称为"西戎"。

④马援（前14—49）——汉将军，字文渊。王莽末为汉中太守，后依附割据陇西的隗嚣，继归东汉光武帝刘秀，参加攻灭隗嚣、平定凉州的战争。曾于金城击败先零羌兵，率兵征伐交趾，封伏波将军、新息侯。后

进击西南武陵少数民族时，病死军中。

⑤ "铁笛"句——这是连看上一句说的，意思是若论劳苦功高，当数马援，有笛曲可征其事迹，用不着去说汉初的张良。有谓张良曾吹笛作楚声，乱项羽军心于垓下，此实出好事者附会。马援在交趾得胜之后，闻刘尚进击武陵五溪西南夷，军败覆没，遂向刘秀请战。刘秀怜其老，马援说自己尚能披甲上马，并当场试骑。刘秀称赞说："矍铄哉，是翁也！（精神真好啊，这老头子！）"结果他在南征途中病死。留存其诗《武溪深行》一首，写武溪毒淫，征途艰险。"铁笛"所吹之曲，即指此。崔豹《古今注》："《武溪深》，马援南征时作。门生爱寄生善笛，援作歌以和之。"子房，汉初张良的字。张良为刘邦建立统一的汉帝国作出了很大的贡献。刘邦曾称赞他说："运筹策帷帐中，决胜千里外，子房功也！"所以举以比马援。

钟山怀古①

名利何曾伴汝身②，无端被诏出凡尘③。

牵连大抵难休绝④，莫怨他人嘲笑频⑤。

【注释】

① 钟山——亦称钟阜、北山，即今南京东北的紫金山。宋代张敦颐《六朝事迹编类》："（刘宋）文帝为筑室于钟山西岩下，谓之招隐馆。至齐，周颙（yóng 拥阳平）亦于钟山西立隐舍，休沐（假日）则归。后颙出为海盐令，孔稚珪（guī 规）作《北山移文》（移文是官府文书的一种）以讥之。"诗即写其事。周颙，字彦伦，汝南（今河南汝南县境）人，《南齐书》中有其传。考史传所载，周颙曾为剡令、山阴县令，而未尝为海盐县令，一生仕宦不绝，并没有隐而复出的事。其立隐舍于钟山，系在京任职时，供假日休憩之用。孔稚珪所作，乃寓言体游戏文章，假设山灵口吻斥责周颙，以讽刺隐士贪图官禄的虚伪情态，未必都有事实根据。

② "名利"句——你何尝存有什么名利观念。汝，你。这句说周颙隐居钟山，语带嘲讽。

③ 无端——平白无故，也是讥语。被诏——指奉命出为海盐县令。出

凡尘——离开隐舍，出来到尘世上做官。

④ 牵连——指世俗的种种牵挂、连累。

⑤ 嘲笑频——历来嘲笑隐士"身在江海之上，心居魏阙之下"者甚多，不独孔稚珪之讥讽周颙。

淮阴怀古①

壮士须防恶犬欺②，三齐位定盖棺时③。
寄言世俗休轻鄙④，一饭之恩死也知⑤。

【注释】

① 淮阴——秦代所置的县，即今江苏清江，故城在其东南。刘邦封韩信为淮阴侯于此。韩信，淮阴人。出身为市井无赖。初属项羽，后归刘邦。曾被任为大将，封为齐王，徙为楚王，又降为淮阴侯。在楚汉战争中，破赵、平齐、击楚，战绩颇著。后被吕后所杀。

②"壮士"句——指韩信年轻贫贱时，曾遭淮阴恶少的欺侮。当时，他被迫从人家的裤裆底下钻过去。恶犬，指淮阴恶少。

③"三齐"句——韩信被封为齐王之日，正是决定他最后结局之时。秦亡后，项羽将齐地分为胶东、齐、济北三个诸侯国，故称三齐。三齐位，即齐王之位。韩信破赵平齐后，向刘邦讨价，要求立他为齐国的假王。刘邦大怒，大骂使者。张良急了，连忙踩他的脚，要他对韩信暂时容忍。刘邦马上改口骂道："大丈夫要做就做真王，做什么假王！"立即封韩信为齐王。当时，楚汉相持不下，"天下权在韩信"，韩信的向背，关系重大，所谓"为汉则汉胜，与楚则楚胜"。齐人蒯通劝韩信不如割据一方，谁也不依靠，"三分天下，鼎足而居"。否则，"勇略震主者身危"，将来必自取其祸。韩信因受刘邦之封，不愿背汉。后来，他伏罪被处死前说："吾悔不听蒯通之计。"

④"寄言"句——韩信早年贫困，品行不端，不事生产，"常从人寄食饮，人多厌之者"，受"胯下之辱"时，"市人皆笑信以为怯"。这里叫世俗之人不要小看和鄙视他，是说他日后大有作为，且能受恩知报。

⑤"一饭"句——韩信有一次在城下钓鱼，一个漂洗丝棉的妇人可怜

他饥饿,给他饭吃。后来韩信封王时,召见这个妇人,赐赠千金以报答她的"一饭之恩"。

广陵怀古①

蝉噪鸦栖转眼过②,隋堤风景近如何③?
只缘占得风流号,惹出纷纷口舌多④。

【注释】

① 广陵——广陵郡,隋时先称扬州,又改为江都郡,治所在今江苏扬州。隋炀帝(杨广)大业元年(605)三月,调动河南诸郡男女百余万开挖通济渠,自长安直通江都。河渠两岸堤上,种植杨柳,谓之隋堤。又沿渠造离宫四十余所,江都宫尤为华丽。同年仲秋,隋炀帝率萧皇后以下嫔妃、诸王、公主、百官、僧尼、道士、侍从等一二十万人大举出游江都。水上龙舟楼船,相衔二百余里,挽船壮丁八万余人;两岸骑兵护送,旌旗如林。穷极侈靡,耗尽国力,所过之处,百姓遭殃。

② 蝉噪鸦栖——柳树上多蝉和乌鸦,借以说隋堤景物。

③ "隋堤"句——其实就是问当年繁华欢乐,如今是否还在。

④ "只缘"二句——这是说,只因为隋炀帝喜欢游玩逸乐,得了个"风流"皇帝的称号,所以才招来后世纷纷讥贬。确实,荒淫奢侈是隋炀帝的罪过,但开凿运河,在历史上却是有功绩的。占得,程高本作"占尽",与宾语"风流号"不相称,风流可以占尽,称号只能占得。

桃叶渡怀古①

衰草闲花映浅池,桃枝桃叶总分离②。
六朝梁栋多如许③,小照空悬壁上题④。

【注释】

① 桃叶渡——在今南京秦淮河与青溪合流处。桃叶,是晋代王献之的

妾，曾渡河与献之分别，献之在渡口作《桃叶歌》相赠，桃叶作《团扇歌》以答。后人就叫这渡口为桃叶渡（见《古今乐录》）。

②"衰草"二句——因人名桃叶，所以用花草萧瑟的秋天，桃树上叶子离开枝条来说人的分别。

③ 梁栋——大臣的代称。王献之曾为中书令。多如许——多半如此。指难免都会有离别亲人的憾恨。

④"小照"句——意即题着字的壁上空悬着小照。小照，画像。空悬，徒然地挂着。王献之曾有壁上题字及作画事（见《晋书·王献之传》）。

青冢怀古①

黑水茫茫咽不流②，冰弦拨尽曲中愁③。
汉家制度诚堪叹，樗栎应惭万古羞④。

【注释】

① 青冢——王昭君的墓，在今内蒙古自治区呼和浩特南。王昭君，即王嫱（汉元帝时宫人，貌美。汉元帝对当时北方少数民族政权实行和亲政策，将她远嫁匈奴）。清代宋荦《筠廊偶笔》："墓无草木，远而望之，冥濛作黛色，故曰青冢。"近人张相文《塞北纪游》所记略同。别有"胡地多白草，王昭君冢独青"之说，当出于附会。

② 黑水——黑河，即今呼和浩特南之大黑河。《清一统志》："昭君死，葬黑河岸，朝暮有愁云怨雾覆冢上。"咽不流——河水哽咽不流，极写愁怨。

③"冰弦"句——传说昭君出塞，弹琵琶以寄恨。冰弦，指一种优质蚕丝制成的琵琶弦。杜甫《咏怀古迹（昭君）》诗："千载琵琶作胡语，分明怨恨曲中论。"弹琵琶事本不属王嫱，是晋代以后的附会。翟灏《通俗编》："石崇《王明君辞序》云：'昔公主嫁乌孙，令琵琶马上作乐，以慰其道路之思，其送昭君亦必尔也。'石崇既有此言，后人遂以实之昭君。误矣！"

④"汉家"二句——指汉元帝遣王昭君和亲事。《西京杂记》中说，汉元帝因后宫女子多，就叫画工画了像来，看图召见。宫人都贿赂画工，

独王嫱不肯，所以她的像画得最坏，不得见元帝。后来，匈奴来求亲，元帝就按图像选昭君去。临行前，才发现她最美，悔之不及，就把毛延寿等许多画工都杀了。这个故事并不符合史实（昭君是自愿和亲的），但流传很广，这里也用了。两句说，汉元帝的这套办法实在可悲，如此昏庸的皇帝，受到历来人们的讥刺，他自己也该感到惭愧吧！叹，戚序本作"操"，不通；程高本作"笑"。今从庚辰本。樗栎（chū lì 初力），臭椿和柞树。旧时说它们是不成材的树木，用以喻无用的人（见《庄子·逍遥游》）。这里指汉元帝。羞，蒙羞、被讥。

马嵬怀古①

寂寞脂痕渍汗光②，温柔一旦付东洋③。
只因遗得风流迹，此日衣衾尚有香④。

【注释】

①马嵬——马嵬驿，亦叫马嵬坡。在长安西百余里处，今陕西兴平西。杨贵妃死于此。杨贵妃，小名玉环，幼时养于叔父家，开元二十三年（735）册封为寿王（玄宗之子李瑁）妃。以后，被玄宗度为女道士，住太真宫，道号太真。天宝四载（745），册封为玄宗贵妃，极受宠幸。杨家一门，因此显贵。其宗兄杨国忠为右丞相，三个姐姐，封韩、虢、秦三国夫人，权势炙手可热。天宝十五载，安禄山叛兵攻破潼关，玄宗仓皇逃往四川，到马嵬驿，六军驻马不进，指杨家为致乱祸根，杀杨国忠。杨贵妃被缢死，卒年三十八岁。

②"寂寞"句——脸上毫无生气，脂粉被亮光光的汗水所沾污。写杨贵妃缢死时的面相。渍（zì 自），液体粘在东西上。程高本作"积"，误。今从庚辰本。

③付东洋——付之东流，成空。

④"只因"二句——传说中杨贵妃的"风流"事甚多，是泛说。记其遗迹留香事的，如《新唐书·后妃传》谓玄宗从四川归来，过马嵬，派人备棺改葬，发土，得贵妃之香囊。刘禹锡《马嵬行》则说："不见岩畔人，空见凌波袜。……传看千万眼，缕绝香不歇。"衣衾，戚序、程高本作

"衣裳"。今从庚辰本。

蒲东寺怀古①

小红骨贱最身轻②，私掖偷携强撮成③。
虽被夫人时吊起，已经勾引彼同行④。

【注释】

① 蒲东寺——唐代元稹《莺莺传》（一名《会真记》）和元代王实甫据此改编的杂剧《西厢记》中所虚构的佛寺，名叫普救寺，因在蒲郡之东，所以又称蒲东寺。故事中张生与崔莺莺同寓居寺中而恋爱。

② 小红——指莺莺的婢女红娘。骨贱、身轻——红娘是一个敢于反抗封建礼教的女奴，她主动、热情地帮助张生和莺莺，从封建道学眼光看来，不安分的红娘是所谓骨头生得轻贱。最——程乙本作"一"。

③ "私掖（yè 业）"句——指红娘为双方撮合。掖，用手扶着别人的胳膊。故事中莺莺来往于张生处，都由红娘扶着。

④ "虽被"二句——《西厢记》中《拷红》一折，写莺莺母亲郑氏为逼问私情而拷打红娘，但为时已晚，张生与莺莺早已配成了一对。吊起，当为牵合谜底而用，是泛说，剧中只言拷打。

梅花观怀古①

不在梅边在柳边②，个中谁拾画婵娟③？
团圆莫忆春香到，一别西风又一年④。

【注释】

① 梅花观——明代汤显祖戏曲《牡丹亭》中写杜丽娘抑郁成疾，死葬梅花观后面梅树之下，柳梦梅旅居该观，与丽娘鬼魂相聚，并受托将她躯体救活，后来结为夫妻。

② "不在"句——杜丽娘死前曾自画肖像，并在画上题诗一首："近睹

分明似俨然，远观自在若飞仙；他年得傍蟾宫客，不在梅边在柳边。"末句中隐柳梦梅名字。

③ 个中——此中。拾画婵娟——指柳梦梅在观中拾得杜丽娘的自画像。婵娟，美好的样子，多形容女子。

④ "团圆"二句——不要去回想春香来到而得团圆的情景，别离以来，西风又起，又过去一年了。春香，杜丽娘的婵女。剧中柳梦梅在外怀念丽娘，有"砧声又报一年秋"等语。

【鉴赏】

薛宝琴常夸自己从小跟随父亲行商，足迹广，见闻多。这是可信的。不过，说《怀古绝句十首》都是自己所亲历的地方古迹，则未免是信口编造。且不说她北至内蒙古呼和浩特，南至交趾是否可能，即如蒲东寺、梅花观，本传奇作者所虚构，又何从去寻找古迹呢？李纨关于"关夫子的坟多"的解说，只是替她圆谎而已。宝琴对自己幼年经历的夸耀和怀古诗总的情调比较低沉是一致的，都曲折地反映出她原先的家庭已经每况愈下了。否则，她何至于前来投靠贾府呢？不过，她眼前所过的总还是贵族小姐的奢华生活，她真正悲哀的日子，将随着四大家族的没落而到来。那时候，她还会再一次走得远远的，而且将会以十分感伤的心情来回忆大观园的生活。这一点，留待《真真国女儿诗》中去说。

薛宝钗挑剔她妹妹作的蒲东寺、梅花观二首，说是史鉴中无考，"我们也不大懂得"，要她另作两首。黛玉笑她"矫揉造作"，可谓一语破的。

真真国女儿诗

（第五十二回）

薛宝琴　述

昨夜朱楼梦①，今宵水国吟②。

岛云蒸大海③，岚气接丛林④。

月本无今古，情缘自浅深⑤。

汉南春历历⑥，焉得不关心⑦？

【说明】

　　薛宝琴说自己八岁时曾跟父亲到西海沿上买洋货，见到一个真真国里的很漂亮的女孩子，十五岁，会讲《五经》，能作中国诗词。这首五律，据宝琴说就是那位"外国美人"作的。

【注释】

　　① 朱楼——即红楼，指代贵族之家。

　　② 水国——环海之地，岛国。

　　③ "岛云"句——海水蒸腾而成岛上的云。

　　④ 岚（lán 兰）气——山林中的雾气。亦指岛上景象。

　　⑤ "月本"二句——意谓古时的月亮与今天本无区别，因为人的感情有深浅不同，所以多情人便会对月发生感慨。诗词中此类感慨甚多，如李白《把酒问月》诗："今人不见古时月，今月曾经照古人。古人今人若流水，共看明月皆如此。"缘，因为。自，本有。

　　⑥ 汉南——本言汉水之南，这里非实指，是用典，说人生易老，俯仰今昔，不堪迟暮之感。语出北朝庾信《枯树赋》："昔年移柳，依依汉南；今看摇落，凄怆江潭；树犹如此，人何以堪！"（赋的后两句又用桓温北征途中，见前所植柳树已十围，因慨叹流涕事。见《世说新语·言语》）后用此典，亦都通过杨柳来感慨，如杜甫《柳边》诗："汉南应老尽，灞上

163

远愁人。"春——春色，借汉南柳指"朱楼"之柳色。历历——历历在目，看得清清楚楚。这句说，回想起来，昔时情景如在眼前。

⑦ 焉得——怎能。

【鉴赏】

薛宝琴所说的"外国美人"作中国诗的奇闻，不论真假，能使一些人相信，这就得有一定的现实基础。那就是：在历史上，我国民族文化在对外交流中曾产生过很大的影响，清代的工商交通事业和海外贸易都有新的发展，当时有一批像薛宝琴父亲那样为皇家出海经办洋货的豪商。

但是，除了上述的客观意义外，作者写这一情节，却另有意图。他有意让宝琴把事情说得过于神奇，在一些细节上甚至吹得离谱，使读者疑心这一切也许是宝琴在信口编造。事实也果然如此。作者接着就让黛玉当场戳穿她："'这会子又扯谎……我是不信的。'宝琴便红了脸，低头微笑不语。"还是宝钗给她解了围。国名"真真"，岂不就是"真真假假"的意思？

其实，这位十五岁作诗的"外国美人"也就是宝琴自己。你看，宝琴说那个美人如同"画上的美人一样"，还说"实在画儿上也没他好看"。贾府里的人也曾称赞宝琴这个外来的美人如"仇十洲画的《艳雪图》"，贾母说："那画的哪里有这件衣裳？人也不能这样好！"这是写法上偶然雷同吗？不是的。

新来贾府的四位姑娘中，薛宝琴是作者花笔墨最多，重点描写的人物。她的命运在八十回之后，不会没有交代；而且根据作者总用诗词隐写大观园女儿们命运的惯例，宝琴的后事，也必定有诗暗示。她所写的《怀古绝句》只暗示别人的命运，她所口述的《真真国女儿诗》才隐寓着她自己的将来。

全诗说自己憔悴流落于云雾山岚笼罩着的海岛水国，昨日红楼生活已成梦境。眼前只能独自对月吟唱，忆昔抚今，不胜伤悼。何以知道这客观上就是宝琴将来的自况呢？因为有她前作《咏红梅花》一诗可以与之相印证，而且只有把那一首咏物寓意的七律与这一首直抒情怀的五律加以印证，前者关于红梅花的种种设喻的隐义，才能豁然开朗，获得比较明确的解说。

在那首诗中，第二联为"闲庭曲槛无馀雪，流水空山有落霞"。"闲庭曲槛"，就是这首诗中的"朱楼"，即大观园。"无馀雪"，"雪"谐音

"薛"，将来不仅宝琴要离开贾府，宝钗也不能再住蘅芜苑了，她贫困得只好依靠蒋玉菡、袭人的"供奉"（第二十八回脂评）。"流水空山"，也就是"岛云蒸大海，岚气接丛林"的"水国"。"有落霞"，是唐代王勃名句"落霞与孤鹜齐飞"的歇后语（这句文句与歇后语手法，以后的酒令中还将用到），说独处海岛如孤飞之野鹜。"幽梦冷随红袖笛，游仙香泛绛河槎"一联，"幽梦冷"也是说孤寂。"红袖笛"与香菱《吟月》诗用"绿蓑闻笛"、"红袖倚栏"烘托月亮的方法相同，正合"月本无今古，情缘自浅深"一联。"乘槎游仙"，仍是关于海岛上居住者的传说。至于"前身定是瑶台种，无复相疑色相差"，有了"汉南"一联，我们才明白教人们不要因眼前"色相差"而疑其"前身"本是"瑶台种"的深意，原来也是回忆往昔的青春荣华，感叹如今的流落憔悴。

薛宝琴只是贾府的亲戚，而且已经是许给了梅翰林家做媳妇的人，最后境况仍不免如此凄凉。可见，小说中败落的并不限于贾府一门，确如第四回门子解说《护官符》时所说的，贾、史、王、薛四家必定"一损俱损"。他们都牵连获罪了。

花名签酒令八首
（第六十三回）

【说明】

夜宴中行酒令时所玩的象牙花名签子所镌的诗句，极大部分均可在旧时十分流行的《千家诗》中找到。因为人们比较熟悉，所以只要提起一句，就容易联想到全诗。这就便于作者采用隐前歇后的手法把对掣签人物的命运的暗示，巧寓于明提的那一句诗的前后诗句之中，而达到雅俗共赏的目的。这种"诗谶式"的表现方法，其缺点是给人以一种神秘主义的感觉。这多少反映了作者的思想有宿命论的成分，但从小说的情节结构的完整性和严密性来说，倒可以看出曹雪芹每写一人一事都是胸中有全局、目光贯始终的。这应该说是有价值的艺术经验。为了揭其所隐，我们在注释中都全引了原诗。

牡丹——艳冠群芳 （薛宝钗得）

任是无情也动人①。

【注释】

①"任是"句——出唐代罗隐《牡丹花》诗："似共东风别有因，绛罗高卷不胜春。若教解语应倾国，任是无情也动人。芍药与君为近侍，芙蓉何处避芳尘？可怜韩令功成后，辜负秾华过此身！"韩令，指韩弘，唐元和十四年曾为中书令。末联所咏之事，见《唐国史补》："京城贵游尚牡丹三十馀年矣。每春暮，车马若狂，以不耽玩为耻。……元和末，韩令始至长安，居第有之，遽命斫去。曰：'吾岂效儿女子邪？'"

【鉴赏】

花签上的诗句，虽切合宝钗感情冷漠而又能处处得人好感的性格特点，但作者引此句的主要用意，还在于隐原诗的末联（"芙蓉"句也与黛玉敌不过宝钗的情势巧合）。这里韩弘是借来比宝玉的。因为，"功成"一词也常用以表达对宗教意识的"彻悟"。所以，皈依佛门、修炼得道等，都可以说"功德圆满"。宝玉的"悬崖撒手"，正是一种斩断缠绵情意，不肯"效儿女子"之态的决绝行为；而宝钗也就像被韩令所弃的牡丹一样，只能"辜负秾华"，寂寞地了却"此身"（太虚幻境中宝钗的曲子名《终身误》，也是这个意思）。签上诗句明明是褒其艳丽动人的，谁知恰恰是在说她终生寂寞。可见，读《红楼梦》有时不能只看正面文章。

杏花——瑶池仙品 （贾探春得）

日边红杏倚云栽①。

【注释】

①"日边"句——出唐代高蟾《下第后上永崇高侍郎》诗："天上碧桃和露种，日边红杏倚云栽。芙蓉生在秋江上，不向东风怨未开。"前两句参见第五回《红楼梦曲·虚花悟》注⑤。后两句是科举落第的高蟾的自况。

【鉴赏】

花签上说："必得贵婿。"这是合所引的诗句的。或许将来真有其事，如嫁作海外王妃。但"薄命司"的"册子"和其他有关诗词中则一再暗示她远嫁不归的悲切。签中歇后的两句，正是说这方面的。一句以花在"江上"，点她离家时亲人"洒送江边望"；"不向东风怨未开"句，则与她所作的风筝谜诗中"莫向东风怨别离"的隐义完全一样。

老梅——霜晓寒姿（李纨得）

竹篱茅舍自甘心①。

【注释】

①"竹篱"句——出宋代王淇《梅》诗："不受尘埃半点侵，竹篱茅舍自甘心。只因误识林和靖，惹得诗人说到今。"北宋诗人林逋，赐谥和靖先生，杭州人，结庐西湖之孤山，不娶妻而无子，性爱植梅养鹤，有"梅妻鹤子"之称。他的诗以《山园小梅》中"疏影横斜水清浅，暗香浮动月黄昏"两句最著名，后来效法和评论这两句诗的人很多，"暗香疏影"也便成了梅的代称。

【鉴赏】

李纨是封建时代寡欲守节妇女的典型，这在前面有关诗中已经说过。《梅》诗中前两句用来比她的操守，含义自明。只是她所住的稻香村虽然也是"竹篱茅舍"，却不是真正的农家。全诗与《钟山怀古》立意相同。三、四句说她后来得以荣耀，并非本意想占风情，而是受人"牵连"之故，恰如梅花本自处幽独，被林逋诗一赞，结果"枉与他人作笑谈"，倒弄得十分热闹。作者对李纨的一生及其为人，虽有同情叹惋，却并不赞扬标榜，倒是让人们看到她的命运是一点儿也不值得钦羡的。这在当时已经是很难得的了。

<h2 style="text-align:center">海棠——香梦沉酣（史湘云得）</h2>

<h3 style="text-align:center">只恐夜深花睡去①。</h3>

【注释】

　　①"只恐"句——出宋代苏轼《海棠》诗："东风袅袅泛崇光，香雾空蒙月转廊。只恐夜深花睡去，故烧高烛照红妆。"泛崇光，参见第十七回《题大观园诸景对额》"红香绿玉"注①。后两句参见第十八回《大观园题咏》"怡红快绿"注③。

【鉴赏】

　　诗句正好合着"憨湘云醉眠芍药裀"事，所以黛玉打趣说："'夜深'二字，改'石凉'两个字倒好。"这是作者的幽默。但花签引诗，深意不止于此。苏轼原诗是惜春光短促，好景难留，所以他连夜里都要点蜡烛赏花。湘云后来的遭遇正是如此：虽有洞房花烛照红妆新人之喜，可惜转眼就"云散高唐，水涸湘江"，春光别去了。

<h2 style="text-align:center">荼蘼花——韶华胜极①（麝月得）</h2>

<h3 style="text-align:center">开到荼蘼花事了②。</h3>

【注释】

　　① 荼蘼——参见第十七回《题大观园诸景对额》"蘅芷清芬"注②。荼蘼春末开花，故苏轼有诗说："荼蘼不争春，寂寞开最晚。"任拙斋诗

说:"一年春事到荼蘼。"韶华胜极——韶华,春光。胜,好、盛。极,字面上是说好得很,实质上是指到了头。

②"开到"句——出宋代王淇《春暮游小园》诗:"一从梅粉褪残妆,涂抹新红上海棠。开到荼蘼花事了,丝丝天棘出莓墙。"前两句都是以花拟女子,说这位才卸了妆,那位又抹上了红,意即梅花落了,海棠又开。天棘,蔓生植物。论诗者多以为其名本佛家,如宋代罗大经《鹤林玉露》、叶石林《过庭录》等都认为"此出佛书"。

【鉴赏】

麝月抽到荼蘼花签时,书中有几句很有意思的描写:"(签上)注云:'在席各饮三杯送春。'麝月问:'怎么讲?'宝玉愁眉,忙将签藏了,说:'咱们且喝酒。'"宝玉对大观园中日益浓重的悲凉气息,"本已呼吸而领会之",现在见签上说"花事了",又说大家都"送春",正好触动忧思。但他不愿使麝月败兴,所以藏了签,只劝酒。

但是,宝玉只有模糊的好景不长的预感,而不可能预知诗句所内涵着的将来的具体事变。据脂评,袭人出嫁后,麝月是最后留在贫穷潦倒的宝玉夫妇身边的唯一的丫头。那么,"花事了"三字就义带双关:它既是"诸芳尽"(所以大家都"送春")的意思,又是说花袭人之事已经"了"了——她嫁人了。而歇后一句"丝丝天棘出莓墙",则是隐脂评所说的宝玉弃宝钗、麝月撒手而去。因为,不但莓苔墙垣代表着"陋室空堂"的荒凉景象,据《鹤林玉露》所说,连初用"天棘"一词的杜甫《巳上人茅斋》诗(其"天棘梦青丝"句曾引起历来说诗者的争论),也本是"为僧"而"赋"的。

并蒂花——联春绕瑞 (香菱得)

连理枝头花正开①。

【注释】

①"连理"句——出宋代朱淑贞《落花》(一作《惜春》)诗:"连理

枝头花正开，妒花风雨便相催。愿教青帝长为主，莫遣纷纷落翠苔。"连理枝，枝干连生在一起的草木，喻恩爱夫妻。青帝，东方之神，管春事。

【鉴赏】

香菱得到并蒂花签和一句喜庆的话，这好像是让人联想到上一回中她斗草时用"夫妻蕙"去对人家"姊妹花"的情节，从而觉得她将来也许真有什么喜事。其实，这是作者的"狡狯"。花签诗句只起着歇后语的作用，真意全在后一句——"妒花风雨便相催"。向花"催"命的"风雨"是用来比喻有"妒病"的悍妇夏金桂的（作者原写香菱在遭摧残后，"病入膏肓"，不久夭亡。非如八十回后续书写的，夏金桂先死，香菱被"扶正"了）。作者很喜欢暗中透露人物的命运，但常不让人一眼看穿。比如斗草一节，香菱解释"夫妻蕙"说："并头结花者为'夫妻蕙'。"别人就反问她："若两枝背面开的，就是'仇人蕙'了？"这好像是随口带出的，如果我们不是预先知道香菱的结局，怎能想到作者是在暗示"夫妻"将成为"仇人"呢？《红楼梦》不宜草草读过，作者常用这种写法，也是一个缘故。

芙蓉——风露清愁（林黛玉得）

莫怨东风当自嗟①。

【注释】

①"莫怨"句——出宋代欧阳修《明妃曲·再和王介甫》诗："汉宫有佳人，天子初未识；一朝随汉使，远嫁单于国。绝色天下无，一失难再得。虽能杀画工，于事竟何益！耳目所及尚如此，万里安能制夷狄！汉计诚已拙，女色难自夸；明妃去时泪，洒向枝上花；狂风日暮起，飘泊落谁家？红颜胜人多薄命，莫怨东风当自嗟。"明妃事参见第五十一回《青冢怀古》注。嗟，叹息。

【鉴赏】

黛玉所掣花签上的诗句，是为了隐去原诗的前一句："红颜胜人多薄

170

命。"全诗是歌行，不是句句都可比附的。不过，能切合黛玉的也不是只有最后两句，上承的"明妃去时泪"四句，就与她《葬花吟》中一些诗句很像。说黛玉是"红颜薄命"，正是说她像"枝上花"一样，禁不起"狂风"摧折，亦即暗示她后来受不了贾府事败、宝玉避祸出走那阵骤然而至的政治"狂风"的袭击，而终于泪尽而逝。作者固然同情黛玉的不幸，但也深深地惋惜她过于脆弱，又为悬心宝玉之安危而全然不自惜多病之身，没有能熬过这场灾祸而等到宝玉回来。所以说"怨"不得别人，也该"自嗟"。即脂评引《论语》语所谓："求仁而得仁，又何怨！"（第三回回末总评）可见，作者原意与续书中写婚姻不自主而造成悲剧是毫无共同之处的。因为，如续书所写，黛玉根本不"当自嗟"，而只应"怨东风"才是。

桃花——武陵别景① （袭人得）

桃红又见一年春②。

【注释】

　　① 武陵别景——意谓晋代那个捕鱼人所找到的桃花源。陶渊明《桃花源记》中说："晋太元中，武陵（今湖南常德）人，捕鱼为业……。"别景，别有天地。

　　② "桃红"句——出宋代谢枋得《庆全庵桃花》诗："寻得桃源好避秦，桃红又见一年春。花飞莫遣随流水，怕有渔郎来问津。"避秦，逃避秦二世时由苛政引起的社会动乱。《桃花源记》中说，山中人"自云先世避秦时乱，率妻子邑人来此绝境，不复出焉，遂与外人间隔"。

【鉴赏】

　　袭人所得的签，是一句带出全诗的。首句说，封建大家庭没落之时，她只好去另找归宿了。第二句说她嫁给蒋玉菡好比两度春风。第三句，唐张旭《桃花溪》诗有"桃花尽日随流水"句，说自己见此景而向渔船问津桃源。可喻消息为外人所知（如蒋玉菡在酒席上知宝玉有佳丽名袭人者），故曰"莫遣"。末句中如果把"渔郎"换成"优伶"，诗就像专为袭人而写了。

桃花行

（第七十回）

林黛玉

桃花帘外东风软，桃花帘内晨妆懒①：
帘外桃花帘内人，人与桃花隔不远；
东风有意揭帘栊②，花欲窥人帘不卷。
桃花帘外开仍旧，帘中人比桃花瘦；
花解怜人花亦愁，隔帘消息风吹透。
风透湘帘花满庭③，庭前春色倍伤情：
闲苔院落门空掩④，斜日栏杆人自凭。
凭栏人向东风泣，茜裙偷傍桃花立⑤；
桃花桃叶乱纷纷，花绽新红叶凝碧。
雾裹烟封一万株⑥，烘楼照壁红模糊⑦。
天机烧破鸳鸯锦⑧，春酣欲醒移珊枕⑨。
侍女金盆进水来，香泉影蘸胭脂冷⑩；
胭脂鲜艳何相类⑪，花之颜色人之泪⑫。
若将人泪比桃花，泪自长流花自媚；
泪眼观花泪易干，泪干春尽花憔悴。
憔悴花遮憔悴人，花飞人倦易黄昏；
一声杜宇春归尽⑬，寂寞帘栊空月痕！

【说明】

　　海棠诗社建立后，只作了几次诗，大观园中变故迭起，诗社一散就是一年。这次，大家看了黛玉这首诗，提起兴来，重建诗社，改称桃花社。但这已是夕阳晚景了。

【注释】

① 晨妆懒——清晨懒于梳妆。

② 帘栊——指窗帘。

③ 湘帘——斑竹制成的帘子。

④ 闲苔院落——庭院里长满荒苔。

⑤ 茜（qiàn 欠）裙——茜纱裙。茜，一种根可作红色染料的植物，这里指红纱。

⑥ "雾裹"句——千万株桃树盛开花朵，看上去就像被裹住在一片红色的烟雾之中。雾裹，程高本改为"树树"。"树树烟封一万株"，语颇不词。

⑦ 烘楼照壁——园桃花鲜红如火，所以用"烘"、"照"。

⑧ "天机"句——传说天上有仙女以天机织云锦。这是说桃花如红色云锦烧破落于地面。"烧"与"鸳鸯（表示喜兆的图案）"皆示红色。

⑨ 春酣——春天酣睡，亦说酒酣，以醉颜喻红色。珊枕——珊瑚枕。或因张宪诗"珊瑚枕暖人初醉"而用其词。

⑩ 影蘸——即蘸着有影之水，指洗脸。影，程乙本误为"饮"。北齐卢士琛妻崔氏，有才学，春日以桃花拌和雪给儿子洗脸，并念道："取红花，取白雪，与儿洗面作光悦；取白雪，取红花，与儿洗面作妍华。"后传桃花雪水洗脸能使容貌姣好。

⑪ 何相类——什么东西与它相像。

⑫ 人之泪——指血泪。

⑬ 杜宇——即杜鹃，也叫子规。传说古代蜀王名杜宇，号望帝，死后魂魄化为此鸟，啼声悲切。黛玉的丫鬟名紫鹃，作者起名，或亦有象征意味。

【鉴赏】

《桃花行》与《葬花吟》《秋窗风雨夕》的基本格调是一致的，在不同程度上都含有"诗谶"的成分。《葬花吟》既是宝黛悲剧的总的象征，广义地看，又不妨当作"是大观园诸艳之归源小引"（第二十七回脂批）；《秋窗风雨夕》隐示宝黛诀别后，黛玉"枉自嗟呀"的情景；《桃花行》则专为命薄如桃花的林黛玉的夭亡，预作象征性的写照。作者描写宝玉读这首诗的感受说："宝玉看了，并不称赞，却滚下泪来，便知出自黛玉。"并且借对话点出这是"哀音"。不过，作者是很含蓄而有分寸的，他只把这种象征或暗示写到隐约可感觉到的程度，并不把全诗句句都写成预言。否则，不但违反现实生活的真实，在艺术上也就不可取了。

柳 絮 词

（第七十回）

【说明】

史湘云见暮春柳絮飞舞，偶成小令。诗社就发起填词，每人各拈一小调，限时作好。宝玉没有写成，却兴起续完探春的半阕；宝钗嫌众人写的"过于丧败"，便翻案作得意之词。

如 梦 令

史湘云

岂是绣绒残吐①？卷起半帘香雾②。纤手自拈来③，空使鹃啼燕妒④。且住，且住！莫放春光别去⑤！

【注释】

① 绣绒——喻柳花。残吐——借女子唾出的绣绒线头，说柳絮因残而离。词写春光尚在，所以说"岂是残吐"。后人不晓词意，妄改此二字为"才吐"（程高本），变新枝为衰柳，与全首境界不合。明代杨基《春绣绝句》："笑嚼红绒唾碧窗。"

② 香雾——喻飞絮蒙蒙。

③ 拈（niān 蔫）——用手指头拿东西。

④ 鹃啼燕妒——以拈柳絮代表占得了春光，所以说使春鸟产生妒忌。

⑤ 莫放——庚辰本作"莫使"，与前句"空使"用字重复，且拈絮是想留住春天，以"莫放"为好。今从戚序本。南宋词人辛弃疾《摸鱼儿》词："春且住！见说道天涯芳草无归路。怨春不语，算只有殷勤画檐蛛网，尽日惹飞絮。"写蛛网沾住飞絮，希望留住春光，为这几句所取意。

【鉴赏】

《柳絮词》又都是每个人未来的自况。我们知道，湘云后来与卫若兰结合，新婚是美满的。所以词中不承认用以寄情的柳絮是衰残景象。对于她的幸福，有人可能会触痛伤感，有人可能会羡慕妒忌，这也是很自然的。她父母双亡，寄居贾府，关心她终身大事的人可能少些，她自诩"纤手自拈来"，总是凭某种见面机会，以"金麒麟"为信物而凑成的。第十四回写官客为秦氏送殡时，曾介绍卫若兰是"王孙公子"，即说湘云《红楼梦曲·乐中悲》中的所谓"才貌仙郎"。词中从占春一转而为惜春、留春，而且情绪上是那样无可奈何，这正预示着她的所谓美满婚姻也是好景不长的。

南 柯 子

贾探春（上阕）　　贾宝玉（下阕）

空挂纤纤缕，徒垂络络丝①。也难绾系也难羁②，一任东西南北各分离。　　落去君休惜，飞来我自知③。莺愁蝶倦晚芳时，纵是明春再见——隔年期④。

【注释】

①"空挂"二句——说柳条虽然如缕如丝，却难系住柳絮，所以说"空挂""徒垂"。纤纤缕、络络丝，喻柳条。

②绾（wǎn 挽）系——打成结把东西拴住。羁——缚住。

③我自知——等于说"人莫知"。植物抽叶开花都是在不知不觉中进行的。

④隔年期——相隔一年才能见到，也就是说要等到柳絮再生出来。

【鉴赏】

探春后来远嫁不归的意思，已尽于前半阕四句之中。所谓白白挂缕垂丝，正好用以说亲人不必徒然对她牵挂悬念，即《红楼梦曲·分骨肉》中说的"告爹娘，休把儿悬念……奴去也，莫牵连"。这些话当然都不是对她所瞧不起、也不肯承认的生母赵姨娘说的。作者安排探春只写了半首，正因为该说的已经说完。同时，探春的四句，如果用来说宝玉将来与黛玉生离死别，不是也同样适合吗？"空挂""难羁"云云，若解作《红楼梦曲·枉凝眉》中所预言的被羁留的宝玉对黛玉命运的"空劳牵挂"，不是也恰好吗？是的。唯其如此，宝玉才"见没完时，反倒动了兴，开了机"，提笔将它续完。这一续，全首就都像是说宝玉的了："落去"正可喻黛玉逝去，"休惜"犹言惜不得。"飞来"者，非魂即愁，梦中心头，当然只有"自知"了。"莺愁蝶倦晚芳时"，也正是"红颜老死"之日。《葬花吟》中"明年花发虽可啄"，与这里说"纵是明春再见"是一样的意思。不过，"人去梁空巢也倾"说得显露，"隔年期"说得隐曲，其实，也就是说，要与柳絮再见，除非它重生，要与人再见，除非是来世。当然，"隔年期"也完全可能又指宝玉从避祸出走、流亡在外，到重回物是人非的大观园的时间。总之，探春与宝玉若各自填词，因同隐别离内容而难免措辞重复，现在，这样处理，巧妙灵活，又不着痕迹。书中说宝玉自己该作的词倒作不出来，这正是因为作者觉得没有再另作的必要了。

唐多令

林黛玉

粉堕百花洲[1]，香残燕子楼[2]。一团团、逐对成毬[3]。飘泊亦如人命薄：空缱绻，说风流[4]！　　草木也知愁，韶华竟白头。叹今生、谁拾谁收[5]！嫁与东风春不管[6]：凭尔去，忍淹留[7]！

【注释】

① 粉堕——与下句的"香残"都指柳絮堕枝飘残，亦可隐喻女子的死亡。粉，指柳絮的花粉。百花洲——《大清一统志》："百花洲在姑苏山上。姚广孝诗：'水滟接横塘，花多碍舟路。'"林黛玉是姑苏人，借以自况。

② 燕子楼——典用白居易《燕子楼三首并序》中唐代女子关盼盼居住

燕子楼怀念旧情的事。后多用以泛说女子孤独悲愁。又苏轼《永遇乐》词："燕子楼空，佳人何在？空锁楼中燕。"故也用以说女子亡去。

③ 逐对成毬——形容柳絮与柳絮碰到时，粘在一起。对，戚序、程高本作"队"，则只就景物说。今从己卯、庚辰本。毬，即"球"，谐音"逑"。逑，配偶。这句是双关语。

④ "空缱绻（qiǎn quǎn 浅犬）"二句——小说中多称黛玉风流灵巧，词句说，徒有才华。又"风流"亦言儿女情事，故两句又是心事总成空的意思。缱绻，缠绵，情好而难分。风流，因柳絮随风飘流而用此词，说才华风度。

⑤ 谁拾谁收——以柳絮飘落，无人收拾自比。拾，戚序、程乙本作"舍"，误。以柳絮说，"舍"它的是柳枝；若作自况看，宝玉亦未曾"舍"弃黛玉。今从己卯、庚辰本。

⑥ "嫁与"句——亦以柳絮被东风吹落，春天不管，自喻青春将逝而知己无法来过问。用唐代李贺《南园》诗"可怜日暮嫣香落，嫁与春风不用媒"诗意。

⑦ "凭尔"二句——忍心看柳絮飘泊在外，久留不归。寓意则写黛玉生命将尽时，对知己的内心独白："时到如今，你忍心不回家来，我也只好任你去了！"

【鉴赏】

黛玉这首缠绵凄恻的词，不但寄寓着她对自己不幸身世的深切哀愁，而且也有着那种预感到爱情理想行将破灭而发自内心的悲愤呼声。全词语多双关，作者借柳絮隐说人事的用意十分明显。如"草木也知愁，韶华竟白头"，不但以柳絮之色白，比人因悲愁而青春老死，完全切合黛玉，而且也能与她曾自称"草木之人"巧妙照应。歇拍六字的双关义竟与我们多次提到的佚稿中宝玉出走不归、黛玉泪尽而逝的细节若合符契。从这一点上去看这首词，它对我们研究作者写宝黛悲剧的原来构思，也是有启发的。

西江月

薛宝琴

汉苑零星有限，隋堤点缀无穷①。三春事业付东风，明月梅花一梦②。　　几处落红庭院③？谁家香雪帘栊④？江南江北一般同⑤，偏是离人恨重⑥！

【注释】

①"汉苑"二句——细味这两句，似有风月繁华有限，往事遗恨无穷的双关义。汉苑，汉代皇家的园林。汉有三十六苑，长安东南的宜春苑（即曲江池），水边多植杨柳，后因柳成行列如排衙，号为柳衙。但其规模远不及隋堤，故曰"有限"。隋堤，参见第五十一回《广陵怀古》注①。

②"明月"句——后人以为"梅花"不合飞絮季节，就改成"梨花"（如程高本），殊不知这是用"梦断罗浮"的典故（参见第五十回《咏红梅花得红字》注④），本取其意而不拘于时。《龙城录》记赵师雄从梅花树下一觉醒来时，见"月落参横，但惆怅而已"。此所以用"明月"二字。又小说中说宝琴是嫁给梅翰林之子的，用"梅花"二字，或有隐意。

③落红——落花，表示春去。用"几处"说"落红"，可见衰落的不止一家。苏轼《水龙吟·次韵章质夫杨花词》："不恨此花飞尽，恨西园，落红难缀。"

④香雪——喻柳絮，暗示景物引起的愁恨。帘栊——指闺中人。

⑤一般同——都是一样的。

⑥"偏是"句——古人以折柳赠别。又柳絮飘泊不归，也易勾起离别者的愁绪。苏轼《杨花词》："细看来不是杨花，点点是离人泪。"

【鉴赏】

如果把薛宝琴这首小令与她以前所作的《赋得红梅花》诗、她口述的《真真国女儿诗》对照起来看，就不难相信朱楼梦残，"离人恨重"，正是她未来的命运。就连异乡思亲，月夜伤感，在词中也可以找到暗示。此外，从宝琴的个人萧索前景中，也反映出整个封建贵族阶级已到了风飘残絮、落红遍地的丧败境地了。"三春事业付东风，明月梅花一梦"。这是宝琴的惆怅，同时也是作者的叹息。曹雪芹终究还没有能够站到他所深感失望的那个阶级的对立立场上来看待它的没落。

临江仙

薛宝钗

白玉堂前春解舞①，东风卷得均匀②。蜂围蝶阵乱纷纷③：几曾随逝水④？岂必委芳尘⑤？　　万缕千丝终不改，任他随聚随分⑥。韶华休笑本无根⑦：好风频借力⑧，送我上青云⑨。

【注释】

① 白玉堂——参见第四回《护官符》注①。这里说柳絮所处高贵之地。春解舞——春能跳舞，这是说柳花被春风吹散，像在翩翩起舞。

② 均匀——指舞姿柔美，缓急有度。

③ "蜂围"句——意思是成群蜂蝶纷纷追随柳絮。或以蜂蝶之纷乱比飞絮，亦通。

④ 随逝水——落于水中，随波流去。

⑤ 委芳尘——落于泥土中。委，弃。

⑥ "万缕"二句——意谓尽管柳絮随风，忽聚忽分，柳树依旧长条飘拂。

⑦ "韶华"句——意即休笑我，春光中的柳絮本是无根的。

⑧ 频借力——指不断地借助于风力。

⑨ 青云——高天，也用以说名位高。如《史记·伯夷列传》："闾巷之人欲砥行立名，非附青云之士，恶能施于后世哉？"

【鉴赏】

宝钗与黛玉这两个人物的思想、性格是不同的。作者让宝钗作欢娱之词，来翻黛玉之所作情调缠绵悲戚的案，看上去只是写诗词吟咏上互相争胜，实际上这是作者借以刻画不同的思想性格特征的一种艺术手段。

但是，作者所写的钗黛并非如续书中所写的那样，为了争夺同一个婚姻对象而彼此成为情敌（黛玉对宝钗的猜疑，在第四十二回"蘅芜君兰言解疑癖"后，已不复存在。事实如脂评指出，贾府上下，人人心目中宝黛都是一对未来的"好夫妻"），作者也并不想通过他们的命运，来表现封建包办婚姻的不合理（因为写包办婚姻不合理，如八十回末脂评指出已有"迎春含悲，薛蟠贻恨"作代表了）。作者所描写的宝黛悲剧是与全书表现封建大家庭败亡的主题密切相关的。细看词的双关隐义，不难发现"蜂围蝶阵乱纷纷"正是变故来临时，大观园纷乱情景的象征。宝钗一向以高洁自持，"丑祸"当然不会沾惹到她的身上，何况她颇有处世的本领，所以词中以"解舞""均匀"自诩。黛玉就不同了，她不禁聚散的悲痛，就像落絮那样"随逝水""委芳尘"了。宝钗能"任他随聚随分"而"终不改"故态，所以黛玉死后，客观上就必然造成"金玉良姻"的机会而使宝钗青云直上。但这种结合并不能从根本上消除宝钗和宝玉在封建礼教、仕途经济上的思想分歧，也不能使宝玉忘怀死去的知己而倾心于她。所以，宝钗最终仍不免被宝玉所弃，词中的"本无根"也就是这个意思吧。

中秋夜大观园即景联句三十五韵
（第七十六回）

【说明】

这次黛玉、湘云两人相对联句，是在寂寞的秋夜中进行的。情调之凄清，犹如寒虫悲鸣。后来妙玉听到，将它截住续完。诗用"十三元"韵，这一韵部中的字，如"元""繁""坤""言"等，现代口语读音已差别较大，但在诗中并非转韵或走了韵，因为旧体格律诗是按照一千年前沿袭下来的韵书中所分的韵部来押韵的。排律两句一韵，"三十五韵"就是七十句。诗题"中秋夜"，可知以写"月"为主；首句点题，"月"字则出现于全篇最警策句中。

三五中秋夕①，（黛玉）清游拟上元②。

【注释】

①三五——十五日。

② 拟——可与……相比。上元——元宵节，阴历正月十五。

撒天箕斗灿^①，（湘云）匝地管弦繁^②。

【注释】

① 箕斗——南箕北斗，星宿名，此处是泛指。

② 匝地——遍地。管弦——管乐器和弦乐器，这里指乐声。

几处狂飞盏^①？（黛玉）谁家不启轩^②？

【注释】

① 飞盏——举杯。

② 启轩——打开窗户，为赏月。

轻寒风剪剪^①，（湘云）良夜景暄暄^②。

【注释】

① 剪剪——风微细的样子。

② 暄暄——暖融融。此就心情而言。

争饼嘲黄发，（黛玉）分瓜笑绿媛^①。

【注释】

① "争饼"二句——即"嘲黄发之争饼，笑绿媛之分瓜"。争饼，争吃月饼。湘云说这句"杜撰"。黛玉说："'吃饼'是旧典。"唐僖宗一次吃饼味美，叫御厨用红绫扎饼，赐给在曲江的新进士。唐代重进士，老年中举，亦以为荣。徐寅诗说："莫欺老缺残牙齿，曾吃红绫饼馅来。"（见宋代秦再思《洛中记异》）黛玉借争吃饼来说争名位，故用"嘲"字。黄发，老年人。分瓜，切西瓜。《燕京岁时记》："八月十五日祭月，其祭，

果饼必圆，分瓜必牙错。""凡中秋供月，西瓜必参差切之，如莲花瓣形。"黛玉说"分瓜"是"杜撰"。其实，"分瓜"即乐府中所谓"破瓜"，将"瓜"字分拆，像两个"八"字，隐"二八"（十六岁）之年。唐人曾用之。段成式《戏高侍郎》诗："犹怜最小分瓜日，奈许迎春得藕（谐偶）时。"即是"笑绿媛"。湘云借以作戏语。绿媛，年轻姑娘。绿，即"绿鬟""绿云"，也就是女子的黑发。

香新荣玉桂，（湘云）色健茂金萱①。

【注释】

① "香新"二句——意谓玉桂荣发而飘来新香，萱草茂盛而色泽鲜明。金萱，忘忧草，俗称"金针菜"，花呈橘黄色，故称"金萱"，旧时常指代母亲。湘云说："只不犯着替他们颂圣去。"意思是用不着去代人祝母寿，因为她们自己都是丧父母的。

蜡烛辉琼宴①，（黛玉）觥筹乱绮园②。

【注释】

① 琼宴——摆着玉液琼浆的宴席，盛宴。

② 觥（gōng 工）筹——行酒令用的竹签。觥，古代酒器。乱——形容觥筹交错。绮园——芳园。

分曹尊一令①，（湘云）射覆听三宣②。

【注释】

① 分曹——分职。行酒令作谜猜物，要分作的人和猜的人。尊一令——服从令官一个人的命令。

② 射覆——原来是将东西覆盖在盆下，令人猜测的游戏。后来古法失传，另用语言歇后隐前的办法来猜物，也叫射覆，第六十二回曾写到。宣——宣布酒令。书中有"三宣牙牌令"。以上四句意境与李商隐《无题》

诗"隔座送钩春酒暖，分曹射覆蜡灯红"相似。

骰彩红成点，(黛主) 传花鼓滥喧①。

【注释】

① 传花鼓——击鼓传花游戏上一回中写到。滥喧——频敲。

晴光摇院宇①，(湘云) 素彩接乾坤②。

【注释】

① 晴光——与下文"素彩"都指月光。
② 乾坤——天地。

赏罚无宾主①，(黛玉) 吟诗序仲昆②。

【注释】

① "赏罚"句——仍说行酒令。无，不分。
② 序仲昆——分出高下，评定优劣。

构思时倚槛，(湘云) 拟景或依门①。

【注释】

① 拟——摹拟，想象。景——程乙本作"句"。依——戚序本作
"敲"，庚辰本作"以"。今从甲辰本。

酒尽情犹在，(黛玉) 更残乐已谖①。

【注释】

① 更残——夜将尽。谖 (xuān 宣) ——忘记，引申为停止。

渐闻语笑寂①，（湘云）空剩雪霜痕②。

【注释】

① 寂——庚辰本作"道"，另笔改去作"近"，皆不是。俞平伯先生改为"远"，无据。今姑从戚序本。

② 雪霜痕——喻照在景物上的月光。

阶露团朝菌，（黛玉）庭烟敛夕棔①。

【注释】

① "阶露"二句——意谓露湿台阶时，朝菌已团生；烟笼庭院中，夕棔已敛合。朝菌，一种早晨生的菌类，生命短促。棔（hūn昏），合欢树，又有合昏、夜合、马缨花等名，乔木，羽状复叶，小叶入夜则合。

秋湍泻石髓①，（湘云）风叶聚云根②。

【注释】

① 湍（tuān团阴平）——急流。泻石髓——从石窟中泻出。石髓，石钟乳。有石灰石处多洞窟。黛玉夸这一句好，说："别的都要抹倒。"因为意境之中能映出月光。

② 聚云根——堆积在山石上。古人以为云气从山石中出来，故称云根。

宝婺情孤洁，（黛玉）银蟾气吐吞①。

【注释】

① "宝婺（wù务）"二句——星星清朗明净，月亮光彩焕发。宝婺，婺女星。以女神相拟，所以说"情孤洁"。银蟾，月亮（古代传说月中有

蟾蜍，即癞蛤蟆）。气吐吞，因蟾蜍而用"气吐吞"，指月之圆缺。传说蟾
吞月，则月亏缺；吐月，则月盈圆。

药经灵兔捣，（湘云）人向广寒奔①。

【注释】

①"药经"二句——传说月中有白兔捣药，嫦娥偷吃不死药而奔月。
经，程乙本作"催"。广寒，广寒宫，即月宫。

犯斗邀牛女，（黛玉）乘槎访帝孙①。

【注释】

①"犯斗"二句——晋代张华《博物志》：海上客乘槎游仙回来后，
曾问方士严君平。严说："某年月日，客星犯牵牛宿。"一算，正是他到天
河的时候。两句所用的是同一个传说。邀，见面。牛女，参见第五十回
《咏红梅花得花字》注④。帝孙，也叫天孙，即织女星。

盈虚轮莫定，（湘云）晦朔魄空存①。

【注释】

①"盈虚"二句——两句都借月隐说人事。盈虚，指月的圆缺。轮，
月轮。晦朔，阴历月末一天叫晦，月初一天叫朔，晦朔无月。魄，月魄，
已无月光而徒存魂魄。

壶漏声将涸①，（黛玉）窗灯焰已昏。

【注释】

① 壶漏——古代计时器。涸——水干，这里指声歇。

185

寒塘渡鹤影，（湘云）冷月葬花魂^①。（黛玉）

【注释】

①"寒塘"二句——上句取意于杜甫《和裴迪登新津寺寄王侍郎》诗"蝉声集古寺，鸟影度寒塘"句及苏轼《后赤壁赋》"适有孤鹤，横江东来"一段。以"鹤影"隐湘云将来孤居形景恰好，作者曾描写她长得"鹤势螂形"。下句"葬花魂"，本系黛玉事，"花魂"与"鹤影"也自然成对。葬花魂，用明代叶绍袁《午梦堂集·续窈闻记》中事，叶之幼女小鸾（短命的才女）鬼魂受戒，其师问："曾犯痴否?"女云："犯。——勉弃珠环收汉玉，戏捐粉盒葬花魂。"师大赞（详见拙著《蔡义江论红楼梦》第378页《冷月葬花魂》，宁波出版社）。此三字庚辰本作"葬死魂"，是形讹。后人以为音讹，遂改为"葬诗魂"（如甲辰、程高本）。

香篆销金鼎，脂冰腻玉盆^①。

【注释】

①"香篆"二句——两句写时久夜深。此联至结尾皆妙玉所续。香篆，制成篆文形状的香。销，焚尽。庚辰、戚序本皆误作"锁"，不可通，且字声不对。今从程乙本改。金鼎，鼎炉。腻玉盆，凝于烛盆中。脂冰，即冰脂，指蜡烛油。语词结构与"香篆"同，皆主体置前。《尔雅·释器》："冰，脂也。"疏："脂膏也，一名冰脂。"

箫增嫠妇泣，衾倩侍儿温^①。

【注释】

①"箫增"二句——上句说箫声能使寡妇为之而哭泣，下句亦写孤寂。苏轼《前赤壁赋》："客有吹洞箫者，倚歌而和之；其声呜呜然，如怨、如慕、如泣、如诉，……舞幽壑之潜蛟，泣孤舟之嫠妇。"增，庚辰本作"憎"，非是。今从戚序本、梦稿本。嫠（lí梨）妇，寡妇。

空帐悬文凤，闲屏掩彩鸳^①。

【注释】

　　① "空帐"二句——即"空悬文凤之帐，闲掩彩鸳之屏"。文凤、彩鸳，帐、屏上所饰，反衬人的孤独。

露浓苔更滑，霜重竹难扪^①。

【注释】

　　①扪——摸。

犹步萦纡沼^①，还登寂历原^②。

【注释】

　　① 萦纡——曲折。沼——池沼。
　　② 寂历——空旷。原——高地。

石奇神鬼搏，木怪虎狼蹲^①。

【注释】

　　① "石奇"二句——石头形状奇特，好像神鬼在打架，树木长得很怪，仿佛蹲着的野兽。苏轼《石钟山记》："大石侧立千尺，如猛兽奇鬼，森然欲搏人。"搏，程乙本作"缚"，误。

赑屃朝光透^①，罘罳晓露屯^②。

【注释】

　　① 赑屃（bì xì 币戏）——传说龙所生的怪物，像龟，好负重。石碑下当座的大龟即是。这里指代碑石。

② 罘罳（fú sī 浮思）——古代宫门外或城角上有网孔的屏。这里泛指门外有孔的垣屏。屯——凝聚。

振林千树鸟，啼谷一声猿①。

【注释】

① "啼谷"句——大观园内是不会有哀猿长啸、空谷传响的。但是，诗不妨那么写。

歧熟焉忘径？泉知不问源①。

【注释】

① "歧熟"二句——两句借游山水说哲理，自谓能知大道本源，不至迷途，是翻古人之意。《列子》："大道以多歧亡羊。"《淮南子》："杨朱见歧路而泣，谓其可以南，可以北。"又前人多有写见泉流而问源、寻源、探源的诗。歧，路分开的地方。焉，哪里。

钟鸣栊翠寺①，鸡唱稻香村。

【注释】

① "钟鸣"句——妙玉所住的栊翠庵居然像深山古刹，也是理想化了的。

有兴悲何继①？无愁意岂烦？

【注释】

① 继——程高本作"极"，与"有兴"矛盾，因为"悲何极"通常的意思是"悲伤哪里有个完呢"。

芳情只自遣①，雅趣向谁言！

【注释】

① 遣——排遣，寻找地方寄托。

彻旦休云倦，烹茶更细论①。（妙玉）

【注释】

① 细论——指细论诗。杜甫《春日忆李白》诗："何时一尊酒，重与细论文？"

【鉴赏】

中秋联句紧接在抄检大观园之后，是借此明写贾府的衰颓景象。

诗的开头，写"匝地管弦繁"、"良夜景暄暄"、"蜡烛辉琼宴，觥筹乱绮园"等热闹景象，都是故作精神，强颜欢笑。实际上，酒席是无精打采的，宝钗、宝琴不在，李纨、凤姐生病，贾母见"少了四个人，便觉冷清了好些"，不觉为之"长叹"。宝玉因晴雯病重而离席，探春因近日家事而烦恼。所谓"管弦"，也只有桂花阴里发出的一缕十分凄凉的笛声。在这"社也散了，诗也不做了"的情况下，黛玉"对景感怀"、"倚栏垂泪"，湘云前来相慰，深夜里硬拉她到水边联句，其寂寞情景，可想而知。

即使纸上欢乐，也难终篇。联句不知不觉地转出了悲音："酒尽情犹在，更残乐已谖。"一个说："这时候了！"一个说："这时候，可知一步难似一步了。"作者大有深意，所指不单作诗而已。湘云的"庭烟敛夕棔"、"盈虚轮莫定"等象征她的命运变幻，黛玉的"阶露团朝菌"、"壶漏声将涸"也预兆她的生命将尽。"寒塘渡鹤影，冷月葬花魂"。这"凄清奇谲"的句子，正好是她们最富有诗意的自我写照。

妙玉深感诗过于悲凉，想用自己所续把"颓败凄楚"的调子"翻转过来"，便从夜尽晓来的意思上做文章。但这不过是一种企图逃避不幸命运的主观愿望罢了。黑暗过去之后，曙光是会来临的。但是，光明并不属于行将败亡的封建大家庭，也不存在于佛教信徒们的内心"彻悟"之中。自以为能辨歧途、知泉源的妙玉，最后自己也不能免去流落瓜洲渡口（据从已迷失的靖应鹇藏本抄录的脂评）、"好一似，无瑕白玉遭泥陷"的可悲下场。这样的安排，正可以看出《红楼梦》反映和批判封建社会黑暗现实的真实性和深刻性。

芙蓉女儿诔
（第七十八回）

贾宝玉

维太平不易之元①，蓉桂竞芳之月②，无可奈何之日，怡红院浊玉，谨以群花之蕊，冰鲛之縠③，沁芳之泉，枫露之茗，四者虽微，聊以达诚申信，乃致祭于白帝宫中抚司秋艳芙蓉女儿之前曰④：

窃思女儿自临浊世，迄今凡十有六载。其先之乡籍姓氏，湮沦而莫能考者久矣。而玉得于衾枕栉沐之间，栖息宴游之夕，亲昵狎褒，相与共处者，仅五年八月有奇。

忆女儿曩生之昔⑤，其为质则金玉不足喻其贵；其为性则冰雪不足喻其洁；其为神则星日不足喻其精；其为貌则花月不足喻其色⑥。姊妹悉慕媖娴⑦，妪媪咸仰惠德。

孰料鸠鸩恶其高，鹰鸷翻遭罦罬⑧；薋葹妒其臭⑨，茝兰竟被芟钽⑩！花原自怯，岂奈狂飙？柳本多愁，何禁骤雨？偶遭蛊虿之谗⑪，遂抱膏肓之疚⑫。故尔樱唇红褪，韵吐呻吟；杏脸香枯，色陈颧颔⑬。诼谣謑诟⑭，出自屏帷；荆棘蓬榛，蔓延户牖⑮。岂招尤则替，实攘诟而终⑯。既怦幽沉于不尽⑰，复含罔屈于无穷⑱。高标见嫉，闺帏恨比长沙⑲；直烈遭危，巾帼惨于羽野⑳。自蓄辛酸，谁怜夭折？仙云既散，芳趾难寻。洲迷聚窟，何来却死之香㉑？海失灵槎，不获回生之药㉒。

眉黛烟青，昨犹我画；指环玉冷，今倩谁温㉓？鼎炉之剩药犹存，襟泪之余痕尚渍。镜分鸾别，愁开麝月之奁㉔；梳化龙飞，哀折檀云之齿㉕。委金钿于草莽，拾翠盒于尘埃㉖。楼空鸡鹊，徒悬七夕之针㉗；带断鸳鸯㉘，谁续五丝之缕㉙？

况乃金天属节，白帝司时；孤衾有梦，空室无人。桐阶月暗，芳魂与倩影同销；蓉帐香残，娇喘共细言皆绝。连天衰草，岂独蒹葭㉚；匝地悲声，无非蟋蟀。露苔晚砌，穿帘不度寒砧㉛；雨荔秋垣，隔院希闻怨笛㉜。芳名未泯，檐前鹦鹉犹呼㉝；艳质将亡，槛外海棠预老。捉迷屏后，莲瓣无声；斗草庭前，兰芳枉待。抛残绣线，银笺彩缕谁裁㉞？摺断冰丝，金斗御香未熨㉟。

昨承严命，既趋车而远涉芳园；今犯慈威，复拄杖而近抛孤柩㊱。及闻棺椁被燹，惭违共穴之盟；石椁成灾，愧迨同灰之诮㊲。

尔乃西风古寺㊳，淹滞青燐㊴，落日荒丘，零星白骨。楸榆飒飒，蓬艾萧萧。隔雾圹以啼猿㊵，绕烟塍而泣鬼㊶。自为红绡帐里，公子情深；始信黄土陇中，女儿命薄！汝南泪血㊷，斑斑洒向西风；梓泽馀衷㊸，默默诉凭冷月。

呜呼！固鬼蜮之为灾㊹，岂神灵而亦妒？箝诐奴之口㊺，讨岂从宽？剖悍妇之心，忿犹未释！在君之尘缘虽浅，然玉之鄙意岂终。因蓄惓惓之思㊻，不禁谆谆之问。

始知上帝垂旌㊼，花宫待诏㊽，生侪兰蕙，死辖芙蓉。听小婢之言，似涉无稽；据浊玉之思，则深为有据。何也？昔叶法善摄魂以撰碑㊾，李长吉被诏而为记㊿，事虽殊，其理则一也。故相物以配才，苟非其人，恶乃滥乎其位？始信上帝委托权衡，可谓至洽至协，庶不负其所秉赋也。因希其不昧之灵，或陟降于兹(51)，特不揣鄙俗之词，有污慧听。乃歌而招之曰：

天何如是之苍苍兮，乘玉虬以游乎穹窿耶(52)？
地何如是之茫茫兮，驾瑶象以降乎泉壤耶(53)？
望伞盖之陆离兮，抑箕尾之光耶(54)？
列羽葆而为前导兮，卫危虚于傍耶？
驱丰隆以为比从兮(55)，望舒月以离耶？
听车轨而伊轧兮，御鸾鹥以征耶？
闻馥郁而薆然兮(56)，纫蘅杜以为纕耶(57)？
炫裙裾之烁烁兮，镂明月以为珰耶(58)？
籍葳蕤而成坛畤兮(59)，檠莲焰以烛兰膏耶(60)？
文爮瓠以为觯斝兮(61)，洒醽醁以浮桂醑耶(62)？
瞻云气而凝盼兮，仿佛有所觇耶？
俯窈窕而属耳兮(63)，恍惚有所闻耶？
期汗漫而无夭阏兮(64)，忍捐弃余于尘埃耶？
倩风廉之为余驱车兮，冀联辔而携归耶？
余中心为之慨然兮，徒噭噭而何为耶？
君偃然而长寝兮，岂天运之变于斯耶？
既窀穸且安稳兮(65)，反其真而复奚化耶(66)？
余犹桎梏而悬附兮(67)，灵格余以嗟来耶(68)？

来兮止兮，君其来耶？

若夫鸿蒙而居，寂静以处，虽临于兹，余亦莫睹。搴烟萝而为步障⑥，列槍蒲而森行伍。警柳眼之贪眠⑦，释莲心之味苦⑦。素女约于桂岩⑦，宓妃迎于兰渚⑦。弄玉吹笙⑦，寒簧击敔⑦。征嵩岳之妃⑦，启骊山之姥⑦。龟呈洛浦之灵⑦，兽作咸池之舞⑦。潜赤水兮龙吟⑧，集珠林兮凤翥⑧。爰格爰诚⑧，匪簠匪筥⑧。发轫乎霞城⑧，还旌乎玄圃⑧。既显微而若通⑧，复氤氲而倏阻⑧。离合兮烟云，空蒙兮雾雨。尘霾敛兮星高，溪山丽兮月午。何心意之忡忡⑧，若寤寐之栩栩？余乃歔欷怅望，泣涕彷徨。人语兮寂历，天籁兮篔筜⑧。鸟惊散而飞，鱼唼喋以响⑨。志哀兮是祷，成礼兮期祥。呜呼哀哉！尚飨⑨！

【说明】

小丫鬟所说晴雯为芙蓉之神事乃利用传说创新。宋代欧阳修《六一诗话》："（石）曼卿卒后，其故人有见之者，云：恍忽如梦中言：'我今为鬼仙也，所主芙蓉城。'欲呼故人往游，不得，忽然骑一素骡，去如飞。"此故事，曹雪芹的友人敦敏也曾用过。《懋斋诗钞·吊宅三卜孝廉》诗："大暮安可醒，一痛成千古。岂真记玉楼，果为芙蓉主。"诔（lěi 垒），历叙死人生前行事，在丧礼中宣读的一种文体，相当于现在的悼词。晋代陆机《文赋》述文体之特点说："诔缠绵而凄怆。"

【注释】

①维太平不易之元——诔这一文体的格式，开头应当先交代年月日。作者想脱去"伤时骂世""干涉朝廷"的罪名，免遭文字之祸，称小说"无朝代年纪可考"，不得已，才想出这样的名目。第十三回秦可卿的丧榜上书有"奉天永建太平之国"、十四回出殡的铭旌上也大书"奉天洪建兆年不易之朝"等字样。表面上仿佛都是歌颂升平，放在具体事件、环境

中，恰恰又成了绝妙的嘲讽。维，语助词。元，纪年。

②蓉桂竞芳之月——指农历八月。

③冰鲛之縠（hú 斛）——传说鲛人居南海中，如鱼，滴泪成珠，善机织，所织之绡，明洁如冰，暑天令人凉快，以此命名。縠，有皱纹的纱。"冰鲛之縠"与下文的"沁芳之泉"、"枫露之茗"都见于小说情节之中。

④白帝——古人以百物配五行（金、木、水、火、土）。如春天属木，其味为酸，其色为青，司时之神就叫青帝；秋天属金，其味为辛，其色为白，司时之神就叫白帝，等等。故下文有"金天属节，白帝司时"等语。抚司——管辖。

⑤曩（nǎng 曩上声）——从前，以往。

⑥"其为质"四句——仿效唐代诗人杜牧《李长吉歌叙》中语："云烟绵联，不足为其态也；水之迢迢，不足为其情也；春之盎盎，不足为其和也；秋之明洁，不足为其格也……"

⑦媖娴（yīng xián 英闲）——美好文雅。媖，女子美好。娴，文雅。

⑧"孰料"二句——诔文用了许多《楚辞》里的词语，大半都寄托着作者的爱憎。如"鹰鸷"用《离骚》的"鸷鸟（猛禽，鹰属）之不群兮，自前世而固然。何方圜（圆）之能周（相合）兮，夫孰（怎能）异道而相安"？原为屈原表达与楚国贵族反动势力斗争的不屈精神；与此相反，"鸠鸩"之类恶鸟就表示那股反动势力。因为鸠多鸣，像人话多而不实；鸩传说羽毒，能杀人。其他如下文中作为香花的"茝兰""蘅杜"，作为恶草的"葹菉"，也表示这两种力量的对立。又"颠颔"则表示屈原受到压抑而憔悴，"诼谣"则表示反动势力搞阴谋诡计。又如一些讲车仗仪卫的用语，像"玉虬""瑶象"和"丰隆""望舒"等，也都是美好的事物和明洁正道的神祇，用来表现屈原"志洁行芳"、不同流合污的精神。曹雪芹在此用以表现自己对叛逆的女奴与恶浊势力进行斗争的同情，同时又寄托着自己对当时现实黑暗政治的不满。罦罬（fú zhuó 扶卓），捕鸟的网，这里是被网捕获的意思。

⑨葹菉（cí shī 雌诗）——苍耳和蒺藜，泛指恶草。臭（xiù 嗅）——气味，这里指香气。

⑩茝（chǎi 兰）——香草。芟（shān 删）——割草，引申为除去。钮——即"锄"。

⑪ 蛊虿（gǔ chài 古瘥）——害人的毒虫，这里是阴谋毒害人的意思。蛊，传说把许多毒虫放在一起，使互相咬杀，最后剩下不死的叫蛊，以为可用来毒害人。虿，是古书中说的蝎子一类毒虫。

⑫ 膏肓（huāng 荒）——心以下横隔膜以上的部分。古人以为病进入这个部位就无法医治（见《左传·成公十年》）。疚（jiù 救）——久病。

⑬ 顑颔（kǎn hàn 砍旱）——因饥饿而面色干黄憔悴。

⑭ 诼（zhuó 浊）谣——造谣中伤。诶（xī 希）诟——嘲讽辱骂。

⑮ 户牖（yǒu 友）——门和窗户。牖，窗户。

⑯ "岂招尤"二句——程高本中此二句被删去。招尤则替，自招过失而受损害。替，废。攮诟，蒙受耻辱（语出《离骚》）。

⑰ 忳（tún 屯）——忧郁。《离骚》："忳郁邑余侘傺兮。"幽沉——指隐藏在内心深处的怨恨。

⑱ 罔屈——冤屈。罔，不直为罔。

⑲ 长沙——指贾谊，汉文帝时著名政治家。他主张加强中央集权，削减地方王侯权势，年纪很轻就担任朝廷里的重要职务。后来受到权贵排斥，被贬逐为长沙王太傅（辅佐官），三十三岁就郁郁而死。后人常称他贾长沙。

⑳ "直烈"二句——古代神话，禹的父亲鲧（gǔn 滚）没有天帝的命令，就擅自拿息壤（一种可以生长不息的神土，能堵塞洪水）治洪水，天帝就叫祝融将他杀死在羽山的荒野（据《山海经·海内经》）。屈原在《离骚》中说"鲧婞（xìng 幸，倔强）直以亡身兮"，大胆肯定了鲧的耿介正直。"直烈"正是用了屈原的话；也正因为鲧是男子，所以诔文引来与芙蓉女儿相比，以反衬"巾帼"遭遇之惨甚于男子，与上一句引贾谊同。小说的续补者传统观念很深，像历来极大多数封建士大夫一样，把窃神土救洪灾的鲧和头触不周山的共工这一类具有斗争性、反抗性的人物看作坏人，将原稿这一句改为"贞烈遭危，巾帼惨于雁塞"（程高本），换成王昭君出塞和亲事。这一改，不仅有碍文理，且在思想性上也削弱了原稿中的叛逆精神。

㉑ "洲迷"二句——传说西海中有聚窟洲，洲上有大树，香闻数百里，叫作返魂树，煎汁制丸，叫作振灵丸，或名却死香，能起死回生（见《十洲记》）。迷，迷失方向，不知去路。

㉒ "海失"二句——传说东海中蓬莱仙岛上有不死之药，秦代有个徐福，带了许多童男女入海寻找，一去就没有回来。槎，筏子，借作船义。又海上有浮灵槎泛天河事（参见第五十回《赋得红梅花》第三首注④）。这里捏合而用之。

㉓ 倩——请人替自己做事。

㉔ "镜分"二句——传说罽（jì 记）宾（汉代西域国名）王捉到鸾鸟一只，很喜欢，但养了三年它都不肯叫。听说鸟见了同类才鸣，就挂一面镜子让它照。鸾见影，悲鸣冲天，一奋而死。后多称镜为鸾镜（见《异苑》）。又兼用南陈太子舍人徐德言与乐昌公主夫妻乱离中分别，各执破镜之半，后得以重逢团圆事（见《古今诗话》）。麝月，巧用丫头名，谐"射月"，同时指镜。奁（lián 连），女子盛梳妆用品的匣子。

㉕ "梳化"二句——晋人陶侃悬梭于壁，梭化龙飞去（见《异苑》）。这里可能是曹雪芹为切合晴雯、宝玉的情事而改梭为梳的。檀云之齿，檀木梳的齿。檀云，丫头名，也是巧用。麝月檀云，一奁一梳，皆物是人非之意。

㉖ "委金"二句——谓人已死去，首饰都掉在地上。白居易《长恨歌》："花钿委地无人收，翠翘金雀玉搔头。"钿（diàn 甸），金翠珠宝制成的花形首饰。匎（è 饿），古代妇女的发饰。

㉗ "楼空"二句——《荆楚岁时记》："七夕人家妇女结彩缕，穿七孔针，陈瓜果于庭中，以乞巧。"鸐（zhī 支）鹊，汉武帝所建的楼观名，这里指华丽的楼阁。与"七夕之针"连在一起，可能由李贺《七夕》诗"鹊辞穿线月"联想而来，但鸐鹊与鹊不是同一种鸟。

㉘ 带断鸳鸯——比喻情人分离。可能用唐人张祜诗："鸳鸯钿带抛何处？孔雀罗衫付阿谁？"

㉙ 五丝之缕——指七夕所结之"彩缕"。又王嘉《拾遗记》："因祇之国，其人善织，以五色丝内（纳）于口中，手引而结之，则成文锦。"晴雯工织，用此亦合。

㉚ 蒹葭（jiān jiā 兼加）——芦苇。《诗经·秦风·蒹葭》："蒹葭苍苍，白露为霜。所谓伊人，在水一方。……"是一首怀人的诗。

㉛ 不度寒砧——这里是说人已死去，不再有捣衣的砧声传来。度，传。寒砧，古代妇女每于秋夜捣衣，故称寒砧。砧，捣衣石。

㉜ 怨笛——《晋书·向秀传》：向秀跟嵇康、吕安很友好。后嵇、吕被杀，向秀一次经过这两个人的旧居，听见邻人吹笛，声音嘹亮，向秀非常伤感，写了一篇《思旧赋》，后人称这个故事为"山阳闻笛"。又唐人小说《步飞烟传》里有"笛声空怨赵王伦"的诗句，说的是赵王因索取石崇吹笛美人绿珠未成而陷害石崇一家的事，诔文可能兼用此事。

㉝ 鹦鹉——与下文中海棠、捉迷、斗草等皆小说中情节，有的原不属晴雯，如鹦鹉写在潇湘馆，有的是广义的，如捉迷即可指晴雯偷听宝玉在麝月前议论她事。

㉞ 银笺——白纸。与上句"抛残绣线"联系起来，当指刺绣所用的纸样。彩缕——庚辰本作"彩缯"，有误；程乙本作"彩袖"，当是臆改。今从戚序本。

㉟ "金斗"句——语用秦观《如梦令》"睡起熨沉香，玉腕不胜金斗"句。

㊱ 拄杖——说自己带病前往，因哀痛所致。近抛——路虽近而不能保住的意思，与上句"远涉"为对。程乙本作"遣抛"，戚序本作"遮抛"，庚辰本缺字。今从乾隆抄本百廿回红楼梦稿。

㊲ "及闻"四句——意谓宝玉不能与芙蓉女儿化烟化灰，对因此而将受到讥诮和非议感到惭愧。槥（huì 惠）棺，棺材。槥，古代一种小棺材。爇（xiǎn 险），野火。引申为烧。共穴之盟，死当同葬的盟约。穴，墓穴。椁（guǒ 果），棺外的套棺。迨（dài 代），及。同灰，李白《长干行》："十五始展眉，愿同尘与灰。"本谓夫妇爱情之坚贞。宝玉曾说过将来要和大观园里的女孩子们一同化烟化灰。

㊳ 尔乃——发语词。赋中常见，不能解作"你是"。下文"若夫"也是发语词。

㊴ 淹滞青燐——青色的燐火缓缓飘动。骨中磷质遇到空气燃烧而发的光，从前人们误以为鬼火。

㊵ 圹（kuàng 框）——坟墓。

㊶ 塍（chéng 成）——田间的土埂。

㊷ 汝南泪血——宝玉以汝南王自比，以汝南王爱妾刘碧玉比晴雯。《乐府诗集》有《碧玉歌》引《乐苑》曰："《碧玉歌》者，宋汝南王所作也。碧玉，汝南王妾名，以宠爱之甚，所以歌之。"梁元帝《采莲赋》：

"碧玉小家女，来嫁汝南王。"汝南、碧玉与石崇、绿珠同时并用，始于唐代王维《洛阳女儿行》："狂夫富贵在青春，意气骄奢剧季伦。自怜碧玉亲教舞，不惜珊瑚持与人。"

㊸ 梓泽馀衷——用石崇、绿珠事（绿珠，晋代石崇的侍妾。《晋书·石崇传》：崇有妓曰绿珠，美而艳，善吹笛。孙秀使人求之，崇勃然曰："绿珠吾所爱，不可得也！"秀怒，矫诏收崇。崇正宴于楼上，介士到门，崇谓绿珠曰："我今为尔得罪！"绿珠泣曰："当效死于官前。"因自投于楼下而死），意谓如石崇悼念绿珠。石崇有别馆在河阳的金谷，一名梓泽。作者同时人明义《题红楼梦》诗："馔玉炊金未几春，王孙瘦损骨嶙峋；青娥红粉归何处？惭愧当年石季伦！"也用石崇的典故。这除了有亲近的女子不能保全的意思外，尚能说明灾祸来临与政治有关。诔文正有着这方面的寄托。

㊹ 蜮（yù 育）——传说中水边的一种害人虫，能含了沙射人的影子，人被射后就要害病。《诗经·小雅·何人斯》："为鬼为蜮。"陆德明释文："（蜮）状如鳖，三足，一名射工，俗呼之水弩，在水中含沙射人，一曰射人影。"这里指用阴谋诡计暗害人的人。

㊺ 箝——同"钳"，夹住，引申为封闭。《庄子·胠箧》："箝扬、墨之口。"诐（bì 币）奴——与下句的悍妇都指王善保家的和周瑞家的一伙迎上欺下、狗仗人势的奴才管家们。小说中曾写她们在王夫人前进谗言，"治倒了晴雯"。诐，奸邪而善辩，引申为弄舌。

㊻ 惓（quán 权）惓——同"拳拳"，情意深厚的意思。

㊼ 垂旌——用竿挑着旌旗，作为使者征召的信号。

㊽ 待诏——本汉代官职名。这里是等待上帝的诏命，即供职的意思。

㊾ 叶法善摄魂以撰碑——相传唐代的术士叶法善把当时有名的文人和书法家李邕的灵魂从梦中摄去，给他的祖父叶有道撰述并书写碑文，世称"追魂碑"（见《处州府志》）。

㊿ 李长吉被诏而为记——李长吉，即李贺。唐代诗人李商隐作《李长吉小传》说，李贺死时，他家人见绯衣人驾赤虬来召李贺，说是上帝建成了白玉楼，叫他去写记文。还说天上比较快乐，不像人间悲苦，要李贺不必推辞。

(51) 陟降——陟是上升，降是下降。古籍里"陟降"一词往往只用偏义，或谓上升或谓下降。这里是降临的意思。

(52) 玉虬（qiú 求）——白玉色的无角龙。后文的“鹥”（yī 一）是凤凰。屈原《离骚》：“驷玉虬以乘鹥兮。”穹窿——天看上去中间高，四方下垂像篷帐，所以称穹窿。

(53) 瑶象——指美玉和象牙制成的车子。屈原《离骚》：“为余驾飞龙兮，杂瑶象以为车。”

(54) 箕尾——箕星和尾星，和下文的虚、危都是属于二十八宿星座的名称。古代神话，商王的相叫傅说（悦），死后精神寄托于箕星和尾星之间，叫作“骑箕尾”（见《庄子·大宗师》）。这里隐指芙蓉女儿的灵魂。

(55) 丰隆——神话中的云神（一作雷神）。下句中的“望舒”为驾月车的神。后文的“云廉”即“飞廉”，是风神。《离骚》：“吾令丰隆乘云兮，求宓妃之所在。”又“前望舒使先驱兮，后飞廉使奔属。”“望舒”之“望”，在诔文中兼作动词用。

(56) 薆（ài 爱）——盛。

(57) 纫蘅杜以为纕（xiāng 香）——把蘅、杜等香草串起来作为身上的佩带。纕，佩带。《离骚》：“纫秋兰以为佩。”

(58) 珰——耳坠子。古乐府《焦仲卿妻》：“耳著明月珰。”

(59) 葳蕤（wēi ruí 威锐阳平）——花草茂盛的样子。畤（zhì 痔）——古时帝王祭天地五帝之所。

(60) 檠（qíng 晴）莲焰——在灯台里点燃起莲花似的灯焰。檠，灯台。烛兰膏——烧香油。

(61) 瓟瓠（bó hú 博胡）——葫芦之类瓜，硬壳可作酒器。程乙本作“瓠瓟”，今依脂本顺序。《广韵》：“瓟瓠可为饮器。”瓠，庚辰、戚序本作“匏”，这是“瓠”的别写。觯斝（zhì jiǎ 至假）——古代两种酒器名。

(62) 醽醁（líng lù 灵录）——美酒名。

(63) 窈窕——深远貌。

(64) 汗漫——古代传说有个叫卢敖的碰到名叫若士的仙人，向他请教，若士用“吾与汗漫期于九垓之外”的理由拒绝了他的请求（见《淮南子·道应训》）。汗漫是一个拟名，寓有混混茫茫不可知见的意思。九垓，即九天。天阏（yān 烟）——亦作“天遏”，阻挡。

(65) 窀穸（zhūn xī 谆希）——墓穴。

⑥⑥ 反其真——反回到本源，指死（语出《庄子·大宗师》）。

⑥⑦ 悬附——"悬疣附赘"的简称，指瘤和瘊肉，是身体上多余的东西。《庄子·大宗师》："彼以生为附赘悬疣，以死为决疣溃痈。"这是厌世主义的比喻。

⑥⑧ 灵——灵魂，指晴雯的灵魂。格——感通。嗟来——召唤灵魂到来的话。《庄子·大宗师》："嗟来桑户乎！嗟来桑户乎！"桑户，人名。他的朋友招他的魂时这样说。

⑥⑨ 搴（qiān 千）——拔取。

⑦⓪ 柳眼——柳叶细长如眼，所以这样说。

⑦① 莲心——莲心味苦，古乐府中常喻男女思念之苦，并用"莲心"谐音"怜心"。

⑦② 素女——神女名，善弹瑟（见《史记·封禅书》）。

⑦③ 宓（fú 伏）妃——传说她是伏羲氏的女儿，淹死在洛水中，成了洛神。

⑦④ 弄玉吹笙——相传秦穆公之女弄玉善吹笙，嫁与萧史，萧善吹箫，能作凤鸣，后引来凤凰，夫妻随凤化仙飞去（见汉代刘向《列仙传》及明代陈耀文《天中记》）。

⑦⑤ 寒簧——仙女名，偶因一笑下谪人间，后深悔而复归月府（见明代叶绍袁《午梦堂集·续窈闻记》）。洪昇《长生殿》借为月中仙子。敔（yǔ 语）——古代的一种打击乐器，形状如一只伏着的老虎。

⑦⑥ 嵩岳之妃——指灵妃。《旧唐书·礼仪志》：武则天临朝时，"下制号嵩山为神岳，尊嵩山神为天中王，夫人为灵妃"。韩愈《谁氏子》诗："或云欲学吹凤笙，所慕灵妃媲萧史。"可知灵妃也是善于吹笙的。

⑦⑦ 骊山之姥（mǔ 母）——《汉书·律历志》中说殷周时有骊山女子为天子，才艺出众，所以传闻后世。到了唐宋以后，就传为女仙，并尊称为"姥"或"老母"。又《搜神记》中说有个神姬叫成夫人，好音乐，每听到有人奏乐歌唱，便跳起舞来。所以李贺《李凭箜篌引》中有"梦入神山教神姬"的诗句。这里可能是兼用两事。

⑦⑧ "龟呈"句——古代传说，夏禹治水，洛水中有神龟背着文书来献给他（见《尚书·洪范》汉代孔安国传）。又传说黄帝东巡黄河，过洛水，黄河中的龙背了图来献，洛水中的乌龟背了书来献，上面都是赤文篆字

（见《汉书·五行志》正义引刘向说）。

(79)“兽作”句——舜时，夔作乐，百兽都一起跳舞（见《史记·五帝本纪》）。咸池，是尧的乐曲名，一说是黄帝的乐曲。

(80) 赤水——神话中地名。

(81) 珠林——也称珠树林、三株（又作“珠”）树，传说“树如柏，叶皆为珠”（见《山海经》）。凤翥（zhù 住）——凤凰在飞翔。凤集珠林，见《异苑》。

(82) 爰格爰诚——这种句法，在《诗经》等古籍中屡见，在大多数情况下，“爰”只能作联接两个意义相近的词的语助词。格，在这里是感动的意思，如“格于皇天”。

(83) 匪簠（fǔ 甫）匪筥（jǔ 举）——意谓祭在心诚，不在供品。匪，通“非”。簠、筥，古代祭祀和宴会用的盛粮食的器皿。

(84) 发轫（rèn 刃）——启程，出发。轫，阻碍车轮转动的木棍，车发动时须抽去。霞城——神话以为元始天尊居紫云之阁，碧霞为城。后以碧霞城或霞城为神仙居处（见孙绰《游天台山赋序》）。

(85) 玄圃——亦作“县圃”，神仙居处，传说在昆仑山上。《离骚》：“朝发轫于苍梧兮，夕余至乎县圃。”

(86) 通——程乙本作“逋”，误。

(87) 氤氲（yīn yūn 因晕）——烟云笼罩。

(88) 忡忡——忧愁的样子。

(89) 篔筜（yún dāng 云当）——一种长节的竹子。

(90) 唼喋（shà zhá 霎炸）——水鸟或水面上鱼儿争食的声音。

(91) 尚飨（xiǎng 想）——古时祭文中的固定词，意谓望死者前来享用祭品。

【译文】

千秋万岁太平年，芙蓉桂花飘香月，无可奈何伤怀日，怡红院浊玉，谨以百花蕊为香，冰鲛縠为帛，取来沁芳亭泉水，敬上枫露茶一杯。这四件东西虽然微薄，姑且借此表示自己一番诚挚恳切的心意，将它放在白帝宫中管辖秋花之神芙蓉女儿的面前，而祭奠说：

我默默思念：姑娘自从降临这污浊的人世，至今已有十六年了。你先辈的籍贯和姓氏，都早已湮没，无从查考，而我能够与你在起居梳洗、饮食玩乐之中亲密无间地相处，仅仅只有五年八个月零一点的时间啊！

回想姑娘当初活着的时候，你的品质，黄金美玉难以比喻其高贵；你的心地，晶冰白雪难以比喻其纯洁；你的神智，明星朗日难以比喻其光华；你的容貌，春花秋月难以比喻其娇美。姊妹们都爱慕你的娴雅，婆妈们都敬仰你的贤惠。

可是，谁能料到恶鸟仇恨高翔，雄鹰反而遭到网获；臭草妒忌芬芳，香兰竟然被人剪除。花儿原来就怯弱，怎么能对付狂风？柳枝本来就多愁，如何禁得起暴雨？一旦遭受恶毒的诽谤，随即得了不治之症。所以，樱桃般的嘴唇，褪去鲜红，而发出了痛苦的呻吟；甜杏似的脸庞，丧失芳香，而呈现出憔悴的病容。流言蜚语，产生于屏内幕后；荆棘毒草，爬满了门前窗口。哪里是自招罪愆而丧生，实在乃蒙受垢辱而致死。你是既怀着不尽的忧愤，又含着无穷的冤屈呵！高尚的品格，被人妒忌，姑娘的愤恨恰似受打击被贬到长沙去的贾谊；刚烈的气节，遭到暗伤，姑娘的悲惨超过窃神土救洪灾被杀在羽野的鲧。独自怀着无限辛酸，有谁可怜不幸夭亡？你既像仙家的云彩那样消散，我又到哪里去寻找你的踪迹？无法知道聚窟洲的去路，从哪里来不死的神香？没有仙筏能渡海到蓬莱，也得不到回生的妙药。

你眉毛上的黛色如青烟缥缈，昨天还是我亲手描画；你手上的指环已玉质冰凉，如今又有谁把它煨暖？炉罐里的药渣依然留存，衣襟上的泪痕至今未干。镜已破碎，鸾鸟失偶，我满怀愁绪，不忍打开麝月的镜匣；梳亦化去，云龙飞升，折损檀云的梳齿，我便哀伤不已。你那镶嵌着金玉的珠花，被委弃在杂草丛中，翡翠发饰落在尘土里，被人拾走。鹡鸰楼人去楼空，七月七日牛女鹊桥相会的夜晚，你已不再向针眼中穿线乞巧；鸳鸯带空余断缕，哪一个能够用五色的丝线再把它接续起来？

况且，正当秋天，五行属金，西方白帝，应时司令。孤单的被褥中虽然有梦，空寂的房子里已经无人。在种着梧桐树的台阶前，月色多么昏暗！你芬芳的魂魄和美丽的姿影一同逝去；在绣着芙蓉花的纱帐里，香气已经消散，你娇弱的喘息和细微的话音也都灭绝。一望无际的衰草，又何止芦苇苍茫！遍地凄凉的声音，无非是蟋蟀悲鸣。点点夜露，洒在覆盖着青苔的阶石上，捣衣砧的声音不再穿过帘子进来；阵阵秋雨，打在爬满了薜荔的墙垣上，也难听到隔壁院子里哀怨的笛声。你的名字尚在耳边，屋檐前的鹦鹉还在叫唤；你的生命行将结束，栏杆外的海棠就预先枯萎。过去，你躲在屏风后捉迷藏，现在，听不到你的脚步声了；从前，你去到庭院前斗草，如今，那些香草香花也白白等待你去采摘了！刺绣的线已经丢弃，还有谁来裁纸样、定颜色？洁白的绢已经断裂，也无人去烧熨斗、燃香料了！

昨天，我奉严父之命，有事乘车远出家门，既来不及与你诀别；今天，我不管慈母会发怒，拄着杖前来吊唁，谁知你的灵柩又被人抬走。及至听到你的棺木被焚烧的消息，我顿时感到自己已违背了与你死同墓穴的誓盟。你的长眠之所竟遭受如此的灾祸，我深深惭愧曾对你说过要同化灰尘的旧话。

看那西风古寺旁，青燐徘徊不去；落日下的荒坟上，白骨散乱难收！听那楸树榆木飒飒作响，蓬草艾叶萧萧低吟！哀猿隔着雾腾腾的墓窟啼叫，冤鬼绕着烟蒙蒙的田塍啼哭。原来以为红绡帐里的公子，感情特别深厚，现在始信黄土堆中的姑娘，命运实在悲惨！我正如汝南王失去了碧玉，那斑斑泪血只能向西风挥洒；又好比石季伦保不住绿珠，这默默衷情唯有对冷月倾诉。

啊！这本是鬼蜮阴谋制造的灾祸，哪里是老天妒忌我们的情谊！钳住长舌奴才的烂嘴，我的诛伐岂肯从宽！剖开凶狠妇人的黑心，我的愤恨也难消除！你在世上的缘分虽浅，而我对你的情意却深。因为我怀着一片痴情，难免就老是问个不停。

现在才知道上帝传下了旨意，封你为花宫待诏。活着时，你既与兰蕙为伴；死了后，就请你当芙蓉主人。听小丫头的话，似乎荒唐无稽，以我浊玉想来，实在颇有依据。为什么呢？从前唐代的叶法善就曾把李邕的魂魄从梦中摄走，叫他写碑文；诗人李贺也被上帝派人召去，请他给白玉楼作记。事情虽然不同，道理则是一样的。所以，什么事物都要找到能够与它相配的人，假如这个人不配管这件事，那岂不是用人太滥了吗？现在，我才相信上帝衡量一个人，把事情托付给他，可谓恰当妥善之极，将不至于辜负他的品性和才能。所以，我希望你不灭的灵魂能降临到这里。我特地不揣鄙陋粗俗，把这番话说给你听，并作一首歌来召唤你的灵魂，说：

天空为什么这样苍苍啊!
是你驾着玉龙在天庭遨游吗?
大地为什么这样茫茫啊!
是你乘着象牙的车降临九泉之下吗?
看那宝伞多么绚烂啊!
是你所骑的箕星和尾星的光芒吗?
排开装饰着羽毛的华盖在前开路啊!
是危星和虚星卫护着你两旁吗?
让云神随行作为侍从啊!
你望着那赶月车的神来送你走吗?
听车轴伊伊哑哑响啊!
是你驾驭着鸾凤出游吗?
闻到扑鼻的香气飘来啊!
是你把杜蘅串联成佩带吗?
衣裙是何等光彩夺目啊!
是你把明月镂成了耳坠子吗?
借繁茂的花叶作为祭坛啊!
是你点燃了灯火烧着了香油吗?
在葫芦上雕刻花纹作为饮器啊!
是你在酌绿酒饮桂浆吗?
抬眼望天上的烟云而凝视啊!
我仿佛窥察到了什么;
俯首向深远的地方而侧耳啊!
我恍惚闻听到了什么。
你和茫茫大士约会在无限遥远的地方吗?
怎么就忍心把我抛弃在这尘世上呢!
请风神为我赶车啊!
你能带着我一起乘车而去吗?
我的心里为此而感慨万分啊!
白白地哀叹悲号有什么用呢?
你静静地长眠不醒了啊!

难道说天道变幻就是这样的吗?

既然墓穴是如此安稳啊!

你死后又何必要化仙而去呢?

我至今还身受桎梏而成为这世上的累赘啊!

你的神灵能有所感应而到我这里来吗?

来呀, 来了就别再去了啊!

你还是到这儿来吧!

你住在混沌之中, 处于寂静之境; 即使降临到这里, 也看不见你的踪影。我取女萝作为帘幕屏障, 让菖蒲像仪仗一样排列两旁。还要警告柳眼不要贪睡, 教那莲心不再味苦难明。素女邀约你在长满桂树的山间, 宓妃迎接你在开遍兰花的洲边。弄玉为你吹笙, 寒簧为你击敔; 召来嵩岳灵妃, 惊动骊山老母。灵龟像大禹治水时那样背着书从洛水跃出, 百兽像听到了尧舜的咸池曲那样群起跳舞。潜伏在赤水中呵, 龙在吟唱; 栖息在珠林里呵, 凤在飞翔。恭敬虔诚就能感动神灵, 不必用祭器把门面装潢。

你从天上的霞城乘车动身, 回到了昆仑山的玄圃仙境。既像彼此可以交往那么分明, 又忽然被青云笼罩无法接近。人生离合呵, 好比浮云轻烟聚散不定, 神灵缥缈呵, 却似薄雾细雨难以看清。尘埃阴霾已经消散呵, 明星高悬; 溪光山色多么美丽呵, 月到中天。为什么我的心如此烦乱不安? 仿佛是梦中景象在眼前展现。于是我慨然叹息, 怅然四望, 流泪哭泣, 流连彷徨。

人们呵, 早已进入梦乡, 竹林呵, 奏起天然乐章; 只见那受惊的鸟儿四处飞散, 只听得水面上鱼儿喋喋作响。我写下内心的悲哀呵, 作为祈祷, 举行这祭奠的仪式呵, 期望吉祥。悲痛呵! 请来将此香茗一尝!

【鉴赏】

在《红楼梦》全部诗文词赋中, 这是最长的一篇, 也是作者发挥文学才能最充分, 表现政治态度最明显的一篇。关于这篇诔文的写作, 小说中有一段文字, 对我们理解作者的创作意图很重要, 在程高本中, 却被删去。今抄录如下:

……〔宝玉〕想了一想:"如今若学那世俗之奠礼,断然不可。竟也还别开生面,另立排场,风流奇异,于世无涉,方不负我二人之为人。况且古人有云:'潢污行潦、蘋繁蕴藻之贱,可以馐王公,荐鬼神。'原不在物之贵贱,全在心之诚敬而已。此其一也。二则诔文挽词,也须另出己见,自放手眼,亦不可蹈袭前人的套头,填写几字搪塞耳目之文;亦必须洒泪泣血,一字一咽,一句一啼,宁使文不足悲有余,万不可尚文藻而反失悲戚。况且古人多有微词,非自我今作俑也。无奈今之人全惑于'功名'二字,故尚古之风一洗皆尽,恐不合时宜,于功名有碍之故也。我又不希罕那功名,不为世人观阅称赞,何必不远师楚人之《大言》《招魂》《离骚》《九辩》《枯树》《问难》《秋水》《大人先生传》等法,或杂参单句,或偶成短联,或用实典,或设譬寓,随意所之,信笔而去,喜则以文为戏,悲则以言志痛,辞达意尽为止,何必若世俗之拘拘于方寸之间哉!"宝玉本是个不读书之人,再心中有了这篇歪意,怎得有好诗好文作出来。他自己却任意纂著,并不为人知慕,所以大肆妄诞,竟杜撰成一篇长文。(参戚序本、庚辰本校)

这里,"古人多有微词,非自我今作俑也"一句,特别值得注意。它明白地告诉我们诔文是有所寄托的。所谓"微词",即通过对小说中虚构的人物情节的褒贬来讥评当时的现实,特别是当时的黑暗政治。何以见得呢?所引为先例的"楚人"作品,在不同程度上都是讽喻政治的。而其中被诔文在文字上借用得最多的是屈原的《离骚》,这并非偶然。《离骚》的美人香草实际上根本与男女之情无关,完全是屈原用以表达政治理想的代词。

清代与"百家争鸣"的战国时代的情况大不一样,特别是雍正、乾隆年间,则更是文禁酷严,朝野惴恐。稍有"干涉朝廷"之嫌,难免就要招来文字之祸。所以,当时一般人都不敢作"伤时骂世"之文,"恐不合时宜,于功名有碍之故也"。触犯文网,丢掉乌纱帽,这还是说得轻的。曹雪芹"不希罕那功名","又不为世人观阅称赞",逆潮流而动,走自己的路,骨头还是比较硬的。

当然,要在这样的环境之下,揭露封建政治的黑暗,就得把自己的真实意图巧妙地隐藏起来。"尚古之风""远师楚人""以文为戏""任意纂著""大肆妄诞""歪意""杜撰"等，也无非是作者护身的铠甲。借师古而脱罪，隐真意于玩文，似乎是摹拟，而实际上是大胆创新，既幽默而又沉痛。艺术风格也正是由思想内容所决定的。

明了这一点，就不难理解：为什么在这篇表面上写儿女悼亡之情的诔文中，要用贾谊、鲧、石崇、嵇康、吕安等这些在政治斗争中遭祸的人物的典故。为什么这篇洋洋洒洒的长文既不为秦可卿之死而作，也不用之于祭奠金钏儿，虽然她们的死，宝玉也十分哀痛。

脂评说，诔文"明是为与阿颦作谶"（庚辰本第七十九回），"知虽诔晴雯，实乃诔黛玉也。试观《证前缘》回、黛玉逝后诸文，便知"（靖藏本第七十九回）。这本来从作者在小说中安排芙蓉花丛里出现黛玉影子、让他们作不吉祥的对话等情节中，也可以看得十分清楚。的确，作者在艺术构思上，是想借晴雯的悲惨遭遇来衬托黛玉的不幸结局的：晴雯因大观园内出了丑事，特别是因她与宝玉的亲近关系而受诽谤，蒙冤屈；将来贾府因宝玉闯出"丑祸"而获罪，黛玉凭着她与宝玉的特殊关系，也完全是有可能蒙受某些诉辱的。"似谶成真"的《葬花吟》中"强于污淖陷渠沟"的话，怕也不是无的放矢吧。晴雯是宝玉不在时孤单地死去的，而且她的遗体据说是因为"女儿痨死的，断不可留"，便立即火化了。黛玉也没有能等到宝玉避祸出走回来就"泪尽"了，她的诗句如"他年葬侬知是谁?"、"花落人亡两不知"，"一声杜宇春归尽，寂寞帘栊空月痕"等，也都预先透露了她"红断香消"时无人过问的情景。她的病和晴雯一样，却死在"家亡人散各奔腾"的时刻，虽未必也送入"化人厂"，但总是返柩姑苏，埋骨"黄土垄中"，让她"质本洁来还洁去"。"冷月葬花魂"的结局，实在也够凄凉的了。脂评特指出诔文应对照"黛玉逝后诸文"看，可知宝玉"一别西风又一年"后，"对景悼颦儿"时，也与此刻"汝南泪血，斑斑洒向西风；梓泽馀衷，默默诉凭冷月"的景况相似。当然，使她们同遭夭折命运的最主要的相似之处，还是诔文所说的原因："固鬼蜮之为灾，岂神灵之有妒?"在她们的不幸遭遇中，作者都寄托着自己现实的政治感慨。这可以说，与我们现在所见续书中写黛玉之死的情节毫无共同之处。

作者在诔文中表现出强烈的爱憎态度：用最美好的语言，对这个"心比天高，身为下贱，风流灵巧招人怨"的女奴加以热情的颂赞，同时毫不掩饰自己对惯用鬼蜮伎俩陷害别人的邪恶势力的痛恨。但是，由于作者不可能科学地来认识封建制度的吃人本质，所以，他既不能了解那些他加以类比的统治阶级内部斗争中受到排挤打击者，与一个命运悲惨的奴隶之间所存在着的本质区别，也根本无法理解邪恶势力就产生于这一制度本身这一道理。